FRIEDRICH HIEBEL

CHRISTIAN MORGENSTERN

FRIEDRICH HIEBEL

CHRISTIAN MORGENSTERN

WENDE UND AUFBRUCH UNSERES JAHRHUNDERTS

VERLAG FREIES GEISTESLEBEN

CIP-Kurztitelaufnahme der Deutschen Bibliothek

Hiebel, Friedrich:
Christian Morgenstern: Wende u. Aufbruch unseres Jh. / Friedrich Hiebel.
Stuttgart: Verl. Freies Geistesleben, 1987. –
1. Aufl. im Francke-Verl., Bern

ISBN 3-7725-0769-7

2. Auflage 1987
Die erste Auflage erschien 1957
im A. Francke Verlag, Bern
Schutzumschlag: Walter Krafft

Druck: Greiser, Rastatt

INHALT

VORBEMERKUNG

Das vorliegende Buch versucht, die Dichterentwicklung Christian Morgensterns aus dem Umbruch des Kulturbewußtseins der vergangenen Jahrhundertwende geistesgeschichtlich zu sehen.

In erster Auflage im Francke Verlag, Bern 1957, erschienen, wurde das Werk dann in die Reihe der «Perspektiven der Anthroposophie» als Taschenbuch im S. Fischer Verlag, Frankfurt, aufgenommen und erreicht nun im Verlag Freies Geistesleben, Stuttgart, seine dritte Auflage.

Nach dem Erscheinen der Erstauflage sind folgende Schriften hinzugekommen: Rudolf Meyer, *Christian Morgenstern in Berlin* (Stuttgart 1959); Martin Beheim-Schwarzbach, *Christian Morgenstern* in Rowohlts Monographien (Reinbek 1964); Jürgen Walter, *Sprache und Spiel in Christian Morgensterns Galgenliedern* (Freiburg 1966); Rudolf Eppelsheimer, *Mimesis und Imitatio Christi bei Loerke, Däubler, Morgenstern, Hölderlin* (Bern 1968); Albert Steffen, *Vom Geistesweg Christian Morgensterns* (Dornach 1971) und Bernd-Udo Kusch, *Christian Morgenstern, Leben und Werk. Sein Weg zur Anthroposophie* (Schaffhausen 1982).

Die Stuttgarter Gesamtausgabe, *Werke und Briefe* (Verlag Urachhaus), auf neun Bände ausgelegt, steht unter der Leitung von Prof. Dr. Reinhardt Habel, Universität Marburg. Der Band V, Aphorismen, von Reinhardt Habel herausgegeben, ist bereits erschienen und enthält zu fast einem Drittel bisher Unveröffentlichtes.

Vor allem anderen verdankt der Verfasser Rudolf Steiner das schöpferische Vermögen, die Entwicklung dieses Dichterdaseins in seiner einmaligen Bedeutung für unsere Gegenwartsproblematik würdigen zu können.

Mai 1987 *Friedrich Hiebel*

EINLEITUNG

Christian Morgensterns Leben liegt mit seinem Werk vor aller Augen. Die Wortwelt seiner Dichtung, die sich bis zu seinem frühen Tod inmitten des Mannesalters vollendete, hat sich als unsterblich erwiesen.

Worin verbirgt sich der Grund, daß immer weitere Kreise der Welt seine Dichtung entdecken, daß er mit jedem Nachlaßband und jeder Neuauflage einen größeren Radius seines Wirkungskreises findet? Sind es allein die Fülle seiner Versbilder, die Tiefe seiner Merksprüche oder die Schlagkraft seiner Humoresken, welche ihm das Wachstum seines Nachruhms bringen? Angesichts der Raschlebigkeit unserer Generationen im Umsturz aller Daseinsverhältnisse wäre dies durchaus nicht verständlich.

Christian Morgenstern, dessen Leben in die Zeit äußerer Ruhe, aber innerer Richtungslosigkeit des deutschen Bürgertums nach der Reichsgründung 1871 bis vor Kriegsausbruch 1914 fiel, kämpfte gegen die Niedergangskräfte seiner Zeit mit einer Seelenwachheit, wie sie unter dem Künstlertum der Jahrhundertwende einzigartig dasteht. Diesen Kampf aber verband er unmittelbar mit Leben und Werk. Er darf weder bloß als ein Lyriker angesehen werden, noch als ein Modephilosoph oder gar als Meister eines Ästhetenkreises. Gar rasch hätten ihm darin andere Geister den Rang streitig gemacht.

Er war der Dichter seines eigenen Lebens. Weg hieß für ihn Wandlung. Wandlung aber barg in sich ein Steigern, Entwikkeln, Opfern und Erfülltwerden.

Morgensterns Weg war der Tag des modernen Menschen. Er flüchtete weder in das Mittelalter der Mönchsklausur und betete zum «Nachbar Gott», noch beschwor er in Willenshärte die Schatten der Antike. Gerade diese Tagwachheit in Morgen-
a war es, die uns die Zukunft erleuchtete und ihn von Gei-
wie Rilke und George seit eh und je trennte.

Die göttliche Pädagogik des Schicksals, die jeder zu spüren vermag, der einen Sinn für das Walten der Fügungen entwikkeln will, wird im bewußten Erleben eines Selbsterziehers, wie es Christian Morgenstern war, zum anschaubaren Zwiegespräch des höheren mit dem niederen, des künftigen mit dem aus der Vergangenheit kommenden Menschen. Das Teilnehmen daran hebt uns über uns selbst hinaus. Es befreit uns aus den Banden der gemeinen Menschlichkeit durch die Kraft der Katharsis. Etwas, was nur das Kunstwerk an uns vermag, erleben wir hier rein schon in der Betrachtung seines Lebenslaufes. Die Existenz selbst wurde zur Dichtung der Selbsterziehung. Das erscheint als das Wesenhafteste im Ringen um Bild, Sinn und Wort bei Christian Morgenstern.

Selbstbetrachtung im künstlerischen Leben läuft sehr oft Gefahr, in das Egoistische zu geraten. Alles gerinnt zum Monolog oder steigert sich zur Ekstase. Diese Gefahren hat Morgenstern erkannt. Er ist aus den Prüfungen des Schicksals als Sieger hervorgegangen.

Die Erziehung in seiner Jugend war zuerst lückenhaft und ließ dadurch Raum für langsames Reifen des Intellekts. Das Gegenteil hätte seine künstlerische Produktivität zu ersticken vermocht. Die höhere Schule war mangelhaft und gegenüber dem Individuellen in ihrer Schablonenhaftigkeit verständnislos. Wie ein Selbstschutz des Schicksals erscheint es, daß Morgenstern seine Schuljahre verlängerte, indem er nicht das intellektuelle Tempo einhielt und erst spät mit der Reifeprüfung abschloß. Auch innerhalb des Universitätsbetriebes gab es ein langes Suchen und Tasten, und ehe eine Entscheidung gefallen, war der Raum aufgerissen für das gesonderte Wort seiner Sendung.

Hineingeboren in eine Familie von Landschaftsmalern, väterlicher- wie mütterlicherseits, erscheint er dennoch durch den frühen Tod der Mutter und durch die baldige Entfremdung vom Vater aller Erbschaft und Blutgebundenheit frei geworden. Das Erbe seines Leibes bleibt nur der Amboß, auf dem der Hammer seines Ichwillens das Schicksal schmieden will.

Der jahrelange Kampf mit Nietzsche bedeutet für Morgenstern das Ringen mit den Finsterniskräften und Lichtmächten um die Jahrhundertwende. Es ist die Prüfung seines Intellekts, seiner Moral, seiner Kunst. Die Seiltänzerei des Intellekts, die Ekstatik der Sprache, das Verführerische der letzten Werke, Christ und Antichrist: das alles lag im seelenprüfenden Erlebnis an Nietzsche.

Wie erst die Probleme des Intellekts und der Moral im Ringen um Nietzsche in Morgenstern eigenste Gestalt gewannen, so war die Kritik an der Gesellschaft bei Ibsen, dessen Versdramen er übersetzte und dessen Persönlichkeit und Welt ihm nächste Nähe wurden, ein anderes Moment der Erweckung. Außerdem geriet er alsbald unter den Bann des Studiums der Werke Lagardes und Langbehns und wurde so vor die Fragen des Volkstums, des Blutes, der Rassen gestellt. Endlich nahm er auch Stellung zu Fritz Mauthners Werk, der *Kritik der Sprache,* zum Materialismus der Wortentstehung, zum Problem des einseitigen Nominalismus und Atheismus des Wortes.

Was hat ihn beim Durchgang durch diese Welten, die aus dem Inferno des agnostischen Jahrhunderts stammen, zu sich selber gerettet?

Durch die Gabe seines bildertiefen und wortgewandten Humors fand er die Erlöserkräfte des seiltänzelnden Intellekts, der sich in Ironie und Kritik verbeißt und verbittert. Der Humor rettete ihn vor dem Nihilismus Nietzsches und vor der Eiseskälte der hoffnungslosen Gesellschaftskritik Ibsens.

Ein anderes aber, Andacht der Seele, ein Ohr-haben-Können dem Schicksalsruf gegenüber, bewahrte ihn vor der Melancholie, vor der Gefangenschaft in sich selber, vor der Selbstsucht.

Ehrfurcht und Demut waren die Heilmächte des Willens, die inmitten eines kranken und immer hinfälliger werdenden Leibes die Impulse des Handelns erhöhten, reinigten und formten. Durch sie wurde die Krankheit seiner Lungen, das Erbteil von seiten der Mutter, zum Element der Katharsis, zu einem Medium des Schicksals. Die Krankheit Morgensterns erwies sich, je stärker sie wurde, desto erweckender und klärender, nicht zum Zeugnis des Todes, sondern zur Auferweckung des Geistes. Sie kettete ihn einerseits an die Ohnmacht des Irdischen, anderseits aber öffnete sie ihm den Weg zu sich selbst, lockerte und löste ihn vom Vergänglichen und schenkte ihm den Ahnungsdämmer der Unendlichkeit.

Humor im Sinnen und Denken, Andacht im Empfinden und Fühlen, Ehrfurcht und Demut im Wollen, das sind die Erneuerungskräfte, die Morgenstern Tag um Tag sich wiedererrungen und gesteigert hat. Auf diesem Seelengrunde keimte in Eigenständigkeit die Kraft einer neuen Blume.

Bisher mag der eine in seinen Hymnen und Naturgedichten eine franziskanische Frömmigkeit empfunden haben, der andere in seiner Selbstbetrachtung und Seelenbeobachtung etwas von Eckartscher Mystik, Minnesang aus Walthers von der Vogelweide Welten oder Gralsuche um Wolfram von Eschenbach, Frühgotik und Urchristentum – dies alles war da als Grundlage und Ursubstanz, als Wurzel und Stamm.

Die Produktion der meisten Schaffenden von heute wird aus den Jugendkräften genährt. Sie verharren im Grunde auf dem Stand ihrer Jugendproduktion und schleifen im Alter noch immer denselben Stein in andere Formen.

Bei Christian Morgenstern trat ein, was so sehr selten wurde um die Wende des Jahrhunderts: auf den Glanz der Jugendkünstlerjahre folgte eine völlige Neugeburt! Einerseits rang er jetzt mit der Ideenwelt Hegels und Fichtes, anderseits stieß er zu Buddha und zu der Idee der wiederholten Erdenleben. Er suchte die unmittelbare Berührung mit der schöpferischen Ideenwelt, die ihm durch die deutschen Idealisten im abstrakten Begriffsgewand vermittelt wurde und verband sie mit der wirkenden Geistigkeit des Ostens, die der indische Okkultismus in vergangenen Kultusformen ohne die Freiheit des Willens verleihen will.

Es ist für die Erkenntnis seiner Künstlerexistenz von Bedeutung, daß Christian Morgenstern erst dann zur Welt Rudolf Steiners fand, nachdem er durch die Prüfungen geschritten war, die ihm das Schicksal auferlegt hatte: im Lösen der Familienbande, im Kampf gegen die Schule, gegen den Wissenschaftsbetrieb, gegen seine Krankheit, nach den Entscheidungen um Nietzsche, Lagarde, Mauthner, inmitten der Suche zwischen dem deutschen Idealismus und dem Erkenntnispfad Buddhas!

Die unausgesetzte Verbreitung seiner Werke und deren Vermehrung durch das Hinzukommen von schier unerschöpflich scheinendem Nachlaßmaterial lassen die Empfindung zu, als sei er immerdar schaffend noch im Leben oder als tauche er immer wieder verjüngend aus den Wirrsalen der Zeit auf, ein mahnender Weiser, ein lehrender Meister: als warne er vor dem Seiltänzer Zarathustra oder vor dem Willen zur Macht ... vor dem Gauklertum des selbstgenügsamen Peer Gynt, als stehe er kopfschüttelnd vor dem Rembrandtdeutschen, der zum Katholizismus konvertierte, oder vor Lagarde, der politisch mißverstanden und ausgebeutet wurde, oder als kehre er sich nochmals mit nachdrücklicher Gebärde von Mauthner ab, weil hinter ihm der offene Abgrund des Materialismus sich auftut, wenn man die Wurzel des Wortes nicht im Geiste sucht, sondern das entwurzelte Wort geistlos mißbraucht.

Christian Morgenstern erscheint uns – so lauteten Worte Rudolf Steiners nach des Dichters Hingang – der Sieg des Lebens über den Tod.

ERSTER TEIL

IM UMBRUCH UNSERES JAHRHUNDERTS

I. IN DER SCHULE SCHOPENHAUERS

Am frühesten trat an das Seelenleben Morgensterns die Welt Schopenhauers heran. Sie erfaßte das Gemüt des Sechzehnjährigen mit einer Gefühlsstimmung, die in einer gewissen Seelenverwandtschaft begründet lag.

Schopenhauer war selber ein Sechzehnjähriger, als er in seiner damaligen Hamburger Kaufmannslehrlingszeit die bekannten Worte an seine Mutter schrieb, die schon im Keim seine späteren Gedanken über Musik und Kunst vorausnehmen. «Wie fand das himmlische Samenkorn Raum auf unserm harten Boden, auf welchem Notwendigkeit und Mängel um jedes Plätzchen streiten? Wir sind verbannt vom Urgeist und sollen nicht zu ihm empordringen. ... Und doch hat ein mitleidiger Engel die himmlische Blume für uns erfleht und sie prangt hoch in voller Herrlichkeit auf diesem Boden des Jammers gewurzelt. – Die Pulsschläge der göttlichen Tonkunst haben nicht aufgehört zu schlagen durch die Jahrhunderte der Barbarei und ein unmittelbarer Widerhall des Ewigen ist uns in ihr geblieben, jedem Sinn verständlich und selbst über Laster und Tugend erhaben.»

Die Ansicht Schopenhauers, daß die Musik als Abbild des Weltenwillens im innersten Sein des Menschen walte, übte auf den jungen Lyriker einen entscheidenden Einfluß aus. Morgenstern war in seiner Künstlernatur ein Ohrenmensch, er fühlte sich völlig auf den musikalisch-dionysischen Pol des Künstlerlebens gewiesen.

Die Briefstelle, in welcher Schopenhauer vom Ich des Menschen als von dem «himmlischen Samenkorn» spricht, enthält einen Gedanken, der dem Dichter durchaus homogen gewesen ist und den er bis an sein Lebensende in sich fortbildend getragen hat. Am Ende seines Weges schrieb der Zweiundvierzigjährige in dem aphoristischen Tagebuch «Weltbild: Am Tor» einen Satz, der in lapidarer Kürze die Summe seiner Goethe-studien und Bemühungen um Rudolf Steiner zog und zugleich auf dieses Schopenhauersche «himmlische Samenkorn» Bezug nahm: «So wie der winzige Same in die Erde fällt, um die Urpflanze zu wiederholen und nicht nur zu wiederholen, so ist der Mensch ein Samenkorn Gottes. Die Sonne aber, die ihn reift, ist Christus.»

Zwischen dem ersten und dem zweiten Satz dieses Aphorismus liegen Schwere und Mühsal eines steilen Weges, eines einsamen Ringens.

Schopenhauer war auf diesem Weg der erste Weiser, der früheste Künder. Für ihn war das künstlerische Werk des Genius die Erfassung der «ewigen Ideen, das Wesentliche und Bleibende aller Erscheinungen der Welt». Im dritten Buch von *Die Welt als Wille und Vorstellung* konnte der jugendliche Leser im Kapitel «Die platonische Idee: Das Objekt der Kunst» die Gedanken finden, die Wissenschaft und Kunst unterscheiden und zugleich den Gegensatz zwischen Aristoteles und Platon pointiert, wenn auch einseitig beleuchten. Alles Künstlerische ist für Schopenhauer deshalb diametral dem Weg wissenschaftlicher Erfahrung entgegengesetzt, weil dessen «Betrachtungsart der Dinge unabhängig vom Satz des Grundes» besteht. Den Weg der Wissenschaft vergleicht Schopenhauer mit einer «unendlichen, horizontal laufenden Linie», denjenigen der Kunst aber mit einer Bahn, die diese Linie «in jedem beliebigen Punkte» senkrecht schneidet.

Die wissenschaftlich-empirische Betrachtungsart des Aristoteles «gleicht dem gewaltigen Sturm, der ohne Anfang und Ziel dahinfährt, alles beugt, bewegt, mit sich fortreißt; die zweite dem ruhigen Sonnenstrahl, der den Weg dieses Sturmes durchschneidet, von ihm ganz unbewegt. Die erste gleicht den unzähligen, gewaltsam bewegten Tropfen des Wasserfalls, die, stets wechselnd, keinen Augenblick rasten: die zweite den auf diesem tobenden Gewühl stille ruhenden Regenbogen.»

Solcherlei Sätze mögen nicht verfehlt haben, den jungen Morgenstern in die Richtung künstlerischer Erkenntnis zu führen, «sich rein anschauend zu verhalten, ... um als rein erkennendes Subjekt, klares Weltauge übrig zu bleiben». Denn die Phantasie ist im Schopenhauerschen Hauptwerk das Element, durch das der Genius in den Dingen nicht das sieht, «was die Natur wirklich gebildet hat, sondern was sie zu bilden sich bemühte».

Durch Schopenhauer wurde er auf die Welt Goethes gewiesen, nicht bloß auf das Dichterwerk, sondern auf die Naturwissenschaft, ganz besonders auf die Schöpfung der viel verkannten Farbenlehre. Der junge Leser der *Welt als Wille und Vorstellung* erfuhr – im dritten Buch – die ersten Anregungen zu einem tiefen Goethe-Verständnis, wenn er Sätzen wie den folgenden begegnete: «Daß noch heute, fast ein halbes Jahrhundert nach dem Erscheinen der Goetheschen Farbenlehre, sogar in Deutschland, die Newtonischen Flausen ungestört im Besitz der Lehrstühle bleiben und man fortfährt, ganz ernsthaft von den sieben homogenen Lichtern und ihrer verschiedenen Brechbarkeit zu reden, – wird einst unter den großen intellektualen Charakterzügen der Menschheit überhaupt und der Deutschheit insbesondere aufgezählt werden.»

Auch die Geisteswelt Indiens wurde Morgenstern von Schopenhauer zum erstenmal geöffnet. Durch die Schopenhauer eigene Seelenverwandtschaft mit der indischen Metaphysik fällt ein besonderes Licht auf das Christentum in der Überbetonung der Resignationsstimmung. Der innerste Geist des Christentums ist für den Philosophen mit indischer Weisheit identisch, insofern beide im «Aufgeben allen Wollens, in der Zurückwendung, Aufhebung des Willens, in der vollkommenen Resignation als dem Wesen der Erlösung» ihre Wurzeln haben. Gerade von diesem Aspekt des Christentums aus betrachtet Schopenhauer die Werke der großen religiösen Kunstwerke der Renaissance, zum Beispiel eines Raffael. Hier «sehen wir den Ausdruck, den Widerschein der vollkommensten Erkenntnis, derjenigen nämlich, welche nicht auf einzelne Dinge gerichtet ist, sondern die Ideen, also das ganze Wesen der Welt und des Lebens, vollkommen aufgefaßt hat, welche Erkenntnis, in ihnen auf den Willen zurückwirkend, nicht, wie jene andere, Motive für denselben liefert, sondern im Gegenteil ein Quietiv alles Wollens geworden ist, aus welchem die vollkommene Resignation, die der innerste Geist des Christentums wie der indischen Weisheit ist, hervorgegangen ist.»

Ganz besonders müssen den jungen Leser Gedanken über die Lyrik, über das Wesen des Liedes, der Metapher, der Symbolik und Allegorik gefesselt haben. Der lyrische Dichter «ist der Spiegel der Menschheit, und bringt ihr was sie fühlt und treibt zum Bewußtsein». In der lyrischen Poesie wird das «Innere der ganzen Menschheit» abgebildet. Als Gipfel der Dichtung sieht Schopenhauers weltverneinender Pessimismus die Tragödie an. Die Wirkung der Tragödie, die Katharsis, liegt für den Philosophen in dem Erlebnis, «geläutert und gesteigert durch das Leiden selbst den Punkt» zu erreichen, «wo die Erscheinung, der Schleier der Maja, sie nicht mehr täuscht, die Form der Erscheinung, das *principium individuationis*, von ihr durchschaut wird, der auf diesem beruhende Egoismus eben damit erstirbt, wodurch nunmehr die vorhin so gewaltigen Motive ihre Macht verlieren, und statt ihrer die vollkommene Erkenntnis des Wesens der Welt, als Quietiv des Willens wirkend, die Resignation herbeiführt, das Aufgeben, nicht bloß des Lebens, sondern des ganzen Willens zum Leben selbst.»

Daß das Christentum auch «indisches Blut im Leibe und daher einen beständigen Hang vom Judentum loszukommen hat» (wie Schopenhauer schon in seiner Schrift von der *Vierfachen Wurzel des Satzes vom zureichenden Grunde* dargelegt hatte), daß also der einseitige Theismus überwunden werden müßte, war sicherlich ein Gedanke, den Morgenstern in seiner Frühzeit als Anregung empfand und folgerichtig weiterentwickelte.

Alle die Dichter und Mystiker, welche Schopenhauer mit besonderer Vorliebe zitiert, begleiten auch Morgensterns Lebensbahn. Angelus Silesius wurde von Schopenhauer «unabsehbar tief» genannt und sein Vers im vierten Buch seines Hauptwerks angeführt:

Mensch! Alles liebet dich; um dich ist sehr Gedrange:
Es läuft dir alles zu, daß es zu Gott gelange.

In Meister Eckart fand Schopenhauer einen «noch größeren Mystiker». Er erwähnt einige Sätze, die sich an eine Erklärung einer Stelle im Johannesevangelium (12:32) anknüpfen: «‚Ich bewähre dies mit Christo, da er sagt: wenn ich erhöhet werde von der Erde, alle Dinge will ich nach mir ziehen.' So woll der gute Mensch alle Dinge hinauftragen zu Gott, in ihren ersten Ursprung. Dies bewähren uns die Meister, daß alle Kreaturen sind gemacht um des Menschen willen. Dies prüfet an allen Kreaturen, daß eine Kreatur die andere nützt... so kommen alle Kreaturen dem guten Menschen zu Nutz: eine Kreatur in der andern trägt ein guter Mensch zu Gott.» Schopenhauer erklärt diese Eckart-Stelle mit dem Hinweis: «Daß der Mensch, in und mit sich selbst, auch die Tiere erlöst», ist der Grund, weshalb er sie in diesem Leben benutzt.

Neben den zahlreichen Hinweisen auf die *Bhagavad-Gita,* auf die uralte Sanskritschrift *Shankya Karika,* auf die Reden Buddhas, deutet Schopenhauer immer wieder auf Bonaventura, Tauler, die «deutsche Theologie» und schreibt: «Meines Erachtens verhalten die Lehren dieser echten christlichen Mystiker sich zu denen des Neuen Testaments, wie zum Wein der Weingeist. Oder: was im Neuen Testament uns wie durch Schleier und Nebel sichtbar wird, tritt in den Werken der Mystiker ohne Hülle, in voller Klarheit und Deutlichkeit uns entgegen. Endlich auch könnte man das Neue Testament als die erste, die Mystiker als die zweite Weihe betrachten» (wobei er in Griechisch von *mikra kai megala mysteria* spricht).

Auch der künftige Humorist, der Dichter der späteren *Galgenlieder* und des *Palmström,* blätterte wohl oft mit Gewinn in den Essays, welche Schopenhauer als Ergänzung zum ersten Buch seines Hauptwerkes geschrieben hatte. Dabei waren es sicher die Abschnitte über die «Theorie des Lächerlichen», die seine Aufmerksamkeit erregten. Das Phänomen des Lachens bezeichnete der Philosoph als die «plötzliche Wahrnehmung einer Inkongruenz ... zwischen dem Abstrakten (Begriff) und dem Anschaulichen (des realen Gegenstandes)». Dabei machte er dies mit der bekannten Anekdote vom armen Gaskogner klar, über den der König lachte, als er ihn im Winter mit leichter Sommerkleidung angezogen sah, aber von diesem die Antwort bekam, der König würde es sehr warm finden, wenn auch er alles angezogen hätte, was der arme Schlucker anhabe, nämlich seine ganze Garderobe.

Der Scherz ist für Schopenhauer das absichtlich Lächerliche, «das Bestreben, zwischen den Begriffen des andern und der Realität, durch Verschieben des einen dieser beiden, eine Diskrepanz zuwege zu bringen». Die Ironie entsteht, wenn sich der Scherz hinter den Ernst versteckt. Der Humor entfaltet sich, wenn der Ernst sich hinter den Scherz versteckt. Den Humor könnte man nach Schopenhauer «den doppelten Kontrapunkt der Ironie nennen». Ironie ist objektiv, nämlich auf den andern berechnet. Humor ist subjektiv, «nämlich zunächst nur für das eigene Selbst da ... fängt die Ironie mit ernster Miene an und endigt mit lächelnder, so hält der Humor es umgekehrt». Der Humor beruht auf einer besonderen Art der Laune, wobei Schopenhauer geistvoll auf das Wort *luna* (lateinisch für Mond) deutet, also auf «ein entschiedenes Überwiegen des Subjektiven über das Objektive». Er tadelt es dabei, daß in der deutschen Literatur «humoristisch» durchgängig in der Bedeutung «komisch» gebraucht wird. Das Wort Humor ist von den Engländern entlehnt, bei denen es «dem Erhabenen verwandte Art des Lächerlichen» bezeichnet, «nicht aber um jeden Spaß und jede Hanswurstiade damit zu betiteln, wie jetzt in Deutschland allgemein geschieht».

Schopenhauers Bemerkungen über Visionen und fatidike Träume (in seinem *Versuch über Geistersehn*), seine Beschäftigung mit den Problemen der Deuteroskopie, der Wahrträume des Somnambulismus – wobei er eine ungeheure Literatur von der Antike bis zur Seherin von Prevorst zu Rate zog – wirkten auf Morgenstern sicherlich nicht weniger ein als die von ihm immer wieder erwähnte Lehre der Metempsychose oder Seelenwanderung.

Schon im vierten Buch von *Welt als Wille und Vorstellung* fand Morgenstern den Hinweis auf die indische Anschauung der Reinkarnation, wenn Schopenhauer sich mit dem Phänomen der Gewissensangst und des Gewissensbisses auseinandersetzte. In den *Parerga und Paralipomena,* besonders in den Essays «Über Religion» und «Einiges zur Sanskritliteratur», konnte Morgenstern Hinweise auf die Lehre von den wiederholten Erdenleben sehen. «Der moralische Sinn der Metempsychose, in allen indischen Religionen, ist nicht bloß, daß wir jedes Unrecht, welches wir verüben, in einer folgenden Wiedergeburt abzubüßen haben; sondern auch, daß wir jedes Unrecht, welches uns widerfährt, ansehen müssen als wohlverdient, durch unsere Missetaten in einem früheren Dasein.»

Schopenhauers Essay *Über Schriftstellerei und Stil* hat wohl den größten Anreiz für den jungen Dichter gehabt. In der Tat begegnen wir auch darin Gedanken, die sich dann in Morgensterns weiterem Wirken metamorphosiert wiederfinden lassen. Die Schrift über den Stil, den Schopenhauer «die Physiognomie des Geistes» nannte, wendet sich gegen die Journalisten als die Gewerbetreibenden der Sprache, die «Schriftsteller von Profession», nicht von Beruf, gegen die «gewissenlose Tintenkleckserei ganz besonders anonymer Rezension», gegen die «Wortschneider», gegen die «Sprachverhunzung» und gegen die «jetztzeitige Verschlimmbesserung». «Die Sprache ist ein Kunstwerk und soll als solches, also objektiv genommen werden, und demgemäß soll alles in ihr Ausgedrückte regelrecht und seiner Absicht entsprechend sein.» «Die deutsche Sprache nämlich ist die einzige, in der man beinahe so gut schreiben kann, wie im Griechischen und Lateinischen, welches den andern europäischen Hauptsprachen, als welche bloße patois sind, nachrühmen zu wollen lächerlich sein würde. Daher eben hat, mit diesen verglichen, das Deutsche etwas so ungemein Edeles und Erhabenes.»

Schopenhauer rügt besonders die Schwerfälligkeit im Sprechen und Schreiben als Nationalcharakter der Deutschen, während der «leitende Grundsatz der Stilistik» sein sollte, «daß der Mensch nur einen Gedanken zur Zeit deutlich denken kann». Deshalb verabscheut er alle Zwischensätze, Einschiebsel, Periodenzerstückelungen.

«Das Wort des Menschen (so heißt es im 25. Kapitel «Über Sprache und Wort») ist das dauerhafteste Material. Hat ein Dichter seine flüchtigste Empfindung in ihr richtig abgepaßten Worten verkörpert, so lebt sie, in diesen, Jahrtausende hindurch, und wird in jedem empfänglichen Leser aufs neue rege.» Mit dieser tiefen Würdigung des Wortes finden wir bei Schopenhauer treffliche Bemerkungen über die Übersetzung von Gedichten. Weil sich nicht für jedes Wort einer Sprache ein genaues Äquivalent finden läßt, kann man Gedichte auch «nicht übersetzen, sondern bloß umdichten, welches allezeit mißlich ist ... eine Bibliothek von Übersetzungen gleicht einer Gemäldegalerie von Kopien». «Geist» im Deutschen ist nicht dasselbe wie *esprit* im Französischen oder wie im Englischen; «für einige Begriffe wiederum findet sich bloß in einer Sprache ein Wort, welches alsdann in die andern übergeht; so das lateinische *Affekt*, das französische *naiv*, das englische *comfortable* ... *Gentleman*».

Solche Sprachbetrachtungen waren für den jungen Dichter eine Aufforderung zum Bewußtwerden. Sie halfen ihm, zu einem immer größer werdenden Wortbewußtsein zu gelangen. Morgensterns eigene Bemühungen um Sprachkritik, Stilreinheit und Wortforschung führten ihn geraden Weges zu der ihm eigensten Kunst der Humoreske. Schopenhauers Ästhetik der Musik und der Tragödie traf ins Herz des jugendlichen Poeten. Dafür haben wir einige treffliche Hinweise aus Tagebuchnotizen der Frühzeit. Nirgends finden wir eine unmittelbare Abhängigkeit, ein zum guten Ton gehörendes Mitschwatzenkönnen über den Modephilosophen. Von Weltverneinung und Pessimismus rückte schon der Zwanzigjährige mit entschiedener Selbständigkeit ab. Ein Satz aus dem Jahre 1894 setzte sich bereits gegen Schopenhauers Lehre von der Auslöschung des Individualwillens durch: «Ich möchte nicht leben, wenn ich nicht lebte.» Den Glauben an den Fortschritt der Menschheit will er sich nicht nehmen lassen, «diesen Glauben, der mir Gewißheit ist». Aber immer wieder tritt zu Tage, wie sehr Morgensterns musikalische Natur von Schopenhauers Ideen befruchtet wird. «Es ist eigentlich eine Ungerechtigkeit, daß der Dichter nicht – gleich dem Musiker – den Teilen seiner Werke hinzufügen darf, in welchem Tempo er sie genommen wissen will» (1896).

Fünf Jahre später, inmitten der großen Ibsen-Übertragung, finden wir einen Satz über das Wesen der Tragödie, der in schöpferischer Kontemplation die Schopenhauerschen Ideen, wie sie sich in Nietzsches *Geburt der Tragödie* kristallisiert haben, fortführt: «Was soll uns Tragödie heißen und als tiefste Erregung von der Bühne herab gelten? Die Darstellung des wahrhaft bedeutenden Menschen, der immer eine tragische Erscheinung ist, weil in allem menschlich Großen neben der großen Freude auch der große Schmerz wohnt, weil in jedem ungemeinen Schicksal das Ja und das Nein allen Lebens wie aus zwei Posaunen erklingt, weil der große Mensch eine Abbreviatur des ganzen Weltgeheimnisses ist.» Und ganz schopenhauerisch klingt der Passus aus: «Die Tragödie ist der tiefe Gesang vom Wesen der Welt und ihm von Zeit zu Zeit erschüttert zu lauschen unser Ewigkeitsdienst in all dem uns überbrausenden Alltag.»

Auch hinsichtlich der Sprache finden wir (1896) Gedanken, die sich an den Wortuntersuchungen Schopenhauers selbständig entzündet haben: «Oft überfällt dich plötzlich eine heftige Verwunderung über ein Wort: Blitzartig erhellt sich dir die völlige Willkür der Sprache, in welcher unsere Welt begriffen liegt, und somit die Willkür dieses unseres Weltbegriffs überhaupt.» Daß «Dichten immer die Wiedergabe von Erinnerung ist», mit dem Zusatz, daß die «Erinnerung selbst etwas Dichtendes, künstlerisch Zusammenfassendes und Auswählendes» ist, sind Gedanken, welche in der gedanklichen Linie des Schopenhauerschen Platonismus liegen. Schon 1894 schrieb Morgenstern: «Alle wahrhaft großen Dichtungen sind Variationen zum Schicksalsliede, seien es Maestosi, Allegri oder Scherzi.» Ein Jahr darauf: «Ich betrachte als eine Aufgabe kommender Dichtergeschlechter, neue Mythen zu schaffen, und wir wollen ihnen schon vorarbeiten.»

Wie ein heimliches Zwiegespräch mit Schopenhauer mutet der folgende Satz (aus dem Jahr 1896) an: «Der Krug des Nichts, aus dem alle Künstler schöpfen ... Schopenhauer nennt das bloße intellektuelle Anschauen die höchste Seligkeit, weil hier der schaffende Wille ganz schwiege. Als ob Schauen nicht schon Schaffen wäre.» Dann setzte er hin: «Ihr wißt ja alle nicht, was Schaffen heißt. Ein Bild malen, ein Gedicht machen?

Nein! Seine ganze Zeit umgestalten, ihr das Gepräge seines Willens aufdrücken, sie mit seiner Schönheit erfüllen, sie überwältigen und unterwerfen mit seinem Geiste.»

In seinen Aphorismen «Ethisches» (in den *Stufen*) lehnen sich Gedanken aus den Frühjahren (1891/92) an Schopenhauer an und führen sie weiter: «Die Menschenverachtung ist für den nachdenkenden Geist nur die erste Stufe zur Menschenliebe ... was uns allen zumeist fehlt, ist das tiefe, dauernde Bewußtsein des wirklichen Elends auf Erden, sonst würden wir über den Gefühlen einerseits des Mitleids, anderseits des Dankes ganz der kleinlichen Misere des eigenen Lebens vergessen... es ist etwas Fürchterliches um einen Menschen, der leidet, ohne Tragik empfinden zu lassen.»

Ein besonderer Abschnitt seiner Aufzeichnungen trägt den Titel «Lebensweisheit» und lehnt sich schon dadurch bewußt an Schopenhauers bekannte *Aphorismen zur Lebensweisheit* an. Schopenhauer sah als oberste Regel aller Lebensweisheit den aristotelischen Satz aus der *Nikomachischen Ethik* (VII, 12), daß der Vernünftige nicht auf Genuß, sondern auf Schmerzlosigkeit ausgeht. Für Schopenhauer waren Glück und Lust von negativer Natur. Das einzige Positive ist für ihn der Schmerz. Er ist der Erzieher des Charakters. Das klingt bei Morgenstern (noch 1905) nach: «Der Schmerz über das, was wir an der Welt verfehlen und von dem sie gemeiniglich nichts weiß, kommt ihr wieder aus der Reife des Charakters», und im darauffolgenden Jahr: «Das Letzte, was wir aneinander erleben, ist schließlich doch das Schmerzlichste. Leide an mir, so spricht selbst noch das Liebste zu uns.» Und im Sinne der indischen Karma-Lehre, wie sie Schopenhauer übermittelte und interpretierte, heißt es bei Morgenstern: «Was du andern zufügst, das fügst du dir zu.»

Morgenstern fügt eine durchaus persönliche, neue Note zur Lebensweisheit als «Lebensliebe». «Es gibt in Wahrheit kein letztes Verständnis ohne Liebe ... das sind die zwei Blumen des Lebens: Das Schaffen und die Liebe. Und nie wird jemand ergründen, ob Gott sich als Welt schafft um der Liebe willen oder ob er liebt um des Schaffens willen.»

Der Lebensverneinung widerspricht Morgenstern entschieden. «Wenn man zum Leben ja sagt und das Leben selber sagt zu einem nein, so muß man auch zu diesem Nein ja sagen.»

Wichtig in seinem Verhältnis zu Schopenhauer sind auch die Bemerkungen über den Humor. Morgenstern erklärt den Humor «als die Betrachtungsweise des Endlichen vom Standpunkte des Unendlichen aus ... Humor ist das Bewußtwerden des Gegensatzes zwischen Ding an sich und Erscheinung», worin sich Schopenhauers These von der Inkongruenz zwischen dem abstrakten Begriff und dem konkreten, realen Einzelfall ausdrückt. Schopenhauers Auffassung des Humors als des hinter dem Scherz versteckten Ernstes wird bei Morgenstern ergänzt und gleichsam erwärmt durch den Nachsatz, daß aus Humor eine «souveräne Weltbetrachtung» entspringt, «welche die gesamte Erscheinungswelt vom Größten bis zum Kleinsten mit gleichem Mitgefühl umschließt, ohne ihr jedoch einen andern als relativen Gehalt und Wert zugestehen zu können».

Als Erkennender ist Morgenstern Schopenhauer niemals gefolgt. So sehr er die Relativität der Erscheinungswelt wertgemäß im Humor sehen konnte, so sehr scheute er sich, die Welt der Sinne als Illusion, als eine subjektive Spiegelung der Maja zu denken, wie es die «Welt als Vorstellung» getan hat. Ein köstlich naiver Satz aus dem Jahre 1896: «Es ist ein furchtbarer Gedanke; ich halte die Hand vors Auge und das ganze Zimmer liegt im Dunkel.» Aus demselben Jahr stammt: «Unser Begreifen ist Schaffen; seien wir doch selig in diesem Bewußtsein.» Allerdings fügt er hier hinzu: «Der Mensch ist ein in einem Spiegelkerker Gefangener», was noch ganz aus dem

Schopenhauerschen Platonismus übernommen ist. Morgenstern wußte schon von Anfang an, daß er keine philosophische, sondern eine künstlerische Natur war. «Alles erkenntnistheoretische Denken ist ein Spielen mit dem Feuer», bekannte er ein Jahrzehnt später. «Jedesmal wieder, wenn man so recht in die ‚Welt' hineindenkt, kommen einem alle menschlichen Gedanken darüber vor wie Kinderstammeln, was sage ich, wie Bewegungen von Insekten, die von der Spitze ihres Grashalmes in die Luft hinaustasten. Und das gilt nicht nur von gewöhnlichen Gedanken, das gilt ebenso von den tiefsten Gedanken unserer fähigsten Köpfe.» Morgenstern nahm als Künstlernatur vom Philosophen nur Keimkräfte, sofern sie im Herzen aufgehen können. «Nur im vorbereiteten Herzen kann ein neuer Gedanke Wurzel fassen und groß werden. Sich vorbereiten, sich zubereiten, den Acker lockern für das beste Korn, ist alles.»

Morgenstern sträubt sich mit seinem tiefsten Wesen gegen jede Spaltung einer diesseitig-illusionären Welt der Erscheinungen und einer jenseitigen Welt urbildlicher Ideen. «Wenn die Gehirnorganisation all ihr Um-sich unter den Formen von Zeit und Raum begreift, so ist anzunehmen, daß der unendliche Stoff hier keine ihm nicht entsprechende Organisation wird hervorgebracht oder: wird zugelassen haben. Ich meine, diese Organisation, die unter Raum und Zeit begreift, erstand doch selbst aus dem, was sie nun begreift, und kann darum als Funktion des zu Begreifenden nicht essentiell von diesem verschieden sein.» Mit andern Worten: die Weltkräfte, die mit den Mitteln von Raum und Zeit das Gehirn aufgebaut haben, sind wesenhaft immanent im Aufbau unseres Gehirns vorhanden. Das vom Schöpfer für das Geschöpf Geschaffene muß vom Geschöpf im Schaffen wieder erkennbar werden.

Er läßt sich die Sicherheit, für sich im Ich die Wahrheit erleben zu können, nicht durch Zweifel und Relativismen rauben. In einem kleinen philosophischen Zwiegespräch drückte er das wiederum auf andere Art aus. Als Antwort auf die Frage, ob die Philosophie der Menschen nicht wirklich so etwas sei wie eine Philosophie der Ameisen, heißt es: «Ja, wenn es die Menschen nur nicht zu dem einen Gedanken gebracht hätten: alles ist mir nur insoweit bekannt, als es meine Vorstellung ist. Dieser Gedanke, der ihm alles zu nehmen scheint, gibt ihm zugleich das Recht, sich selbst dem Sternenhimmel gegenüber zu behaupten, denn das Bewußtsein, daß alles, was er da erkennt, nur ein Bild in ihm ist, ja, noch mehr, daß dies, er ‚selbst' nur ein Bild ist, erlaubt ihm, deinem Ameisengleichnis den Stachel zu nehmen, so gut, wie dem Eindruck gestirnter Ewigkeit. Die Rechnung steht nun für ihn so: Auf der einen Seite ‚alles Seiende' als Bild. Auf der andern das, welches ‚all dies Seiende zusamt sich selbst' – als Bild empfindet.»

Es ist der Dichter in ihm, der sich als Erkennender schließlich so aussprechen will, daß er sich als Fühler eines feingliedrigen Käfers empfindet, «ein solcher Fühler, von unbekannter Urkraft ausgestreckt, tastend sich über die Dinge zu unterrichten suchend, zuletzt forschend zurückgekrümmt auf sich selbst – der Mensch, ein Taster Gottes nach Sich selbst.»

Denken ist für ihn ein «Übersetzen Gottes ins Rationalistische». Denken, das nicht vom Fühlen erwärmt und vom Willen erkraftet wird, hat für Morgenstern wenig Erkenntniswert. Schon früh ist er in diesem Sinne ein Mystiker des Gedankens, aber niemals ein Schwärmer mystischer Gefühle. Wie sehr er sich immer wieder sein Herzenserleben und Dichterbilden erkenntnismäßig klar machen will und wie stark er zum Ende die Philosophie Schopenhauers überwunden hat, erhellen die folgenden Worte: «Wenn ich wüßte, welches Wort der Erde keine Vorstellung enthielte, so würde ich es dazu gebrauchen, das Wort Vorstellung zu überwinden. Aber dieses Wort Vorstellung bleibt zuletzt als einziges auf dem obersten Siebe liegen, das alle andern passiert haben, nur glaube man nicht, damit etwas anfangen zu können. Denn wenn ich sage: Die Welt ist meine Vorstellung, so sage ich damit nichts andres als: eine Vorstellung ist meine Vorstellung. Es gibt keinen Weg hinaus, es gibt nur einen Weg hinein.»

Ganz und gar optimistisch wird seine Erkenntnisanschauung, die er sich in einem dichterischen Bilde so schön verdeutlichen möchte, in welchem er das Denken wie eine trübe Flüssigkeit sieht, «die sich im Laufe der Jahrhunderte langsam klärt. Nach immer mehr Erklärung trachtet der Geist, aber das Ergebnis ist nur immer mehr – Klärung. Und zuletzt wird das Denken schön geworden sein, wie klarer Honig, klares Wasser, klare Luft.»

Sein Dichter-Denken, welches ihm dieses poetische Gleichnis gegeben hat, ringt ganz bewußt nach Einbildungskraft. «Mir fällt in aller bisherigen Philosophie eins auf: Sie hat nie recht genug – Phantasie. Sie zerbrach nie ihre Begriffe – aus Phantasie.» Der Satz, daß alles «Denken wesentlich optimistisch» sei ..., «der vollendete Pessimist würde verstummen und – sterben», bedeutet die endgültige Schopenhauer-Überwindung.

Die Philosophie Schopenhauers wirkte niemals unmittelbar und doktrinär auf ihn ein. Er verdankte ihr aber starke Anregung zu eigener Selbstbesinnung und dichterischer Selbstbestimmung. Sie war es, die ihn schon in der Frühzeit zur Dichtersendung erwecken konnte. «Entweder man ist Künstler *oder* Philosoph. Der Philosoph achtet die Kunst ... aber komplementiert sie hinaus, wenn er mit seinem Ernst allein sein will.»

Morgenstern las im Grunde in Schopenhauer, was schon von allem Anfang an, nur unklar und unbewußt, als seelenverwandtes Saatgut in ihm ruhte. Das trifft besonders für die Idee der Reinkarnation zu, die Morgenstern schon als Ahnung im Seelenleben trug und der er dann in den Schriften Schopenhauers begegnen konnte. Ein Gedicht des Achtzehnjährigen, in dem die Idee der wiederholten Erdenleben zu Tage tritt, fällt in die Zeit des intensivsten Schopenhauer-Studiums:

Wie oft wohl bin ich schon gewandelt
auf diesem Erdenball des Leids,
wie oft wohl hab' ich umgewandelt
den Stoff, die Form des Lebenskleids?

Wie oft mag ich schon sein gegangen
durch diese Welt, aus dieser Welt,
um ewig wieder anzufangen
von frischem Hoffnungstrieb geschwellt?

Es steigt empor, es sinkt die Welle –
so leben wir auch ohne Ruh;
unmöglich, daß sie aufwärts schnelle
und nicht zurück – dem Grunde zu.

Acht Jahre später (1897) tönt dieses gleiche Motiv wieder auf, formschöner ausgedrückt, mit größerer, dichterischer Kraft. Die Verse sind mit «Künstlerideal» überschrieben:

O tiefe Sehnsucht, die ich habe,
erfüllest du dich einst einmal,
daß ich nach dieses Lebens Grabe
mich wiederfänd in Lust und Qual –
in einem neuen Künstlerwerden,
in einem Gott des Tons, des Steins ...
daß ich in ewigen Gebärden
so webte am Gewand des Scheins.

Es endet in der zweiten Strophe:

O immer neu mit vollen Händen,
der Schönheit Meister, aufzustehn,

von Welt zu Welt, mit hehren Bränden,
ein unbekannter Gott, zu gehn!

Die Sehnsucht nach einem «neuen Künstlerwerden», nach dem Genius eines Tonkünstlers oder Plastikers in «ewigen Gebärden am Gewand des Scheins» ist noch ganz schopenhauerisch. Desgleichen tritt dies in Erscheinung in einem der frühen Gedichte «Vor Michelangelos Sklaven» ... «Du bist der Schmerz, der fremde Augen meidet ... du bist der Schmerz, der ohne Tränen leidet, weil sich ihr Strom nach innen stumm ergießt ...» Dies war noch durchaus getragen von der Ansicht über die Positivität des Schmerzes und der Notwendigkeit der Resignation.

Der köstlich-humoristische «Versuch einer Einleitung zur dritten, beziehungsweise ersten Auflage» der Galgenlieder kam aus einer Stimmung, die zweifellos ursprünglich vom Geist der sprachkritischen und stilreinigenden Gedanken Schopenhauers angeregt wurde. Das Werk der Humoresken vermochte durch das Lächeln der heiter verzeihenden Muse dichterisch zu versöhnen, wo ein halbes Jahrhundert zuvor die sarkastische Resignation der Stil-, Sprach- und Zeitkritik Schopenhauers in tragischer Einsamkeit aufgestöhnt hatte.

Das Bild seines Lebens, das er selbst graphisch skizzierte und das Hans Wildermann nach seinem Entwurf ausarbeitete, steht unter dem Titel *Stufen. Eine Entwicklung in Aphorismen und Tagebuchnotizen.* Es ergab sich ihm in der Kontemplation, gestützt auf drei Knotenpunkte seines Schicksals: «Stiel: Weltliche Periode (Nietzsche), beendet durch innere Krankheit. Schale: Öffnung durch Johanneisches. Blut: Erfüllung.»

Stiel, Schale und Inhalt sind Ausdruck einer Einheit. Wie die aristotelische Entelechie als Vollendung durch die Stufen von Potentialität und Aktualität zum Gipfelpunkt gelangt, auf dem die Ichheit das Ziel (*telos*) in sich selbst (*entos*) besitzt (*echein*), so sind auch diese drei Stufen im Bild des Lebens von Morgenstern der Ausdruck der dreieinigen Kraft auf dem Weg zur Individualität. Sie sind weder als Lebenskapitel künstlich getrennt, noch sind sie als Seelenstufen nacheinanderfolgend und sich der Reihe nach überwindend zu betrachten. Sie gehören als Eigentum dem Einzigen. Dessen Weg führt allezeit *In Me Ipsum.*

Die Einheitlichkeit dieses Weges zu sich selbst ist aber natürlich nicht der einmal eingenommene «Standpunkt» des Denkers, die Parole des Routiniers oder der Scheinfriede des Spießbürgers. Sie ergibt sich erst im allmählichen Ausgleichsuchen inmitten des Kampfes gegen Widerstände von außen und durch Widersprüche von innen.

Die weltliche Periode ist keineswegs die Epoche eines Mondänen, nicht die Zeit der Veräußerlichung, sondern schon als solche die Vorstufe und die Vorbedingung seiner Mystik, nichts, was überwunden zu werden braucht, sondern zum Ende gelangt, um daraus mit einem neuen Anfang beginnen zu dürfen.

Der Zwanzigjährige ruft bereits das Wort «Vertiefung» aus

als das einzige Gebet, durch das er zu Gott gelangen kann. Bald darnach ist es ihm, «als ginge sein Weg oft an der Hecke des Paradieses vorbei». Ein Jahr vor seinem Tode setzt er hin:

Sprich du zu mir, mein höher Du!
Ich will mich ganz in Dich verhören.

Worin liegt die eigenartige Signatur seiner Frühzeit? Geistsucher und Mystiker war er von allem Anfang an. Das Erlebnis der wiederholten Erdenleben war ihm schon als Achtzehnjähriger eigen. «Möchte gerne noch oft erwachen, stets als großer Künstler.» Oder in Arco, wo er sich dünkte, einer jener alten Germanen gewesen zu sein, die hier auf den Heerstraßen marschierten. Oder: «Alles Leben kehrt wieder zurück, aufwärts, in das Ehedem. Vergangenheit wird Zukunft ... Des Toten Seele wird vielleicht schon wieder im Keim einer neuen vollkommeneren Form schlummern.»

Diese Erkenntnisse sind spontane Eingebungen. Sie sind ursprünglich, unverbrüchlich mit seiner Entelechie verbunden und deshalb für ihn ein für allemal unwiderleglich. Sie sind nicht literarische Lesefrucht.

Sein weltanschaulicher Idealismus hat sich niemals, auch nicht innerhalb der ersten Frühzeit verleugnet. Er stand schon felsenfest da, bevor er zu veröffentlichen begann. Zur Zeit seines ersten dichterischen Heraustretens, um 1895, betrachtet er bereits die Aufgabe «kommender Dichtergeschlechter», «neue Mythen zu schaffen». Und ein Jahr darauf: «Man müßte sein Ich nicht immer mit sich identifizieren, sondern wie eine Mutter ihr Kind behandeln.»

Sein religiöses Gotteserlebnis fand schon von allem Anfang an Seelenboden. Der Zwanzigjährige ruft: «Wer Gott aufgibt, der löscht die Sonne aus, um mit einer Laterne weiter zu wandeln.» Und etwas später: «Es ist wohl gerade in unserer aufgeregten Epoche mehr denn je nötig, den Blick aus den Tagesaffären emporzuheben und ihn von der Tageszeitung weg auf jene ewige Zeitung zu richten, deren Buchstaben die Sterne sind, deren Inhalt die Liebe und deren Verfasser Gott ist.»

Für ihn stand von Anfang an fest: «Es gibt keine Grenzen der Dinge», also auch keine Grenzen der Erkenntnis im Sinne des Kantianismus. «Weihe ist alles», heißt es in einem andern Aphorismus, der die Hoffnung ausspricht, daß es «Tempel einer neuen Kultur» geben werde. «Ist erst Wille zu solch Heiligtümern, so werden sie selbst in unsern nüchternen Städten emporwachsen können.»

Hier träumt er von einem großen «Nationalheiligtum», das etwa in Thüringen stehen müßte, wobei er wohl an Weimar denkt.

Das eigentlich Charakteristische dieser Epoche liegt nicht im Inhalt seiner Weltansicht, sondern in der Form, in der er zu ihr gelangt. Diese Form ist durch Verstandesanalyse und Zweifel bedingt. Die analysierende Skepsis wird ihm oft wie ein Spaten, durch den er das Erdreich seiner Seelenschau und Geisteinsicht gleichsam auflockern möchte.

Derselbe, der im «Begreifen» einen Schaffensprozeß erkennt, bekennt mit platonischer Erkenntnisresignation: «Der Mensch ist ein in einem Spiegelkerker Gefangener.» Aus der Grundhaltung eines solchen Relativismus führt ihn seine Ironie heraus. Er nennt sie «naiv» wie sein Pathos. «Ich vermag Unglaubliches ironisch zu sagen, ohne eine Spur von frivoler Empfindung.» Und bald darauf bekannte er: «Mein Skeptizismus ist vielleicht gerade das Charakteristische des philosophischen Dilettanten. Der philosophische Dilettant ist immer schnell am Ende aller Dinge, weil er nur die Ergebnisse der bereits gewonnenen Erkenntnis im Auge hat, ohne die Wege zu gehen, ja oft auch nur zu erkennen, auf denen jene erreicht worden sind.» Und dann auch: «Jedes Jahr habe ich mindestens eine Periode fürchterlichsten Zweifels an mir selbst. Dann lebe ich mit beständigen Todesgedanken.»

Oft leidet er an der Art seines Humors. «Meine ewige Fragestellung, ob nicht jeder Humor ein Quantum Philistrosität einschließt.» Denn er fragt sich: «Warum muß ich so unaufhörlich unter mir und andern leiden! Meine Seele ist fortwährend das Spiel über sie hinziehender Schatten.»

Das einzige Mittel, die Achtung vor sich selbst nicht ganz einzubüßen, ist für ihn «fortwährende Kritik». Dieses Element von Selbst-, Welt- und Kulturkritik durchzieht den Aufbau der gesamten Epoche. «Kritik, Kritik, nimmer genug Kritik, ein Spiegel sei mir noch das letzte Tor.»

Er weiß, daß er «sehr sichere Instinkte» hat, aber nicht «die Gabe, eingehend zu begründen, zu erklären». Er findet es «unendlich quälend, die Berechtigung seines Urteils immer wieder aufs neue beweisen zu sollen».

Auch in seiner Selbsterkenntnis drückt sich dieses Zweifelselement aus. «Ich habe viel Talent zum Leben, – wenn das Leben nur mehr Talent zu mir hätte. Aber manchmal weht doch ein Windstoß alle die warme, schützende Illusion fort und dann sehe ich flüchtig meinen Umriß und – schaudere. Ich habe nur Einen wahren und wirklichen Feind auf Erden und das bin ich selbst.»

Die Sprache, das Finden zum wahren Wort, wird ihm oft zum Problem innerster Erkenntnis. Zwischen Realismus und Nominalismus der Worte pendelt seine Erwägung. «Ich habe oft bemerkt, daß wir uns durch allzuvieles Symbolisieren die Sprache für die Wirklichkeit untüchtig machen ... Du bist ein Gymnaseweis, mein Lieber!»

Durch diesen Zustand des cartesianischen Zweifels hindurchzugehen gehört zum Grundzug des modernen Selbstbewußtseins. Der Weg des Zweifelns birgt ein Element der Selbstbestimmung und Ichstärkung in sich, das der schöpferische Geist nicht missen mag. Das kritisch-zweifelnde Ich kann an der Illusionsgewalt unserer nur sinnlichen Betrachtungsart nicht naiv vorbeigehen. Die Relativität der Sinnesbeobachtung entgeht dem tiefer Nachdenkenden nicht. Der innerlich gedanklich Regsame empfindet den subjektiven Bezug im Verhältnis zur Welt. Durch die psychologischen Erforschungen der Sinnesempfindung wird dieser subjektive Bezug zum Erkenntnisproblem. Der Dichter, der darüber weder akademisch dozierte, noch philosophisch systematisierte, brachte diese Problematik in die Form seiner tagebuchartigen Aufzeichnungen. Sie sind gleichsam der Seismograph seiner Seele.

Selbstzweifel und Zeitkritik waren die beiden Pole, die Systole und Diastole der Erkenntnisgesinnung seiner Frühzeit. Der Zweifler schließt so viele Tore, wie er zu öffnen vermag. Er ist Pförtner und Türhüter, höchstens noch Wegweiser oder Warnungssignal. Der Anfangsimpuls der Skepsis führt das Ich geradezu zu einem Abstecken und Begrenzen seiner Wirksamkeit, er rüttelt es wach. Die Welt wird nicht mehr als naiv gegeben erlebt. Der naive Realismus, der den Menschen nur zu einem passiven Nachphotographen der Sinnenwelt gemacht hat, ist seit dem Aufgang des neuzeitlichen Selbstbewußtseins, seit Bacon und Locke, Descartes und Montaigne, Kant und Fichte endgültig aus dem Gesichtsfeld der Philosophie verschwunden, die nunmehr durch die Ergebnisse der modernen Sinnesphysiologie und Erkenntnistheorie gestützt wird.

Der Satz des Dreiundzwanzigjährigen: «Ich möchte nicht leben, wenn *Ich* nicht lebte» stößt durch alle Relativität der Skepsis durch. Schon hier beginnt der Urimpuls seiner Ichkontemplation. Freilich ist er hier erst im Stadium des «Stieles», der Basis, des Anbeginns. Er ist ein Anfang, aber mit dem lateinischen Wortsinn von *initium,* also mit dem Wesenselement, welches das Ich zu Initiation des Willens und zur Initiative des Herzensmystikers führt.

Die Stufe der Skepsis im Durchgang durch das Erlebnis des Relativismus ist gewissermaßen die große Initiale seines Erkenntnisweges. Diese Anfangsstimmung in seinem Bewußtsein geht durch alle Gedanken und Anmerkungen der Frühzeit hindurch. Es ist ein Suchen nach Grund. «Wir leben doch alle auf dem Meeresgrund (dem Grund des Luftmeeres) – Vineta», schreibt er bereits mit einundzwanzig Jahren.

Dieser Impuls, die Zeit umzugestalten in der Umwertung aller Werte und ihr seinen Willen aufdrücken, kommt aus der Schule Nietzsches. Sie ist der Kern der «weltlichen» Periode. «Höchste Empfindungen. Phantasie im Gewande intimster Natur ... eine Durchgeistigung der Realität auf allen Punkten, künstlerischer Polytheismus (im Sinne der Kunst), das meine ich, muß das Programm der Zukunft, unserer Zukunft sein. Der Sieg des menschlichen Geistes über die Außenwelt muß vollkommen werden.» Hier drückt sich ganz individuell geprägt der neue Kulturwille aus, wie er aus Nietzsches Welt kommt. «Alles Große», so fügt er hinzu, «macht sterben und auferstehen. Wer an Nietzsche und Lagarde nicht immer wieder stirbt, um an ihnen auch immer aufzuerstehen, dem sind sie nie geboren worden.»

Es gibt keinen schöpferischen Geist um die Jahrhundertwende, der sich nicht an Nietzsche erprobt hätte. Die Begegnung mit seinem Werk führte jeden auf seine Weise durch ein Inferno von Fragen und stellte ihn vor eine Freiheitsentscheidung, die im Kulturleben um die Jahrhundertwende ohnegleichen war. Vor allem waren es die Dichter, welche durch das Tor der Nietzscheschen Geistesfahrt ziehen wollten. Denn Nietzsche war im Wesensgrund Dichter, Musiker, Rhapsode.

Den Altphilologen hatte er bereits im ersten Basler Jahr überwunden. Die bald entstandenen Frühschriften, unter denen die *Geburt der Tragödie aus dem Geiste der Musik* der schönste Edelstein wurde, waren leidenschaftlich konsequent von der Zunft abgelehnt worden. Den Philosophen im Sinne eines erkenntnistheoretischen Strebens hat er niemals in sich beherbergt. Sagt er nicht wie zu seiner Beruhigung und Rechtfertigung: «Die Menschheit hat an der Erkenntnis ein schönes Mittel zum Untergang.»

Nietzsche war Sänger, Rhythmiker, Tondichter. Seine Lieder und Vokalquartette, sein Oratorium *Moses,* seine gegen Schumann gerichtete Manfred-Meditation, eine Sinfonie ... fallen in die Frühzeit unmittelbar vor und während der Freundschaft mit Wagner. Sein Hymnus auf die Freundschaft (entstanden um 1873/74), den Peter Gast im Jahre 1887 vor Italienern spielen ließ, erschien dem Publikum «als wahre Kirchenmusik mit Kalvarienbergstimmung».

Er, den seine Mitschüler in Schulpforta den «kleinen Pastor» nannten, dichtete seinen Hymnus an den unbekannten Gott, dem er dienen wollte. Fast mit den gleichen Worten, die man in der Apostelgeschichte in bezug auf die Predigt des Paulus in Athen findet, spricht sich hier sein jugendliches Gottsuchen aus.

Sein «Motto» um die Zeit um 1871 lautete, im Lied und Sinnspruch singen und sagen zu dürfen. Es mutet wie eine kleine Ouvertüre zu geplanten Hymnen, Psalmen und Rhapsodien an.

Was er in der vorsokratischen Zeit im frühesten Hellenentum gesucht hat, ist Mysterienweisheit der Orphik und der Eleusinien. Das liegt seiner Entdeckung der Polarität von Apollon und Dionysos zu Grunde, wie sie in der *Geburt der Tragödie* veranlagt ist, die er als Musiker Wagner geweiht hat. Nicht als Denker, geschweige denn als Altphilologe, sondern als Hymniker ahnt er diese Zusammenhänge. Aber später, als er sich als Denker in seinem Sinnessprüche-Spiel von metaphorischen Antithesen immer engmaschiger verfängt, verdunkelt sich ihm diese Ahnung wieder. Schließlich wird bei ihm alles Frühgriechentum zur Apotheose von Urtrieben und Urinstinkten, zum Mißverständnis der Tragik, zum Propagieren eines müden, mit sich selbst kokettierenden Pessimismus.

Er plant ein Empedokles-Drama. Statt dessen haben wir die glänzenden, wenn auch oft widerspruchsvollen und einseitigen Ausführungen über die *Philosophie im tragischen Zeitalter der Griechen.* Dem Priesterweisen von Agrigent fühlt er sich leidenschaftlich seelenverwandt: «Empedokles ist der reine tragische Mensch. Sein Sprung in den Ätna aus – Wissenstrieb. Er sehnte sich nach Kunst und fand nur das Wissen. Das Wissen aber macht Fausten.»

Nicht Wissen, keine Erkenntnis oder Wahrheitssuche! Instinktsicher und lebensfördernd – das sind die Impulse, die ihn als Musiker führen und als Rhapsoden verführen. «Bei Goethe ist gemäß seiner epischen Natur die Dichtung das Heilmittel, das ihn gegen die volle Erkenntnis schützt. Bei den tragischen Naturen ist die Kunst das Heilmittel, das von der Erkenntnis befreit.» Nicht nach Erkenntnis, sondern nach Lebensförderung geht sein Sinn. «Die Falschheit eines Urteils noch kein Einwand gegen ein Urteil.» Das ist für ihn charakteristisch. In Betracht kam immer nur, wieweit das Urteil lebenserhaltend, arterhaltend, artzüchtend war. Das lag als Grundstimmung für den Rhapsoden in *Jenseits von Gut und Böse.*

Doch immer wieder findet er zurück zu Goethe, als Ausgangspunkt, als Mitte, als Ideal. Im Nachlaß (zur Zeit der *Geburt der Tragödie*) finden sich Worte wie die folgenden, die so viel später verschüttete Ahnung verbergen: «Die Griechen sind die Künstler des Lebens. Sie haben ihre Götter, um leben zu können, nicht um sich dem Leben zu entfremden. Wichtig der Idealismus der Lebenden zum Leben. Ein Kreuz mit Rosen umhüllt, wie Goethe in den Geheimnissen.» Da drücken sich Vorempfindungen und Sympathien mit einem rosenkreuzerischen Christentum aus, allerdings ganz unverbindlich, aphoristisch, wie erratische Blöcke.

Morgenstern wollte in erster Linie dem Dichter-Musiker in Nietzsche begegnen, dem Freiheitshymniker und Zeitkritiker der *Unzeitgemäßen Betrachtungen* (der von «der Exstirpation des deutschen Geistes zugunsten des deutschen Reiches» warnend rief), dem Manne, der Schopenhauer und Wagner sein eigenwilliges Denkmal setzte. Nach all der intellektuellen Studierstubenstickluft des Kantianismus und Hegelianismus mußte die freie Luft, die in Nietzsches Werken weht, den frühen Morgenstern erfrischen: dieses kühne Überbordwerfen eines dualistischen Dogmatismus, einer leblosen Metaphysik.

Der freie Geist! Die Verführungsgewalt der Faszination der Nietzscheschen Blitzlichter und Schlagzeilen. «Daß es dergleichen freie Geister einmal geben könnte, daß unser Europa unter seinen Söhnen von Morgen und Übermorgen solche muntere und verwegene Gesellen haben wird: daran möchte ich am wenigsten zweifeln», so rief er in der Vorrede 1886 zur zweiten Auflage von *Menschliches Allzumenschliches*, das er ein Buch für freie Geister genannt hatte.

Diese Totalforderung nach dem ganz auf sich selbst Gestelltsein mußte die Jugend um die Jahrhundertwende bejubeln. Und doch stand jeder immerzu vor der Entscheidung einer Verführungsgefahr. Ist es noch derselbe Nietzsche, der jugendlich die paulinisch gestimmte Hymne an den unbekannten Gott gesungen hat, welcher später in der Lebenswende um das fünfunddreißigste Jahr (1879) im *Wanderer und sein Schatten* über die Willensfreiheit spottet und sie als eine Erfindung der «herrschenden Stände» diskreditiert? Das Gewissen wird ihm der Ausfluß der Dummheit – wie der Biß eines Hundes –, nicht mehr die Stimme Gottes in der Brust des Menschen. Paulus ist als der schlaue «Erfinder der Christlichkeit» (mit Calvin, dem Lehrer des Prädestinationsgedankens) «also doch Saulus geblieben – der Verfolger Gottes»!

Und doch auch wieder ganz anders: «Was sagt dein Gewissen? – Du sollst der werden, der du bist.» Diese Ichgewißheit war es, was die neue Kulturzeit forderte und was sich in Nietzsche so tragisch erfüllte und «überfüllte». Auf der andern Seite rufen aber die Verse ihr flammendes *Ecce Homo :*

Ja ! Ich weiß, woher ich stamme !
Ungesättigt gleich der Flamme
Glühe und verzehr' ich mich.
Licht wird alles, was ich fasse,
Kohle alles, was ich lasse :
Flamme bin ich sicherlich.

Neben diesem Ich-Feuerspruch auch seine «Sternmoral» mit dem Schluß:

Mitleid soll Sünde für dich sein !
Nur ein Gebot gilt dir : sei rein !

Im *Zarathustra* geht der einsame Wanderer in den frühen Vierzigern, jäh am Abgrund vor dem Zusammenbruch, wiederum ganz in die rhythmisch-musikalische Rhapsodenweise ein und erreicht damit seinen dichterischen Höhepunkt. Mehrere Jugendjahre lang geht Morgenstern begeistert in diese Nietzschesche Engadiner Höhenluft ein.

«Ich lehre euch den Übermenschen!» Dieses Wort, geprägt in Goethes *Faust,* gesprochen vom Erdgeist, umgewertet durch Darwin in einen physisch-artmäßigen Zuchtbegriff, ist ja nichts anderes als die Forderung nach Wanderschaft, Entwicklung, Vollendung. Denn: «Der Mensch ist etwas, das überwunden werden soll. Was habt ihr getan, ihn zu überwinden?» Wenn Nietzsches Zarathustra ausruft: «Der Übermensch ist der Sinn der Erde», dann heißt dies in seinem Sinne nichts anderes als der wahrhaft freie Mensch, das Ich, das sich ganz erfüllt, weil es sich als die Vollendung der Schöpfung völlig seiner selbst bewußt geworden ist. Der Mensch ist eine Brücke, kein Zweck. Er ist immerzu auf Wanderschaft zu sich selbst, er verwirklicht sich durch sich selbst, aber nicht als Werkzeug außermenschlicher Intention oder göttlicher Vorsehung.

Dann aber gleich wieder die Übersteigerung im Fieberwahn, die alle gesunden Ansätze zur Selbstbestimmung zerstört. «Wo ist der Blitz, der euch mit seiner Zunge lecke? Wo ist der Wahnsinn, mit dem ihr geimpft werden müßtet? ... Seht, ich lehre euch den Übermenschen; der ist dieser Blitz, der ist dieser Wahnsinn!»

Selbstprophetie des Eigenschicksals! Und doch wiederum: diese Hellhörigkeit in bezug auf alles, was in ihm und um ihn als Erscheinung des Auf- und Niederganges vorgeht, übte auf die wachen Zeitgenossen um Morgenstern den selbstverständlichen Zauber der Faszination aus, dem sich ein innerlich Unabhängiger und Schöpferischer nicht zu entziehen vermochte.

Erbarmungslos zeichnete sich der Denker-Dichter selbst als der ruhelose Wanderer von Sils Maria:

Zu nah ist mir der Wolken Sitz –
ich warte auf den ersten Blitz.

Es gibt aber auch Verse und Dithyramben, wo alles in ihm in ruhigster Demut daliegt – in einer Stimmung der Mittagsruhe, erfüllt mit dem panischen Aufschrei über die abgrundtiefe Schönheit der Schöpfung. Hier ist besonders ein Gedicht «Nach neuen Meeren» bemerkenswert, das diese kühne, herrliche Pionierstimmung des Staunens zum Ausdruck bringt, die voll von Andacht und Ehrfurcht schwingt:

Dorthin – will ich: und ich traue
mir fortan und meinem Griff.
Offen liegt das Meer, ins Blaue
treibt mein Genueser Schiff.

Alles glänzt mir neu und neuer,
Mittag schläft auf Raum und Zeit –;
Nur dein Auge – ungeheuer
blickt mich's an – Unendlichkeit!

Wiederum der Rhapsode in Nietzsche, der lauscht und lauschen läßt und, indem er im lyrischen Bilde bleibt, uns berauscht mit seiner tief-ehrlichen Willensrichtung des Icherlebnisses.

Ein Denker aber als ein Sucher nach Wahrheit war er nie gewesen. Er sagte ja ganz unumwunden: «Es gibt ein Mißtrauen in mir gegen Dialektik, selbst gegen Gründe» (an Georg Brandes, 2. Dezember 1887), und Zarathustra ruft: «Du frägst warum? Ich gehöre nicht zu denen, welche man nach ihrem Warum fragen darf.»

Nietzsche war als reiner Dionysiker der späteste aller Romantiker. «Nacht ist es: nun reden lauter alle springenden Brunnen. Und auch meine Seele ist ein springender Brunnen. Nacht ist es: nun erst erwachen alle Lieder der Liebenden. Und auch meine Seele ist das Lied eines Liebenden. Licht bin ich: ach, daß ich Nacht wäre! Wie wollt ich an den Brüsten des Lichts saugen.» Klingt das nicht anstatt aus dem *Zarathustra* aus den *Hymnen an die Nacht* des Novalis? Oder der merkwürdige Ausruf: «Ich muß ein Engel sein, wenn ich leben will: ihr habt nicht so harte Bedingungen.» Und andernorts: «Was Qual und Entsagung betrifft, so darf sich das Leben meiner letzten Jahre mit dem eines Asketen irgendeiner Zeit messen.» Und schließlich in tragisch-romantischer Selbstironie:

Daß ich verbannt sei
vor alles Wahrheit,
nur Narr!
Nur Dichter!

Nietzsche ist das tragischste Zeitphänomen des letzten Drittels des neunzehnten Jahrhunderts. «Mit Nietzsche (so heißt es in einem geistvollen Essay Albert Steffens) stellte die Zeitepoche, die damals einen Sprung machte, nämlich den von der Sinnesbeobachtung zur Geisteserkenntnis, die von nun an wieder möglich wurde, eine Probe an.» Nietzsche war kein Architekt, sondern ein Brückenbauer. Er stürzte dabei in den Abgrund. Er kam nicht von den Vorstellungen der materialistischen Naturwissenschaft los. In seine Jugendzeit fielen die ersten Auflagen von Darwins *Entstehung der Arten*, von Kirchhoffs *Spektralanalyse*, von den Schriften von Karl Marx. Als er geboren wurde, proklamierte man Mayers Gesetz der Erhaltung der Kraft. Nur zu Goethes Geisteswelt riß der Faden niemals ganz ab. So finden wir Verse wie die, welche Goethes Naturwissenschaft gegen Darwins Weltsturm verteidigen wollen:

Darwin neben Goethe setzen
heißt: die Majestät verletzen –

«Es ist aus seinem Nachlaß im einzelnen zu ersehen, wie der Blitz Nietzsche-Zarathustra in jenen Herbst- und Wintermonaten 1893 in ihn einschlug und auf sein Schaffen wirkte», schrieb Michael Bauer in seiner Biographie und weist auf den «heroischen Gesundheitsimpuls» der Nietzscheschen Verkündigung, die «den jungen Morgenstern alle Enttäuschungen überwinden läßt, die ihm gerade im Winter 1893/94 vom Schicksal beschieden waren».

Du machtest meine Jugend tief.
Wer wies mir Größe, wenn nicht du?
Dir flog mein Geist, ein Adler, zu:
Er ward erst Adler, da dein Geist ihn rief.

So dankt Morgenstern dem Dichter und Denker, der «Frühgeburt einer noch unbewiesenen Zukunft».

Dem Geist Friedrich Nietzsches widmet Morgenstern seinen lyrischen Erstling *In Phantas Schloß*. An seinem vierundzwanzigsten Geburtstag, am 6. Mai 1895, schrieb Morgenstern an die unglückliche Mutter: «Der Augenblick, da ich diese Zeilen schreibe, ist einer der feierlichsten und bewegtesten meines Lebens. Ich, ein junger Mensch von vierundzwanzig Jahren, wage es, meine erste Dichtung in die Hände *der* Mutter zu legen, der ehrwürdigen Mutter, die der Welt einen so großen Sohn geschenkt hat und mir im besonderen einen Befreier, ein Vorbild, einen Auferwecker zu den höchsten Kämpfen des Lebens. Jener Geist sieghafter, stolzer Lebensverklärung, jenes Königsgefühl über allen Dingen, von denen der geliebte Einsame so oft gesprochen hat, weht, glaube ich, auch durch die vor Ihnen liegenden Gedichte, welche ich deshalb humoristisch im verfeinertsten Sinne ihrer Mehrzahl nach mir zu nennen erlaubte. Mein Buch ist dem Geiste Ihres edlen unglücklichen Sohnes in tiefer Dankbarkeit und Liebe gewidmet.»

Schon ein Jahr darauf (um 1896) erkannte er klar, daß es «kaum eine größere Gefahr für einen Menschen gibt, als Nietzsche zu lesen. Es ist wie ein Wühlen im Schmerz meines eigenen Unwerts.» In Nietzsches Natur sieht er die merkwürdige Vereinigung von «wahrhaft ehrwürdiger Bescheidenheit und Frömmigkeit zur Kultur», als würde er sagen: «Möchten andere es besser machen als ich.»

Er sah in erster Linie in Nietzsche den Kämpfer gegen seine Zeit, den Kulturkritiker. «Man sieht Nietzsche ins Auge und weiß, wo das Ziel der Menschheit liegt.» Ganz frei ist er aber sogar innerhalb der ersten Periode nicht von einem gewissen Willen, sich zu distanzieren. Er frägt, ob nicht der Kehrreim «Also sprach Zarathustra» mit «einem gewissen Auguren-Lächeln gelesen und geschenkt werden müßte». Er glaubt, daß er «eine feine Parodie auf jene Schlußphrasen wäre, womit noch jeder ethische Neuerer bisher seine Sätze gesiegelt».

Seine Nietzsche-Lektüre ist weit stärker ein Nachgefühl als ein Einverständnis. Seine Geistverwandtschaft entspringt aus einem Gefühlselement. «Wer sich an seinen ‚Widersprüchen' stößt, hat nie mit ihm gedacht (noch mehr: gefühlt) – ist nie mit ihm geflogen.» Als Dichter liest er den Dichterphilosophen, denn «einen leidenschaftlichen Wegsucher wie Nietzsche begreift man nicht bloß als kluger Kopf».

Morgenstern stößt nicht vor dem Ablauf seines fünfunddreißigsten Lebensjahres im entscheidenden Sinne als Überwinder Nietzsches durch. Erst 1906 wird ihm «immer gewisser, daß Nietzsche überall da versagt, wo er sich bewußt oder unbewußt der Eitelkeit seines Geistes hingegeben hat». Den *Zarathustra* nennt er jetzt «bei allen Einzelheiten unbestreitbarer Größe eins der schlechtesten Bücher, die es gibt, ein Mischmasch von Grandiosem und Banalem ... ein Spiel mit dichterischen Bildern und Gleichnissen, das oft groß und tragisch, öfter noch fast unbeherrscht und geschwätzig wirkt». Und er meint, das Buch wäre klassisch, wenn es auf etwa zwanzig Reden reduziert wäre. Schließlich kommentiert er: «Sobald er sich ins Schlepptau nehmen ließ, wurde er ein Schriftsteller unter Schriftstellern und nicht einmal immer ihr erster. Und er wurde manchmal nicht nur an-, sondern noch mehr mitgeregt.»

In bezug auf seinen Stil findet er endlich Nietzsche einen «Manieristen seiner selbst» und seine Philosophie «Abendröte, nicht Morgenröte, und wer von ihr aus weiter schreitet, der wandelt in die – Nacht».

III. DER KAMPF UM IBSEN

Das einschneidenste Erlebnis innerhalb der zweiten Hälfte von Morgensterns Zwanzigerjahren war die Begegnung mit Ibsen. Sie trat in den Bannkreis seiner Kulturwachsamkeit, nachdem sie dem Berliner Theaterbesucher von früh an zum Erlebnis geworden war. Jetzt forderte sie ihm eine völlige Wesensdurchdringung ab, aus der ein jahrelanges Übersetzungsbemühen folgte. Die Begegnung mit Ibsen verharrte nicht als literarische Episode, als Bildungserlebnis oder Studienobjekt. Jäh ergriff sie die Tiefen seiner Persönlichkeit mit aller Magie der Faszination und Suggestion des Ruhms und führte ihn selbstquälerisch durch die Wüstenei von Zweifel, Überwindung und Abwehr.

Der siebenundzwanzigjährige Morgenstern hatte das Glück, den siebzigjährigen Großmeister des europäischen Theaters auf dessen steilster Stufe des Weltruhms persönlich begrüßt zu haben, von ihm in Norwegen empfangen und mit der Übersetzung seiner wichtigsten Werke betraut worden zu sein.

Ibsens Werk war für Morgenstern eine heterogene Welt. Sie trat an ihn ohne innere Seelenverwandtschaft heran, unnachbarlich, mit fremder Anforderung. Ein Jahr vor dem großen Übersetzungsplan (1896) bemerkte Morgenstern in seinem Tagebuch, daß das «naturalistische Drama nur dann Wert hat, wenn es den Menschen, so wie er heute ist, sich selbst unerträglich macht. Ibsen. Hauptmann.» Im gleichen Zusammenhang nannte er den Naturalismus «eine rein historische Kunstanschauung ... nur ein Studium, kein Ziel».

Als Siebenundzwanzigjähriger begann er mit dem Übersetzungswerk, das er erst im zweiunddreißigsten Lebensjahr abschließen sollte, durch Krankheit erschwert und durch Kuraufenthalt unterbrochen, forderte diese Tätigkeit ein halbes Jahrzehnt ab, innerhalb dessen Morgenstern vier eigene Gedichtbücher veröffentlichte. *Auf vielen Wegen* erschien 1897, nachdem eben Ibsens Werk in die Welt des jungen Lyrikers fordernd eingetreten war. Ein Jahr später folgte *Ich und die Welt*, dann *Ein Sommer*. Das letztere Buch und das im Jahre 1902 folgende *Und aber ründet sich ein Kranz* erschienen im S. Fischer-Verlag, in dem auch die deutsche Gesamtausgabe Ibsens mit den Übersetzungsbeiträgen Morgensterns vor die Welt trat.

Nichts spricht beredter für die Wertschätzung, die Ibsen der Übersetzertätigkeit Morgensterns entgegenbrachte, als der Umstand, daß das Drama *Wenn wir Toten erwachen* ihm vom Dichter zur Übertragung empfohlen wurde, ehe er es selbst zum Abschluß gebracht hatte. Auch die Verdeutschung des *Brand* war noch nicht vollendet worden.

Morgenstern fand die Aufgabe, die Versdramen und Gedichte Ibsens aus dem Norwegischen ins Deutsche zu übertragen «sehr schwer», aber keine «ehrenvollere und mehr Ehrgeiz entflammende» (so heißt es in einem Brief an Marie Göttling Ende 1897). «Es wäre herrlich, wenn alles glückte, denke Dir, daß damit meine Lebenslage endlich sicher würde und die ungewissen Projekte nach der freien Schriftstellerei hin verabschiedet werden könnten ... Ich habe freilich Sorge um mein eigenes Schaffen, aber ich glaube doch zu fest an die Zukunft, um zu fürchten, es werde verkümmern.»

Anfang 1898 begab sich Morgenstern nach Norwegen, um im Lande selbst die Sprache meistern zu können. Es kam zu vielfachen persönlichen Begegnungen mit Ibsen: am 1. Juli, dann im Januar, Februar, März und Juni des darauffolgenden Jahres. Am 1. Mai 1898 schrieb Ibsen an Julius Elias, er hege den lebhaften Wunsch, daß Morgenstern sein neuestes Werk *Wenn wir Toten erwachen* besorgen möge, denn «er ist ein höchst begabter, wirklicher Dichter ... außerdem ist er vollständig vertraut mit der norwegischen Sprache, ein Vorzug, den zu finden ich früher nicht bei vielen meiner deutschen Übersetzer das Glück hatte». Auf die so schnell zustandegekommene Übersetzung des letzten Werkes schrieb Ibsen einen begeisterten Dankbrief aus Oslo (vom 2. Januar 1900) – die erste briefliche Botschaft, die Morgenstern wohl im neuen Jahrhundert erhalten hatte: «Lieber Freund – ich habe Ihnen für so vieles zu danken. Zuerst für Ihr warmes gutes Telegramm, als Ihre Arbeit beendet war. Dies war die erste Botschaft, die ich von draußen aus der Ferne empfing, die darum für mich doppelt wertvoll war. Und dann haben Sie meiner Frau und mir Ihre schönen, stimmungsvollen Sommergedichte gesandt, aus denen ich sehen kann, daß Sie ein Sommerleben auf echte Dichterweise gelebt haben. Herzlichen Dank und gut Glück für das Buch. Und wann werde ich die Freude haben, Sie wieder hier oben zu sehen?»

Begegnungen mit Büchern, die so viel Bemühung erfordern wie Übertragungen von Versdramen, erscheinen mit Schicksalshaftigkeit. Die beiden Meisterwerke, die dramatischen Gedichte *Brand* und *Peer Gynt*, waren unter allen Werken Ibsens dem Lyriker am kongenialsten. An diesen Versdramen durfte sich seine eigene Sprache schmieden und schleifen.

Es ist hier nicht der Ort für eine eingehende Interpretation der Ibsenschen Versdramen, sondern nur für eine Würdigung der Übersetzungsarbeit. Da aber Morgenstern so oft bekannte, wie sehr ihm *Brand* als Charakter auch wirklich dichterisch nahestehe, werfen wir doch einen Blick auf den Ibsenschen Helden.

Ibsen selbst erklärte, daß er bei der Gestaltung des *Brand* nicht von Kierkegaard beeinflußt gewesen sei. Aus Lesefrüchten der Werke des großen Dänen braute Ibsen kein Werk zusammen. Und doch ist *Brand* ein Spiegel der damaligen skandinavischen Verhältnisse. Wie achtzig Jahre vorher Goethe im Garten der Villa Borghese an der Hexenküche des *Faust*, dieser nordischsten aller Szenen, schrieb, so schuf Ibsen in der Nähe von Rom am *Brand* und dann später in Sorrent am *Peer Gynt*.

Schon Georg Brandes erbrachte den Nachweis, daß ein gewisser G. A. Lammers, der als Pfarrer in Ibsens Vaterstadt Skien lebte, und der im selben Jahre aus der Landeskirche austrat, als Kierkegaards Agitation gegen das offizielle Christentum begann, das Modell zum Brand war. Es ist jedenfalls sicher, daß Ibsen wenigstens einigermaßen über die Schriften Kierkegaards Bescheid gewußt hat, besonders über dessen *Entweder-Oder*, den *Begriff der Angst* und die *Krankheit zum Tode*. Die Hauptideen Kierkegaards fanden im damaligen Skandinavien ein erhitztes Für und Wider. Die drei sittlichen Gebiete, welche Kierkegaard als ästhetisch, ethisch und religiös hinstellt, ertragen weder Synthese noch Kompromiß. Der Mensch kann nur in einem der Gebiete tätig sein, obgleich er auch den Übergang von einem zum andern vollziehen darf. Die Idee des Christen ist die der Christusähnlichkeit. Der Mensch wird nur in dem Maße geistig ein Christ, in welchem er leiblich zu existieren aufhört. Die leidenschaftliche Ablehnung des konservativen Klerus ergibt sich aus dem Puritanismus Kierkegaards von selbst.

Die Verachtung des orthodoxen Pastorentums, wie sie alle Schriften Kierkegaards durchpulst, erscheint in Brand besonders ausgeprägt, fand aber auch in späteren Werken erneuten Ausdruck, wie im Molvik der *Wildente* und im Manders der *Gespenster*.

Die überragende Rolle des Willens, welche Kierkegaard der menschlichen Ethik zuweist, ist wohl im *Brand* das charakteristische Element. Das Kierkegaardsche Entweder-Oder wird bei ihm zum «Alles oder Nichts», auf die Spitze getrieben und *ad absurdum* geführt. Die «Alles oder Nichts»-These, die sich bei Kierkegaard keineswegs finden läßt, obwohl sie keimhaft in ihm eingeschachtet liegt, wird von Ibsen mit bewußter Absicht karikiert.

Brand ruft in Empörung gegen Kirchendogma:

Die Kirchensprach' vergaß ich längst:
Kaum weiß ich, ob ich noch ein Christ –
doch das gewiß, daß ich ein Mann
und einer, der erkennen kann,
was für ein Wurm am Lande frißt.

Er will sittliche Autonomie, «ganz er selbst zu sein». Sein Eigenwille ist hart wie der norwegische Granitblock eines firnumgürteten Fjords. Er eilt auf Bergpfaden hinauf und trotzt der Gefahr von Abgründen und Klüften; er fährt unbegleitet auf dem Rettungsboot und setzt bewußt sein Leben aufs Spiel. Er bleibt in seiner Pfarre, um seiner harten Mutter nahe zu sein für die Vergebung ihrer Sünden, während sein Söhnchen Alf dem rauhen Klima unterliegt und stirbt. Er verliert schließlich nicht nur Mutter, Sohn und Gattin, Kirche und Gemeinde – er verliert sich selbst. Die Lawine, der er früher oft mutvoll entgangen ist, begräbt ihn am tragischen Ende. Dieser Schluß mit den übersinnlichen Stimmen gab Anlaß zu den verschiedensten Deutungen. Die einen nahmen es als bloße Halluzination des Helden, die andern als Kritik an Kierkegaards Forderungen. Für die mehr mystischen Empfindungen wird es schwierig, die himmlischen Stimmen in Einklang mit Brands Taten zu bringen, denn nirgends handelt der Held in geistreicher Verbindung mit Gott oder den Stimmen seiner Boten, die das, was Brand seine «Pflicht» nennt, weder fordern noch anerkennen. Aus einem Brief Ibsens an Georg Brandes (vom 26. Juni 1869) entnehmen wir, daß er gegen jedwede einseitig religiöse Deutung der Schlußszene protestierte. Er hätte Brand ebenso als Bildhauer oder Politiker hinstellen können, es sei ihm nicht auf Dogmatisch-Religiöses, sondern auf das Problem der Selbstbestimmung des Willens angekommen.

Das Drama endet als tragische Frage. Dies entspricht der

Dichternatur Ibsens. Zwei Jahrzehnte nach Kierkegaards Forderung «Märtyrer sind das einzige, was wir brauchen» stellt Ibsen als Dichter seine dramatische Frage, ohne als Denker darauf antworten zu wollen. Die Tragik Brands entspricht den Grundsätzen der Kierkegaardschen Ästhetik, welche eine tragische Schuld, die aus dem freien Willen kommt (die er ethisch nennt), und eine andere, die aus den Umständen stammt (die er als ästhetisch bezeichnet), unterscheidet. Die wahre Tragödie müsse das Gleichgewicht zwischen beiden halten können (*Tagebuch eines Verführers*).

Die Sprachkunst Morgensterns hat uns mit einer wahren Nachdichtung beschenkt, die vom persönlichen Atem durchhaucht ist, denn der junge Lyriker kämpfte mit dem Helden seines Übersetzungswerks um seelenverwandte Probleme. Mit Nietzscheschem Eifer ruft der Ibsensche Brand durch Morgensterns Wortkunst «Knechtgespenst» und «Sklavengott»:

Nicht ich bin's; rings um uns die Zeit, –
sie ist's die krank, nach Heilung schreit.

Oder wenn Brand sagt, er wäre kein «Kanzelhengst», denn:

Kaum weiß ich, ob ich noch ein Christ, –
doch das gewiß, daß ich ein Mann,
und einer, der erkennen kann,
was für ein Wurm am Lande frißt.

Dem Gottesbild der konventionellen Orthodoxie kehrt Brand den Rücken, im Nietzscheton heißt es daher: «Mein Gott ist Sturm, wo Deiner Wind.»

Brands Glaube an Gott ist zugleich Glaube an die Kraft des Menschen, Gott zu finden, selbst Gottes Bildnis zu werden. Brand will kein Reformator sein. Fern ist ihm Gottesleugnung. Was er will, ist, neue Formen zu geben («von Form zu immer neuer Form», «... vom Fleisch zum Urquell Gott zurück»), denn heute ist das Gottesbild «verflacht, ganz nach dem Gott, den Ihr euch macht».

Das Zurückfinden zu Gott muß aus eigenster Kraft geschehen – ein Zurückfinden zum zweiten Adam. Fast paulinisch klingen die Worte mit dem Eifer und der Sprachkraft des Dichters der *Galgenlieder* und des *Palmström*. Man achte auf die Fülle von Binnen- und Doppelreimen, von köstlichsten Koppelungen und Reimsprüchen wie:

Harmlos wiewohl noch so respekt-
einflößend, daß es Kinder schreckt.

Diese Worte aus dem Munde des Eiferers Brand muten fast wie eine Humoresken-Strophe an. Michael Bauer machte mit Recht darauf aufmerksam, daß sich Morgensterns Sprache an der Arbeit mit Ibsen geschliffen und gestrafft hatte. Dies gilt besonders für das Epigrammatische, aber auch für die religiöse Lyrik. Das dramatische Gedicht Ibsens strebt in gewissem Sinne einem Wahlspruch zu, den man aus den Schlußversen des Endes des ersten Aktes entnehmen könnte:

Auf Seele! Schwert heraus! Es gilt
den Kampf für Gottes Ebenbild.

In dieser michaelischen Geisteskampfstimmung lebt auch etwas vom johanneischen Adler in Brand, wenn er dem Vogt die Worte entgegenschleudert:

Der Geist steigt adlergleich empor,
vom Auge sinkt des Eintags Flor,
der Wille wirft sein Haupt zurück
und weiß: ihm wird des Sieges Glück.
Doch wen nicht adelt, was ihn schmerzt,
der hat, daß Gott ihm hilft, verscherzt.

Wie verhält es sich nun mit dem vielfach erörterten Schluß

des dramatischen Gedichts? In Brand vollzog sich schließlich die Wandlung, er erklärt sich besiegt und ruft aus: «Ich kann. weinen, ich kann knien, – ich kann beten.» Er sinkt in Demut auf die Knie. Gerd, das elementarhafte Naturkind, das gleichsam jenseits von Gut und Böse ist, vollzieht die Folgen des Schicksals, sie schießt auf die Schneewand und die Lawine begräbt Brand, während er noch die Stimme eines Engels hört: «Gott ist *deus caritatis.*»

Bewußt wählte wohl Ibsen das lateinische *caritas,* um den Sinn des Wortes *agape* im paulinischen Sinne zu unterstreichen. Denjenigen, die mit Brandes glauben, daß «der Geist des Kompromisses» (gegen den sich das Gedicht gerichtet hatte) «hier siegte», weil «sich Ibsen in diesem Stadium seiner Entwicklung noch nicht hat freimachen können an Überlieferung und Herkommen», sei mit Worten Morgensterns geantwortet, welche man in einem Brief an Kayßler (vom 11. Oktober 1907) findet. «Ich halte es für lächerlich, mit Brandes die Schlußzeile für einen Kniefall vor alten Anschauungen zu erklären. Es ist doch nun einmal die Tragödie eines Priesters. ‚Gott' ist ins ganze Stück verwoben, warum soll nicht zuletzt die Posaune eines Erzengels ‚Ihn' verkündigen. Daß er ihn als *deum caritatis* verkündigt, ist keine Konzession, sondern die natürliche menschliche Auflösung nach unerhörter Spannung, Überspannung. Und eine ‚Verurteilung Brands ist das doch nicht' ... Und darum, um Liebe von Liebe abzurücken, um aber keine üblichen Sentiments zuzulassen, wird Ibsen das lateinische *caritas* gewählt haben.»

Die Verdeutschung des *Peer Gynt* forderte Morgenstern mehr ab, als er für die Übersetzung des *Brand* gebraucht hatte. Äußere Gründe dafür lagen in eigenen Publikationen und in vielen Reisen und Kuraufenthalten. Der innere Grund lag wohl im Stoff selbst, der den Dichter nicht so unmittelbar ansprechen mochte, wie das beim Brand-Thema der Fall gewesen war.

Peer Gynt ist das volle Gegenstück zu *Brand.* Während Brand durchaus Held der Tragödie bleibt, so ist *Peer Gynt* eine Komödie mit dem tragischen Vorzeichen, welches der Held der Titelrolle durch die Ironie des Dichters erhalten hat.

Auf Anlaß einer Rundfrage, welche die norwegische Zeitung *Politiken* zur Zeit von Ibsens siebzigsten Geburtstag gestellt hatte, schrieb Morgenstern: «Man kann nicht von guten und besseren, sondern nur von schlechten und weniger schlechten Übertragungen fremder Poesien sprechen. Eine solche möglichst wenig schlechte von den Werken *Gildet paa Solhaug, Kaerlighedens Komedie, Brand, Peer Gynt* und *Digte* der großen deutschen Gesamtausgabe einzuverleiben, erscheint mir eine so bedeutende Aufgabe, daß ich es in hohem Maße als ein Glück und eine Ehre empfinde, mich ihr während der nächsten drei Jahre unterziehen zu sollen. Ich ahne es voraus, daß ich der Ausführung manches eignen dichterischen Entwurfs in all der Zeit werde entsagen müssen, aber ich werde es ohne Reue tun; denn, wenn auf Erden ein Dienst geadelt ist, so ist es der, einem Genius zu dienen.»

Peer Gynt gehört noch entschieden in die Zeit des frühen Ibsen. Wie *Brand* entstand auch dieses ganz und gar norwegische Zeit- und Sittenbild in Italien und wurde auf Ischia und in Sorrent vollendet. Die Übertragungsarbeit zog sich bis in den Spätsommer und Herbst 1901 hin. «*Peer Gynt* ist fertig», schrieb Morgenstern an Efraim Frisch (20. Oktober 1901) und machte am Schluß des ausführlichen Briefes, nochmals auf die Übersetzung zurückkommend, die beachtenswerte Bemerkung: «Bei aller zugestandenen Größe – Humor ist keiner in Ibsen, auch nicht in Peer Gynt, diesem großen ‚humoristischen' Gedicht.» Daran knüpfte er nun die mehr allgemein gehaltenen Gedanken über Humor: «Ich habe freilich manchmal gedacht, ob Humor nicht ein Kompromiß sei, eine billige Weltbetrachtung ...», fügt aber dann noch hinzu: «aber ich bin doch selbst zu sehr Partei, um mich geradezu gegen ihn entscheiden zu können. Jedenfalls bin ich augenblicklich zu müde dazu, sowohl für das Für wie gegen das Wider.»

Wie *Brand* für Morgensterns Sprachkunst der Epigrammatik, so wurde *Peer Gynt* für die Kunst der Humoresken entscheidend. Gerade in der Zeit um die Jahrhundertwende, als Morgenstern mit *Peer Gynt* beschäftigt war, entstanden bereits viele der Galgenlieder, die allerdings erst im Jahr 1906 ihren Verleger fanden. *Peer Gynt* ist ein Vorläufer zum *Palmström*. Es war für Ibsen eine besonders glückliche Fügung, daß sein *Peer Gynt* einem poetisch genialen Humoristen, wie es Morgenstern war, zufallen durfte. Für Morgenstern allerdings bedeutete es eine Kraftprobe intensivster Art. Er hat sie meisterhaft bestanden.

Das Charakterproblem im *Brand* bestand im Zwiespalt zwischen der Maxime des römischen «Aut Caesar aut nihil» und dem puritanisch-stoischen Entsagungsmotiv. *Peer Gynt* ist aber die tragikomische Karikatur der Selbstzufriedenheit. Die Dichtung wuchs in weltliterarische Proportionen als norwegischer *Don Quixote*. Peer Gynt als vollendeten Anti-Kierkegaard-Typ hinzustellen geht um so weniger an, als Ibsen sich gegen solche seichte Hinweise auf literarische Einflüsse bereits mit dem *Brand* gewehrt hatte. Ibsen war durchaus kein Denker, er war ein Wächter – eine Lynkeusnatur, ein großer Fragesteller, aber kein Moralist wie Kierkegaard.

Der Stoff, den Ibsen vorfand, entstammt aus einem alten norwegischen Volksmärchen. Aus Volksgut und Volksbuch entstand ein Ibsenscher *Faust*. Das Ende Peer Gynts mit der Erlösung durch Solveg bleibt zwar wenig motiviert, ist aber deutlich mit der Gretchengestalt verwandt. Zitiert doch Peer Gynt im vierten Akt, in welchem er sich als Prophet-Kalif-Kaiser aufspielt, zur Anitra allerdings in äußerster Ironie, das Schlußwort vom *Chorus mysticus* im *Faust*.

Morgensterns Wortgefühl ging durch eine Meisterschule

feinster Fügungen und kompliziertester Versformen hindurch. Seine Doppel- und Binnenreime, seine Metrik der vierfüßigen Trochäen und Daktylen zeigen eine unerschöpfliche Kraft poetischer Begabung, die alle Vorgänger Ibsenscher Übersetzungskunst in den Schatten gestellt hat. Es gab keinen kongenialeren Geist als den Dichter des *Palmström,* der an diese Verskomödie Hand anlegen konnte! Hier haben wir es mit einem seltenen Fall literarisch-sprachlicher Wechselwirkung zu tun.

Das dichterisch schönste Stück ist wohl der dritte Akt, in welchem Peers sterbende Mutter Aase Märchen erzählt. Nur ein Lyriker von hohem Rang vermochte Stellen zu übertragen wie diese:

Peer Gynt: *Besinnst Dich noch, wie Du oft hocktest*
des Abends am Bettende dort
und mich, wer weiß wohin, locktest
mit Märchen und Zauberwort?

Aase: *Jahwohl! Und dann spielten wir Schlitten,*
wenn Vater herumfuhr im Rund.
Die Deck' ward als Kutschpelz gelitten,
und die Diel' war ein spiegelnder Sund.

Peer Gynt: *Ja; aber der Knopf auf der Kappen, –*
besinnst Dich auch dessen noch, Du? –
Das war'n doch die tollen Rappen!

Aase: *Du traust mir wohl gar nichts mehr zu!*
Der Kari Katz' tat uns Fonde;
wir setzten sie auf 'ne Tonn!

Peer Gynt: *Nach dem Schloß im Westen vom Monde*
und dem Schloß im Osten der Sonn',
nach dem Soria-Moria-Schlosse
ging's hurre-hopp über die Diel',
und 'ne alte Hühnerstallsprosse
brauchst Du als Peitschenstiel.

Ganz besonders schön gelang Morgenstern das Monologische innerhalb des dramatischen Gedichts. Hier durfte sich der Lyriker am reinsten entfalten, wenn zum Beispiel Peer Gynt (im zweiten Akt, nach der Szene mit den drei Saeterinnen) im Rondegebirge beim Sonnenuntergang ausruft:

Luftschloß auf Luftschloß brückt es
über die Tiefen hin!
Steh! Willst Du stehn! Da rückt es
wieder aus Augen und Sinn!
Auf dem Turme der Hahn winkt
mit seinen Flügeln zur Flucht; –
und, ein entflatternder Wahn, sinkt
alles ins Grauen der Schlucht.

Einen besonderen Tummelplatz für den Humoristen in Morgenstern bot die Übersetzung des grotesken vierten Aktes, der an der Südwestküste von Marokko spielt. Da tauchen wir in die Sprachatmosphäre der Humoresken völlig unter. Glauben wir doch manchmal einen der Verse Palmströms zu hören, wenn wir Peer Gynt prahlen lassen:

Ich bin, das ist die Wahrheit, nackt,
ein einfacher Autodidakt ...
Die Weltgeschichte nehm ich ruckweis ...
Anschloß die Religion ich ruckweis.
Man schlinge Wissen nicht wie Grütze,
man nehme nur, was einem nütze.

Oder man begegne diesem Professor Begriffenfeldt, der ausruft: «Die Vernunft ist tot. Es lebe Peer Gynt», und ihn zum Kaiser proklamieren will, weil selbst die ägyptischen Sphinxe mit ihm geredet haben. Peer Gynt wird aber nun plötzlich unsicher in seinem Sich-Selbst-Genug-Sein:

Ich bin wohl ich selber, in allen Lagen;
aber hier, soweit ich verstehe, muß
man außer sich selbst sein, sozusagen.

Begriffenfeldt aber weiß es anders:

Man geht, als man selbst, hier vor vollem Wind.
Im Faß seines Ich birgt ein jeder hier sich,
taucht in seines Ich Gärung bis auf den Grund,
schließt zu sich hermetisch mit seines Ich Spund
und dichtet das Holz im Brunnen seines Ich ...

Leicht ist es Morgenstern sicherlich nicht geworden, in der Geistesluft Ibsens für so lange Zeit atmen zu müssen. Kaum war die Arbeit am *Peer Gynt* vollendet, mußte er vertragsgemäß das *Fest auf Solhaug, Catilina* und die Gedichte übertragen. Schon vorher waren neben *Brand* die *Komödie der Liebe* und *Wenn wir Toten erwachen* fertig gestellt worden. Dabei ist es merkwürdig, daß Morgenstern zuerst den dramatischen «Epilog» und zuletzt die früheste Jugenddichtung, den *Catalina*, übersetzte. So heißt es denn auch in einem längeren Schreiben an Efraim Frisch (aus Arosa, 24. Februar 1902): «Er (S. Fischer) rückte den Termin der Ablieferung der Gedichte bis Juli hinaus und bot mir außerdem noch die Übertragung des *Catalina* mit einem Honorar von 600 Mark an. Das erste war auch höchst nötig. Die Gedichte Ibsens liegen schwer auf mir; ich möchte endlich frei sein und soll immer noch diese fremde Welt mit mir herumschleppen, der ich mich oft aufs bitterste feind fühle. Ibsen ist in der Tat der persönliche Ausdruck jenes ‚Grauenvollen', wovon er schreibt; er zieht an und stößt ab. Wie aber spricht das Eisen zum Magneten? Ich hasse den am meisten, der anzieht, doch nicht festzuhalten weiß. Und noch ein anderes Wort Nietzsches geht mir durch den Kopf, seit ich vor kurzem wieder einmal den *Solneß* las und dabei beinahe etwas wie Ekel empfand: Ein Haufe Krankheiten, der durch den Geist in die Welt hinaus greift ... Ibsen ist kein großer Liebender, sondern ein Verachtender aus Schwäche. Man kann seinen Nihilismus nicht bündiger erklären, als wie es die letzte Zeile seines Gedichtes ‚An meinen Freund, den revolutionären Redner' tut. Er sagt vorher, die einzige unverpfuschte Revolution sei die Sündflut gewesen. Aber Noah ist durchgekommen. Noch einen denn! Ihr sorgt für die Gewässer –, ich lege mit Lust den Torpedo unter die Arche! Und was er einmal von Napoleon gesagt hat, ist vielleicht noch verräterischer. Ungefähr: Er würde solche Männer einfach füsilieren lassen. Was übrigens den *Catalina* betrifft, so hat man von ihm gesagt, er enthalte bereits den ganzen späteren Ibsen. Das ist wahrlich kein Kompliment. Denn dieser *Catalina* ist keine ‚Präexistenzform Cäsars'.»

Für den Lyriker Morgenstern ist wohl die entsagungsreichste Übersetzungsarbeit das Ibsensche Gedichtwerk gewesen, weil es am fremdesten zu seiner eigenen Dichterwelt steht. Und doch sind ihm auch da Übertragungsverse gelungen, die seine wahre Sängerseele verraten. So durfte er «Mit einer Wasserlilie» völlig glücklich in das deutsche Wortreich verpflanzen:

Sie die Blume, die ich bringe,
teure, mit der weißen Schwinge.
Auf des Waldsees Flut geboren,
schwamm sie lenz- und traumverloren ...

In bezug auf den zeitgeschichtlichen Inhalt ist der «Ballonbrief» an eine schwedische Dame interessant, welcher in Dresden im Dezember 1870, also mitten im Deutsch-Französischen Krieg, unverhohlen der Enttäuschung über die bevorstehende Reichsgründung Ausdruck verleiht:

Jeder Sieg der Ziffer rächt sich,
nur zu bald wird dies Geschlecht sich,

jähem Gegenwind erlegen,
nicht mehr rühren, nicht mehr regen.
Bismarck und die andern Götzen
wird man spröd, gleich Memnonsklötzen,
auf der Sage Steinsitz schauen,
starrend stumm ins Morgengrauen ...
Denn nach Schönheit lechzt die Erde.
Doch kein Bismarck spricht ihr Werde.

Auch der Vers, der wie als Gesamtmotto über Ibsens Werke steht, ist durch die Übersetzungsfeder Morgensterns gegangen:

Leben heißt – dunkler Gewalten
Spuk bekämpfen in sich.
Dichten – Gerichtstag halten
über sein eigenes Ich.

Außerhalb der persönlichen Begegnung mit Ibsen und der jahrelangen Übersetzertätigkeit verband noch etwas Tieferes Morgenstern mit der Welt des großen Norwegers, das als Unterton im intimsten Seelengrunde mitgeschwungen hatte. Es bezog sich auf die mystische Idee des «Dritten Reiches», wie es bereits bei Joachim von Fiore und später in Lessings *Erziehung des Menschengeschlechts* auftauchte und dann in Ibsens Doppeldrama *Kaiser und Galiläer* zum Mittelpunktsproblem wurde. Es soll nicht übersehen werden, daß Ibsen Morgenstern am 20. März 1899 «wegen *Kaiser und Galiläer* fragt und sagt, Elias hätte ihm von 36 Fragen geschrieben, von denen er (Ibsen) indes überzeugt sei, daß ich sie alle beantworten könne» (wie eine Tagebuchstelle lautet). Es ist wohl selbstverständlich, daß es sich dabei nicht um sprachliche, sondern historisch-philosophische Dinge gehandelt haben muß.

Noch merkwürdiger ist es aber, in einem Brief an Kayßler (von Rom am 16. März 1903) – nachdem die Ibsenarbeit völlig beendet worden war – Gedanken zu finden, die sich wieder mit der geschichts-philosophischen Idee des Dritten Reiches beschäftigen. «Was müssen wir heute, ein jeder in uns austragen, damit wir das Dritte Reich gewinnen, wir modernen Menschen, wir lebendigen Schlachtfelder? Den Kampf zwischen der tiefsten Verneinung und der höchsten Bejahung, zwischen Christus und Dionysos ... Es gilt nicht, einfach ja zu sagen, weil die Leute meinen, das müsse jetzt Mode sein, indem sie in fünf Minuten mit dem fertig werden, woran unser Größter sich verblutet hat. Es muß jeder zu seinem eigenen Resultat kommen, auch wenn er gleichfalls darüber zugrunde gehen sollte. Die Geburtswehen des Dritten Reiches heben vielleicht erst an: nehmen wir denn das herrliche Los auf uns.»

Wer mit dem «Größten», der sich verblutet hat, gemeint war, geht eindeutig aus dem folgenden Briefabsatz hervor: «Ich habe heute Ibsen zu seinem Geburtstag geschrieben und ihn gebeten, ihm meine Epigramme widmen zu dürfen. Zwar ist die Sammlung noch nicht fertig, aber sie ist jetzt nicht mehr umzubringen, so daß ich es mit gutem Gewissen tun konnte.»

Demselben Freund schrieb Morgenstern dann im Oktober 1907 (ein Jahr nach Ibsens Tode), auf die Nachricht, daß Kayßler die Rolle des Brand spielen werde: «Das Große am *Brand* ist, daß er eine Predigt ist ... Ibsen war nie wieder so groß wie im *Brand,* da machten ihn Zorn und Liebe über seine eigene gewöhnliche Unentschiedenheit und Brüchigkeit hinauswachsen. Da trotzt er, das einzige Mal, dem ganzen Zeitalter. Da steht er für mich neben Lagarde und Nietzsche als der dritte große Befürworter der Zucht-Idee gegenüber dem modernen Laissez-faire-Laissez-aller-Prinzip. Weshalb er denn auch so vergessen wie Lagarde wäre, wenn er nicht zur Ironie übergegangen wäre und diese ‚bessere Gesellschaft' in genialen Puppen verewigt hätte. Er war eben zuletzt doch mehr Historiker als Prophet, mehr Schlachtenbummler als Führer.»

IV. PAUL DE LAGARDE UND DIE RELIGION DER ZUKUNFT

Das Jahr 1901, in welchem er an der Vollendung der Peer-Gynt-Übersetzung arbeitete, zwang Morgenstern zu einem längeren Erholungsaufenthalt in Davos, der dann nach sommerlichen Unterbrechungen in Arosa fortgesetzt wurde. Morgenstern berichtete am Jahresende von hier aus über seine erste Begegnung mit der Welt von Paul de Lagarde, die ihm von seinem Freund Efraim Frisch gewiesen wurde.

Frisch war Theaterkritiker und Übersetzer; er arbeitete an der von Morgenstern herausgegebenen Zeitschrift *Das Theater* und begründete den *Neuen Merkur*. Es ist sicherlich nicht unbedeutsam, daß die erste Anregung zur Lektüre von Lagardes *Deutschen Schriften,* die voll von pangermanischen und antisemitischen Ideen waren, von einem jüdischen Intellektuellen an den Dichter herangetreten ist. Es war von vorneherein und in erster Linie das Element der Zeit- und Kulturkritik, welches Geister wie Frisch und Morgenstern bewegte und zur Aufmerksamkeit zwang.

«Ich danke Dir von innerstem Herzen, daß Du mich Lagarde zugeführt hast. Ich traf ihn im rechten Zeitpunkt. Welch ein Mann! Und diesen größten Gesetzgeber der deutschen Gegenwart – denn Nietzsche ist kein Gesetzgeber in diesem Sinne – wer kennt ihn?» So stark ist gleich sein erster Eindruck von den Schriften dieses Mannes, daß er Lagarde mit Tolstoi vergleicht, Nietzsche gegenüberstellt und glaubt, daß diese drei «der Dreizack sind, der sich uns Heutigen ins Herz stößt».

Anfang 1902 gab Frisch in einem langen Schreiben weitere Angaben über Lagardes Schriften und knüpfte daran seine Bemerkungen über die damalige politische Lage an, die sich so konträr zu Lagardes Forderungen entwickelt hatte: «Du siehst, was Lagarde dachte, heute verzerrt in der Geistigkeit eines

Mannes wie Houston St. Chamberlain, des modernen germanischen Imperialisten.»

Frisch, des Hebräischen kundig, studierte semitische Religionsgeschichte und hatte auch auf diesem Gebiet die Verdienste Lagardes zu schätzen gelernt, besonders dessen *Materialien zur Kritik und Geschichte des Pentateuch.*

Der Brief, den Morgenstern sechs Wochen später an Frisch schrieb, kam ganz aus seinem Seelenleiden an der Zeit: «Es gibt hier nur ein Mittel, wofern man nicht Macht hat, persönlich einzugreifen: Sich resolut abzuwenden und nur dem Deutschen in sich zu leben. Fange der Deutsche denn an, wo Deutschland aufhört. Vielleicht liegt auch für Deutschland irgendwo ein Korsika, das ihm den Herzog schenkt, dessen Machiavelli Lagarde ist.» Das erscheint mehr als eine unverbindliche Augenblicksäußerung eines romantischen Träumers. Obwohl es als Briefnotiz nicht überschätzt werden darf, ist es doch charakteristisch für die Gesamthaltung einer Elite von Kulturträgern um die deutsche Jahrhundertwende. Nur aus der Seelennot des deutschen Menschen dieser Zeit wird ganz verständlich, warum Morgenstern sich plötzlich und so impulsiv der nachgelassenen und damals wenig beachteten Schriften Lagardes annahm.

Inmitten der Ibsenübersetzungen und nach viel vergeblichem Ringen um die Welt Nietzsches, besonders um dessen *Willen zur Macht,* drang er immer williger in die Geistessphäre Lagardes. Aufschlußreich erscheint hier auch die schon früher erwähnte Briefstelle an Kayßler, die an die Idee des «Dritten Reiches» anknüpft, wie diese in Ibsens *Kaiser und Galiläer* auftaucht.

Ibsen stand für Morgenstern «neben Lagarde und Nietzsche als der dritte große Befürworter der Zucht-Idee gegenüber dem modernen Laissez-faire – Laissez-aller-Prinzip. Weshalb er denn auch so vergessen wie Lagarde wäre, wenn er nicht zur Ironie übergegangen wäre und diese ‚bessere Gesellschaft' in genialen

Puppen verewigt hätte. Er war eben zuletzt doch mehr Historiker als Prophet, mehr Schlachtenbummler als Führer.»

Einen solchen Propheten, der ihn über Ibsen hinausführen könnte, glaubte er in Lagarde zu erblicken. In seiner autobiographischen Notiz erwähnte er das Jahr 1901, das ihn über den *Deutschen Schriften* sitzen sah. Aber noch sechs Jahre später (1907) schrieb Morgenstern in sein Tagebuch:

Zu Niblum will ich mich rasten aus
von aller Gegenwart.
Und schreibt mir dort auf mein steinern Haus
nur den Namen und «Lest Lagarde!»
Ja, nur die zwei Dinge klein und groß:
Diese Bitte und dann meinen Namen bloß.
Nur den Namen und «Lest Lagarde!»

Selbst zu dieser Zeit, als sich ihm bereits das Johannesevangelium auf neue Art zu offenbaren vermochte, erschien ihm Lagarde «das stolzeste aber auch schroffste Gebirge, das ich kenne». Allerdings fügte er warnend hinzu: «So oft man auf ihm wandert, stürzt man in den Abgrund ... alles Große macht sterben und auferstehen. Wer an Nietzsche und Lagarde nicht immer wieder stirbt, um an ihnen auch immer wieder aufzuerstehen, dem sind sie nie geboren worden.» Und ein andermal: «Wer Lagarde erträgt, ist entweder ein Hundsfott, ein Kind oder ein Riese.»

Paul de Lagarde, der am 2. November 1827 in Berlin geboren wurde und am 22. Dezember 1891 in Göttingen starb, war als faustische Natur ein Mensch vieler Widersprüche. Das verrät schon seine Namengebung. Er hieß Bötticher, väterlicherseits mit einer 150 Jahre nachweisbaren Ahnenreihe von Pastoren. Die mütterliche Familie kam ursprünglich von Lothringen, bis sie 1684 wegen des Protestantismus aus Frankreich vertrieben wurde. Da der Sohn zum Vater nie ein Herzensverhältnis finden konnte, ließ er sich von einer Tante legal adoptieren und erhielt den Namen de Lagarde. Der Name war nicht adelig, sondern bezeichnete ursprünglich Wallstraße (rue de la garde). Trotzdem wandte er sich dreiundzwanzigjährig an den damaligen Prinzpräsidenten Louis Napoléon und erbat einen erblichen Familienorden, weil er den Nachweis erbringen wollte, ein Großneffe des abenteuerlichen Königs von Korsika, Theodor von Neuhof, zu sein. Dieser Jugendstreich wurde später von seinen Feinden mehrfach gegen ihn mißbraucht.

Ein Mensch voller Widersprüche: während er sich mit seinem französischen Adoptivnamen gefiel, entwickelte er ein gesteigertes deutsches Nationalbewußtsein. Obwohl er dem Vater jedwede Gefolgschaft versagte, promovierte er doch als Doktor der Theologie. Obwohl sein Hauptstudium im Hebräischen lag, sein Lebenswerk der textkritischen Ausgabe der Septuaginta galt und die besten seiner Vorlesungen über das Alte Testament waren, wurde er zum entschiedensten Gegner des modernen Judentums.

Auf der einen Seite war er einer der hervorragendsten Orientalisten (er hielt von 1869 an den Lehrstuhl der Orientalistik in Göttingen inne), auf der andern war er als Schüler Jacob Grimms ein deutscher Kulturpädagoge. Er war lutherischer Theologe, aber mit schärfster Ablehnung der Persönlichkeit Luthers, er war Protestant, aber Gegner der historischen Reformation, er lehnte Schiller und Humboldt ab, trotzdem er deren nationalpädagogische Ideen nicht hätte entbehren können. Obwohl er ein guter Preuße war, wurde er zum leidenschaftlichen Gegner des späten Hegel. Trotzdem er die *Deutsche Mythologie* von Jacob Grimm als eines der epochemachendsten Werke der Menschheit pries, verstand er die Kunst Richard Wagners nicht zu schätzen. Er, der preußische Protestant, war ein entschiedener Gegner Bismarcks und dessen kleindeutscher Lösung, und er trat in seinen großdeutschen Ideen für die notwendige Kolonisierung und Germanisierung Österreichs ein. Er war ein peinlich-kritischer Philologe und doch auch ein Lyriker, ein christlicher Theologe und doch ein Geist höchster Freisinnigkeit, ein stiller Gelehrter und zugleich ein Nationalprophet, ein glühender Patriot, der eine großzügige Bildung von Mitteleuropa mit Einschluß slawischer Elemente propagierte. Er hielt die Demut für das notwendige Element, zur inneren Neugeburt zu kommen, und doch war er durchaus eine heftige, ja geradezu unduldsame Kampfnatur. Er beanspruchte für seine eigenen Leistungen uneingeschränkte Anerkennung, während er oftmals erbarmungslos vernichtend gegen Kollegen oder Vorgesetzte zu Felde ziehen konnte.

Oftmals hat er selbst geäußert, daß er sein ganzes Leben gegen den Strom habe schwimmen müssen. Er war konservativ und ein radikaler Neuerer, er stand auf der äußersten Rechten und war überzeugt, daß die damaligen Fürstenhäuser einer absterbenden Welt angehörten. Stolz auf den Waffensieg von 1870 wußte er doch prophetisch wie keiner außer Nietzsche, daß die Bismarckschöpfung des neuen Reiches dem Untergang geweiht sein würde. Als Kulturpolitiker und Geschichtsphilosoph besaß er unzweifelhaft divinatorische Begabung. Schon im Jahr 1853 sah er die Gefahr eines österreichisch-italienischen Krieges voraus, wenn Österreich nicht friedlich auf Venedig und die Lombardei verzichtete.

Sein Ideal war ein Mitteleuropa als ein Schutz- und Trutzbündnis aller deutschen Staaten im Raum zwischen Frankreich und Russisch-Polen, von der Nordsee bis nach Kroatien und Ungarn, verbunden durch ein gemeinschaftliches Zollsystem, wobei nicht Fürsten, sondern Parlamente über Krieg und Frieden bestimmen sollten. Die Juden müßten innerhalb der pangermanischen Welt entweder ganz darin aufgehen oder gänzlich aus ihr verschwinden und in diesem Falle nach Palästina verpflanzt werden.

Dies sind Gedanken, die der damals Fünfundzwanzigjährige auf einer Auslandsreise in Paris und London niedergelegt hat. Zwanzig Jahre später wurde aus dem politischen Pamphletisten ein Reformator. «Wir brauchen die Gegenwart Gottes und des Göttlichen, nicht seine Vergangenheit, und darum kann vom Protestantismus und, bei der Unannehmbarkeit der katholischen Meßopferlehre, auch vom Katholizismus, darum kann vom Christentum für uns nicht mehr die Rede sein», schrieb Lagarde im *Verhältnis des deutschen Staates zur Theologie, Kirche und Religion* (1873), zur gleichen Zeit, als Nietzsche seine *Unzeitgemäßen Betrachtungen* verfaßte.

Wie Nietzsche bekämpft auch Lagarde Paulus als den Begründer des Kirchentums. «Religion ... ist persönliche Beziehung des Frommen auf Gott, Leben mit ihm.» Gott muß im Menschen wiedergeboren werden. Gotteserlebnis ist gegenwärtiges und ewiges Evangelium. Im Einklang mit Nietzsche wendet sich Lagarde gegen den Historismus, gegen die Anbetung des toten Buchstabens: «Der ewige Menschengeist wird von einmal Geschehenem nicht befriedigt. Er ist nicht Religion, sondern Sentimentalität, sich in Gewesenes zu versenken ... daher ist uns die Religion ein Meinen, ein Dafürhalten, ein Glauben, ein Vorstellen, statt ein Leben zu sein, und ehe wir diese grundgiftige Anschauung nicht aufgeben, ist irgendeine Besserung unserer Zustände gar nicht möglich. Wir brauchen die Gegenwart Gottes und des Göttlichen.»

Für Morgenstern wie für alle Unabhängigen, die Lagarde zu lesen verstanden, war gerade dieses Hinweisen auf die Gegenwart des Göttlichen durch die innere Neugeburt wie eine Berührung mit Urquellwassern. Lagarde unterschied dem Wesen nach zwischen Christus, dem Sohn Gottes, und Jesus, dem Menschensohn. Der Gottessohn ist ihm das Element, welches die Neugeburt verbürgt und das Erleben des Göttlichen in der Seele gegenwärtig macht. «Wir sehen es ... daß stets der Sohn

Gottes für den Menschensohn leidet, das heißt, daß auch die Sünden des Menschen darum, daß sie abgetan und vergeben sind, nicht aufhören ihre Folgen zu haben ... Was durch die Versöhnung, das geistige neue Leben des Sünders, aufgehoben wird, das ist nur die geistige Folge der Sünde: für den Versöhnten, Neugeborenen hängt an der Sünde nicht, daß sie neue Sünde gebiert.»

Lagarde knüpft nun von hier aus seine Ideen zur Ethik an. Die sittlichen Ideen «treten in das irdische Leben unter keinen andern Bedingungen ein als derjenigen, unter welchen die Sünde in dasselbe eintritt. Sie sind ebenso ein Fortschritt wie die Sünde ein Fortschritt ist, ein Neues. Aber wie die Vorsehung dafür gesorgt hat, daß in dem Sünder, der ein Mensch wird, die Fähigkeit der Sünde, neue Sünde hervorzurufen, erlischt, obwohl alle andern Folgen der Sünde bleiben, so sorgt sie dafür, daß der Idee das Vermögen neue Ideen zu zeugen, bleibt, auch wenn sie von allen möglichen Zutaten entstellt wird, vorausgesetzt auch hier wieder, daß ein Wiedergeborener ihr gegenüber steht: denn nur dem, der hat, wird gegeben ... Gott scheint das so geordnet zu haben, weil er erziehen will. Er gibt nicht magisch, sondern er gibt, indem er fordert. Er fordert die Perle im Schutte zu suchen, statt sie in die Hand gleiten zu lassen: er vergibt, indem er stets erinnert, daß die Versöhnung nötig war. So macht er fleißig und demütig und Fleiß und Demut sind besser als Faulheit und Stolz.»

Nun entwickelt Lagarde Gedanken eines ethischen Individualismus, die Morgenstern später in Weiterentwicklung und Bekrönung durch Rudolf Steiners *Philosophie der Freiheit* finden soll. «Jeder Mensch ist einzig in seiner Art, denn er ist das Resultat eines nie wieder vorkommenden Prozesses einziger Art: darum ist schlechthin jeder Mensch, der geboren wird, der Anlage nach eine Bereicherung seines Geschlechtes und seiner Nation und darum gibt es für jeden Menschen nur Eine Bildung, die ganz speziell auf ihn berechnet und deren Aufgabe sein muß, aus ihm das zu machen, was irgend aus ihm gemacht werden kann.»

Schon der Fünfundzwanzigjährige bekannte in einem Brief an seinen Halbbruder (17. März 1853): «In jedem Tautropfen spiegelt sich die ganze Sonne, wie in jedem Ich der ganze Gott.» Es wäre zu wünschen gewesen, daß der spätere Lagarde solche Satzprägungen in seine Schriften über Religion hineingenommen hätte und da, wo er oft recht allgemein über Vorsehung und Gott sprach, so konkret vom Ich des Menschen ausgegangen wäre. «Zerschlagt die Welt, aus einem Menschen will ich sie wiederbauen», heißt es in demselben Brief mit einer Erlebnisnähe, die der spätere Grübler kaum je wieder erlangt hat. Das war aber Erbe Fichtes, Saatgut des Novalis, spinozistisches Gotteserlebnis des jungen Goethe, was als Ichgewißheit in Lagarde aus dem Erbe des deutschen Idealismus und der Romantik lebte.

Die Formen früherer Religion erscheinen Lagarde verbraucht, denn jetzt ist «nur Eine neue möglich, die, Gott im Menschen zu erkennen und zu lieben, aber freilich nicht in dem natürlichen, sondern in dem wiedergebornen Menschen». Aus diesem wiedergebornen Einzelmenschen sieht Lagarde das einzige Heil für eine wahre Volksgemeinschaft kommen. Hier wird er ganz dichterisch-rhapsodisch, wenn er die Idee der neuen Religion vorträgt als die «unzerstörbare Gemeinschaft der Kinder Gottes... nicht human sollen wir sein, sondern Kinder Gottes ... nicht gläubig, sondern fromm: nicht Christen, sondern evangelisch: das Göttliche in jedem von uns leibhaftig lebend und wir alle vereint zu einem sich ergänzenden Kreise: keiner wie der andere und keiner nicht wie der andere: täglich wachsend in neidloser Liebe, weil auf dem Wege aufwärts zu Gott wohl einer dem andern immer näher kommt, aber nie der eine den Weg eines andern schneidet.»

Höhepunkt, aber zugleich auch Begrenzung seines Weltbildes findet sich in der Schrift *Die Religion der Zukunft* (1878). Lagardes Abhängigkeit von der Liberaltheologie des achtzehnten Jahrhunderts in bezug auf seine Unzulänglichkeit, die Tatsache der Auferstehung religiös zu fassen, wird ebenso evident wie die Erbschaft aus dem letzten Abendrot romantischer Religionsphilosophie. Ton und Haltung der Schrift verraten wiederum in ihrer Weise den Charakter einer «Unzeitgemäßen Betrachtung» durch die Lagarde so urtümlich eigene Mischung von Konservativismus mit prophetischer Seherkraft. Das erklärt aber auch das Widerspruchsvolle vieler seiner Ideen, die Inkohärenz seiner Gedankenführungen, wodurch er von den Zeitgenossen totgeschwiegen oder verunglimpft worden ist. Den frischen Wind, der durch alle diese Blätter wehte und dabei alten Staub wegwirbelte, vermochten nur die wenig Unabhängigen zu spüren. Lagarde war ein geborener Neuerer. Er gehört im Grunde in die Geschichte der immerwährenden Reformationen. Den Mystikern wie Eckart, Suso und Tauler stand er näher als Wycliff, Luther, Calvin. Früh durchschaute er Luther, welcher durch seine Verachtung der Scholastik und Mystik nicht vorwärts-, sondern rückwärts führte in die Haltung des Hebraismus.

Seiner eigenen Sehersendung voll bewußt, schrieb er in seiner *Religion der Zukunft,* daß es Augenblicke in jedes Menschen Leben gebe, in welchen er eines besonderen Plans gewahr werde. Gerade sein Studium des Judentums, das in der Neuausgabe der griechischen Übersetzung des Alten Testaments gipfelte, neben Abhandlungen über apokryphe syrische Bücher des Alten Bundes – um nur wenige unter den zahlreichen Arbeiten zu erwähnen –, befähigte ihn, nachzuweisen, wie der Protestantismus in Glaubensvorstellungen befangen ist, die noch mehr mit der hebräischen Gottesidee als mit der christlichen Erlösungslehre zusammenhängen.

Sein ganzes Leben lang rang Lagarde mit der Frage der Göttlichkeit Christi, ohne im Sinne des Johannesevangeliums anzuerkennen, daß der Logos einmalig Mensch geworden sei. Ja, befangen in den Bildungskräften der liberalen Theologie nannte er das Dogma von dem eingeborenen Sohne Gottes ein Unheil, das nur insofern «Nutzen geschafft, als es den Irrtum verdeckt und dadurch unschädlich gemacht hat, daß Jesus unter Beseitigung der Mittelglieder vom palästinensischen Juden sofort beim Menschen angekommen ist». Indem er Jesus als einen «mit dem Instinkte des Ewigen begabten Mann» bezeichnete, sprach er völlig als Zeitgenosse von Ernest Renan und David Friedrich Strauß.

Daß er in Christus den Repräsentanten der «Idee der Menschheit» als einen «unmittelbaren Gedanken des Schöpfers» erblickte, sprach er immer wieder aus. In geistvoller Weise zog er auch Parallelen zwischen dem alttestamentlichen Judentum und dem gegenwärtigen Deutschtum – beide als das weltgeschichtliche «Ärgernis» die bestgehaßtesten Völker. Seine romantisch-idealistische Idee von Deutschland spricht sich am schönsten in folgenden Worten aus: «Das Deutschland, welches wir lieben und zu sehen begehren, hat nie existiert, und wird vielleicht nie existieren. Das Ideal ist eben etwas, was zugleich ist und nicht ist. Es ist die im tiefsten Herzen der Menschen leuchtende Sonne, um welche unsere Gedanken und Kräfte, um welche auch alle die Mittelpunkte schwingen, welche unser Leben umkreist.»

Wie der Deutsche, ganz im Fichteschen Sinne, nicht ist, sondern nur immer wird, so ist für Lagarde das Christentum nicht statische Existenz, sondern Werden des Evangeliums. Evangelisch sein bedeutet für ihn, mit der lebendigen Idee der Menschheit im Zusammenhang zu stehen. «Das Ideal ist nicht über den Dingen, sondern in den Dingen: wie Gott nicht bloß sonntags von neun bis elf in der Kirche, sondern jederzeit und überall ist und gefunden werden kann.» Mit dem transzendentalen Gottesbegriff hat er gänzlich gebrochen. «Die Natur ist ein Gegenstand der Wissenschaft geworden: die Götter und Gott sind aus ihr gewichen und haben ihr Reich an die Gesetze abgetreten.» Alles, Himmel und Erde, ist götterlos geworden. «Eines ist noch da. Der Wiedergeborene, welcher um Gottes willen Schande und Elend trägt ... in ihm ist Gott: an ihm ist Freude und Befreiung. Er ist der lebendige unter uns wandelnde Beweis des Daseins der Ewigkeit.»

In diesem Monismus weist er einmal sogar auf die Tatsache, daß die Menschenseele das einzig Göttliche ist, was auf der Erde lebt. Diese Immanenz Gottes in der Menschenseele bringt ihn zur Ansicht, daß der Mensch nicht der Verwirklicher außerweltlicher Zwecke oder Gesetze sei. «Alles ist um der Menschenseele willen da: nur die Seelen sind ihr eigener Zweck ... die Idee der Persönlichkeit des Menschen ist eine Idee nur, sofern Gott sie gedacht hat.» Deshalb gibt es auch nur einen Gottesdienst auf Erden, den Kindern Gottes zu dienen. Alle Kraft liegt in den Menschen als den Kindern Gottes.

Solche Gedanken – die in der Haltung des ethischen Individualismus und des erkenntnistheoretischen Monismus mit Steiners philosophischen Grundschriften seelenverwandt erscheinen – bildeten das «schroffe Gebirge», das damals Morgenstern auf seinen Geisteswanderungen bestieg. Das Dichterisch-Rhapsodische dieses Unabhängigen und Neuerers zog ihn durch viele Jahre hindurch an. Morgenstern wurde nicht nur angeregt, sondern erschüttert. Wenn sein *Tagebuch eines Mystikers* mit den Worten anhebt: «Ich schrieb dies auf einem Punkte, wo der Mensch mit Gott zusammenfällt, wo er aufhört, sich als Sonderwesen fühlen zu können», dann fühlt man dahinter deutlich den Pulsschlag Lagardes. Es tut der Originalität der Morgensternschen Aphorismenkunst keinen Abbruch. Das «Gebirge» Lagarde verdeckte nicht die Aussicht auf weitere

Gipfel, die sich seiner Innenwelt immer mehr und mehr zu zeigen begannen. Heißt es doch im Lagardeton, und doch ganz aus der Dichtermystik Morgensterns selbst, daß Religion Selbsterkenntnis des «menschlichen als ebendamit göttlichen Geistes» sei. «Religion ist die Erkenntnis, daß alles Denken göttliches Denken ist, wie alle Natur göttliche Natur, daß jede Handlung eine Handlung Gottes, jeder Gedanke ein Gedanke Gottes ist, daß Gott nur soweit Gott ist, als er Welt ist, daß die Welt nichts anderes ist als Gott selbst – daß in demselben Augenblick, da ein Mensch sich seines Gott-seins bewußt wird, Gott in ihm sich seiner selbst als Mensch bewußt wird.»

Noch am Ende des Jahres 1912 frägt Morgenstern in einem Aphorismus, zweifellos im inneren Anschluß an Lagardes letztes Religionsbuch: «Hat die Religion eine Zukunft? So gut wie derjenige, der so fragt, eine Zukunft hat, in der er, wie zu hoffen steht, solchen Fragestellungen entwachsen sein wird.»

Die Frage nach der Zukunft eines Evangeliums ruht tief im Schoße des deutschen Geisteslebens seit Lessings *Erziehung des Menschengeschlechts* und den *Fragmenten* des Novalis. Bei Rudolf Steiner kulminiert sie und wird in seiner neuen Evangelieninterpretation zur umfassendsten Antwort. Lagarde ist auf diesem Wege, trotz aller Ehrlichkeit und Kühnheit seiner Gedanken, nur ein Fragender geblieben. Für Morgenstern bedeutete aber der Durchgang durch die *Deutschen Schriften* und die *Religion der Zukunft* eine klärende Vorstufe der Lebensbegegnung mit Rudolf Steiner.

Als Lagarde in Göttingen starb, promovierte Steiner in Rostock. Die beiden sind sich niemals im Leben begegnet oder haben sich in Schriften gegenseitig berührt. Im Seelenweg Christian Morgensterns treffen sie sich als Mahner eines geistigen Monismus und als Deuter einer freien Ethik des Individuums.

Der einsame Rufer im Bismarck-Deutschland hat nach dem ersten Weltkrieg einige Neuauflagen der *Deutschen Schriften* gefunden und ist zu Beginn der dreißiger Jahre von den Nationalsozialisten in Beschlag genommen worden. Hätte Lagarde diese Tage erreicht, dann fänden sich unter seinen Papieren auch solche, die an unerschrockener Kritik und Kühnheit gegenüber dem Führerstaat den Worten nichts nachgäben, die er gegen den Reichskanzler Bismarck in den Tagen seiner unumschränkten Machtfülle einstens geschleudert hatte.

Ganz abgesehen von Mißverständnissen tagespolitischer Ausbeuter, die seine Gedanken propagieren, ist Lagarde doch nur eine Episode der Bismarckzeit geblieben. Lagarde selbst war zu einsichtsvoll und selbstkritisch, um nicht die Unmöglichkeit seiner Widersprüche zu sehen, die ihm eine dauernde und weite Wirkung verwehrten. Die Mischung von Freisinnigkeit und Unduldsamkeit, sein Antisemitismus, der ihn bis zur bornierten Besessenheit trieb, sein sturer Konservativismus, der selbst den deutschen Fürsten vorschlug, wieder wie Stammesherzöge aus der germanischen Frühzeit zu werden, das alles ließ ihn in Stunden ruhiger Reflexion über sich selbst sagen: «Ich will Gott danken, wenn ich als Politiker rasch vergessen werde: denn dann wird die große Zukunft gekommen sein, welche ich verkünde und fordere.»

Als Politiker ist er allerdings durch ständige Wiederbelebungsversuche der Nationalen nicht vergessen worden, aber um so mehr als Religionsphilosoph und ethischer Künder. Deshalb ist auch «seine große Zukunft» nicht gekommen. Aber gerade als Lebensweiser und Gottsucher, wie er Morgensterns Geistesweg zwischen der Welt Ibsens und Steiners so bedeutungsvoll kreuzte, blieb er lebendig und wurde sogar in den Kreisen der Berliner jüdischen Intelligenz als ein Seelenhirte gehütet. Für Lagardes romantische Zukunftsreligionsträume gilt jedoch, was er selbst einmal so trefflich ausgesprochen hat: «Der Weg zur Religion ist selbst Religion.»

V. SEELENPRÜFUNGEN BEI FRITZ MAUTHNER

Für Morgensterns Humoreskenkunst mag es wohl kaum ein trefflicheres Wort-Turnierfeld gegeben haben, als es die Peer-Gynt-Übersetzung bot. Dies gelang ihm so ausgezeichnet, weil sich innerhalb seiner Übertragungskunst ein Spieltrieb mit Wortbedeutung und Sprachform auswirkte, der schon von Kindheit an in dem Dichter erwacht war.

Aus einem Brief vom Jahre 1910 (an einen Redakteur) geht hervor, daß er bereits als Gymnasiast «Sprache erfunden» hat und einer der «eifrigsten Volapükisten» gewesen ist: «Warum soll sich ein phantasiereicher Junge zum Beispiel nicht einen Indianerstamm erfinden samt allem Zubehör, also auch Sprache, Nationalhymne? Und warum soll künstlerischer Spieltrieb derlei nicht zum Scherz einmal wiederholen?»

Während seines ganzen Lebens hat er über die Sprachwerkstatt, aus der er dichtend gestaltete, auch forschend nachgedacht. Anfang 1901, mitten in seiner Ibsen-zeit, schrieb er an Kayßler in bezug auf die Frage, «ob ein Drama organisch entsteht oder nicht», und knüpfte sprachphilosophisch an: «Geschieht etwas ‚dramatisch' in dir mit aller Macht, so geschieht es auch in deinem Wort. Man kann nicht teilen, hie Geschehen und hie Wort. Ein Wort ist nur die Oberfläche deines Geschehens, sowie das Wasser nicht über den Fels stürzt und außerdem irgendwo rauscht ... Man muß außerdem dem Wort ‚Geschehen' zu Leibe gehen. Was ‚geschieht' denn überhaupt? Der menschliche Geist verwandelt alles in ein Hintereinander und in Ursache und Wirkung. Nur in ihr geschieht. Es dürfte ewige Veränderung geben, aber zum Geschehen schaffe erst ich es um. Deshalb gibt es kein Geschehen an sich. Sondern nur immer mein, dein, sein Geschehen.»

Mehr als fünf Jahre später (am 29. Dezember 1906) berichtete er an denselben Freund, daß er solange nicht geschrieben habe, «weil das Buch von Mauthner schuld war, das mich allzusehr fesselt und das kennenzulernen seit langem mein Wunsch war». Aus dem gleichen Brief geht hervor, daß Kayßler selbst es gewesen ist, der Morgenstern auf Fritz Mauthners dreibändiges Werk *Beiträge zu einer Kritik der Sprache* (Stuttgart 1901 bis 1903) und auf die damals eben erschienene kleinere Studie *Die Sprache* (welche 1906 als neunter Band der Sammlung sozialpsychologischer Monographien von Martin Buber herausgegeben wurde) aufmerksam gemacht hat. Deshalb fährt Morgenstern in demselben Brief fort: «Meine Aufmerksamkeit für sein Thema geht bis in die Tage Wernickes, ja Münsters oder noch besser bis in meine Bekanntschaft mit Nietzsche zurück und hat mich immer abgehalten, ein Wortgläubiger zu werden. Du kannst Dir demnach denken, mit welchem Interesse ich den Ausführungen Mauthners folgte, die sich als Ausführungen eines verteufelt gebildeten und scharfsinnigen Mannes dokumentieren und sich letzten Endes mit keinem geringeren Problem herumzuschlagen haben als dem: kann uns Sprache überhaupt zu irgendeiner wirklichen Erkenntnis verhelfen?»

Bald darauf bekennt er dem Freunde, daß er sich durch Mauthner stellenweise wie durch ein afrikanisches Gestrüpp durchhauen müsse. Obwohl er keineswegs Fachmann ist, findet er darin einen «Versuch von ,unübersehbarer Tragweite. Eine Viertelstunde Hellträumen mitten in der Dämmerung des Mühens. Aber aus solchen Viertelstunden setzte sich zusammen – der ,Tag' der irdischen Philosophie. Für wen – für nichts –, sagen die Besten. Vielleicht für S–Ich, sage ich. Wir müssen nur zu sein glauben, was wir vielleicht sind. Es selbst, das Mysterium.»

Das Mysterium des Ich – diese Grundfrage aller Selbsterkenntnis führte ihn nun über Schopenhauer, Nietzsche und Lagarde zur Sprachphilosophie Mauthners. Schon lag der entscheidende Durchbruch, der ihm das Johannesevangelium aufs neue erschlossen hatte, hinter ihm. Nun wurde ihm als inneres Schicksalsproblem das Werk agnostischer Sprachkritik gewiesen, das mit den charakteristischen Worten eingeleitet wird: «Im Anfang war das Wort. Mit dem Worte stehen die Menschen am Anfang der Welterkenntnis und sie bleiben stehen, wenn sie beim Worte bleiben. Wer weiter schreiten will, auch nur um den winzigen Schritt, um welchen die Denkarbeit eines ganzen Lebens weiter bringen kann, der muß sich vom Worte befreien und vom Wortaberglauben, der muß seine Welt von der Tyrannei der Sprache zu erlösen versuchen ... der ist kein freier Mann, der sich noch einen Atheisten nennt, einen Gegner dessen, den er leugnet. Der kann das Werk der Befreiung von der Sprache nicht vollbringen, der mit Worthunger, mit Wortliebe und mit Worteitelkeit ein Buch zu schreiben ausgeht in der Sprache einer bestimmten, festen Stufe. Will ich emporglimmen in der Sprachkritik, die gegenwärtig das wichtigste Geschäft der denkenden Menschheit ist, so muß ich die Sprache hinter mir und vor mir und in mir vernichten von Schritt zu Schritt, so muß ich jede Sprosse der Leiter zertrümmern, indem ich sie betrete. Wer folgen will, der zimmere die Sprossen wieder, um sie abermals zu zertrümmern ... weil die Sprache lebendig ist, so bleibt sie nicht unverändert von Anfang eines Satzes bis zu einem Ende. ‚Im Anfang war das Wort'; da, beim Aussprechen des fünften Wortes, verwandelt schon das erste Wort ‚im Anfang' seinen Sinn.»

Dies mußte nun Morgenstern lesen, nachdem ihm das Johannesevangelium erneut zu sprechen begonnen hatte. Es war ihm wie ein plötzlich auferlegter faustischer Kampf mit dem Versucher, der ihn bei der Kontemplation des Evangeliums beirren sollte und beunruhigen mußte. Darin lag etwas von der Schicksalsnotwendigkeit des neuzeitlichen Menschen, von Luthers Kampf um die deutsche Bibel, von Goethes Geistesringen um die Fortsetzung und Vollendung seines *Faust*. Das Reich, das Morgenstern nun nach Abschluß seines fünfunddreißigsten Lebensjahres betrat, war die Eisregion des kritischen Nihilismus, durch die er durchzugehen hatte. Durch zynische Negation und faszinierende Spitzfindigkeit, durch brillante Einfälle und durch gefährliche Trugschlüsse mußte seine Seele bei der Lektüre Mauthners hin- und herschwingen, um sich einen eigenen Halt zu suchen und zu geben.

Mauthners Sprachkritik erschien um die Jahrhundertwende mit der gleichen Dringlichkeit einer apokalyptischen Umbruchsstunde wie Nietzsches Umwertung aller Werte und Lagardes Religion der Zukunft. Morgenstern sprach sogar ganz im Nietzscheton von einer Umwortung aller Worte. Ein Dichter wie er, mußte sich mit dem Bedeutungswandel der Worte in einer tieferen Art beschäftigen als nur mit oberflächlicher Sprachvergleichung oder Etymologie. Seit seiner Jugend rang er mit dem Problem der verbalen Realität und nominellen Relativität der Sprache! Wie weit ist Sprache Naturwerk göttlichen Geistes, wieweit Machwerk menschlicher Konvention?

Mauthner sprach von den drei Gewalten des Hungers, der Liebe und der Eitelkeit, welche die Poesie als die drei großen Illusionen zu immer neuen Stoffen umwandeln. Durch Zola sind diese drei Mächte ihrer Illusion entkleidet worden. Der Kampf ums Dasein liefert die tragischen, der Markt der Eitelkeit die komischen Stoffe der neuen Dichtung. Eine Fülle solcher Aperçus stehen neben solchen, welche jeden Sprachschöpfer interessieren müßten, zum Beispiel seine Lehre, «daß die Sprache durch Metapher entstanden ist und durch Methapher wächst, wenn dichterische Phantasie die Worte immer wieder ergänzen und beleben muß». Er gelangt zur Anschauung, daß der Genius der Sprache in einem ur-künstlerischen, also urpoetischen Bereich urständet. «Eine Vermischung, wie sie sonst in Träumen stattfindet, und wie sie im Wachen nur möglich ist durch Mitwirkung der sogenannten Phantasie, der dichterischen Phantasie, welche ja mit dem Träumen so viele Ähnlichkeit hat. Ohne diese Mitwirkung war keine Sprache, war kein einziger Begriff möglich. Ein dichterisches Genie war, wer in Urzeiten zuerst seine Einzelvorstellungen von Tannen, Eichen usw. durch das Lautzeichen ‚Baum' festhalten konnte, und nur wieder eine Art dichterische Phantasie knüpft heute noch an das Wort ‚Baum' lebhafte Vorstellungen.»

Diese Anschauung, die in sich Möglichkeiten enthält, zum Schöpfergenius der Wortentstehung aus Lautgebärden und Tonerlebnissen in Beziehung zu treten, wird nun aber sogleich annulliert durch Mauthners Lehre von den fünf Sinnen als «Zufallssinnen». Alles Sprachliche ist nur aus der Erinnerung dieser Zufallssinne geboren «und durch metaphorische Eroberungen auf alles Erkennbare ausgedehnt». Das bringt daher «alle Theorie der Künste aufs neue ins Wanken».

Eine ganz besonders charakteristische Stelle ist die, wo Mauthner mit den Worten des Mephistopheles aus der Schülerszene des *Faust* Goethes eigene «Genialität einer intuitiven Sprachtechnik» beweisen will. Wenn er zitiert: «Mit Worten läßt sich trefflich streiten ...», dann glaubt er wirklich Goethes eigene Anschauung wiederzugeben, wobei er aber nur vergißt, seinen eigenen «mephistophelischen» Geist heraufzuzitieren!

Gar manch ein Aperçu hat auf Morgenstern als Humoristen und Parodisten anregend eingewirkt, wenn es zum Beispiel heißt: «Geistreich kann jeder Narr sein ... geistreich ist wortreich ... ist der geistreiche Mann geradezu dumm, so spricht er witzig. Sein Witz heißt verächtlich Wortwitz, nur daß der witzige Dummkopf zunächst auf den Klang der Worte hört und sie nach dem Klange spielend verbindet ... der geistreiche verbindet sie (die Worte) nach dem Gesetz der Tautologie und freut sich nebenbei an dem Spiel des Gleichklangs ... Der Witz kümmert sich nicht um den ehrlichen Wert seiner Worte.» Er spielt mit ihnen ein Spiel der Falschmünzerei. Oder ein andermal: «Gute Redner ... machen mir oft einen Eindruck, als ob sie beim Kellner eine Speise zu bestellen hätten und täten das in Versen.» Die Journalisten, «die ihr Brot verdienen, indem sie um Gedanken, die vor einigen tausend Jahren neu waren, ein verspätetes Wortgeplätscher vollführen ... für den Pöbel, der sein tägliches, lauwarmes Wortbad zu nehmen liebt».

Alle diese Sprachaperçus, so anregend oder abstoßend sie dem einzelnen Leser erscheinen mögen, gipfeln in Mauthners Darstellung des Solipsismus. «Das Ich ist als Wirklichkeitsvorstellung eine Täuschung der Sprache, eine Selbsttäuschung, als Ichgefühl ist es jedoch eine Wirklichkeit, und zwar bekanntlich eine sehr wirksame Wirklichkeit» (nämlich der Egoismus). Die Vorstellung von der Wirklichkeit des Ich wäre gar nicht möglich geworden, «wenn die Sprache nicht vorher in ihren grammatischen Kategorien das Ich geschaffen hätte. Kaum daß man angefangen hatte, sprachlich gesprochen, die erste Person des Fürwortes in ein Substantiv zu verwandeln, das Ich zu analysieren, da machte man die Entdeckung, wir seien einzig und allein unseres subjektiven Ichs gewiß, dieses Ich sei die alleinige Quelle aller Erkenntnis.»

Solche Gedankengänge gelangen bis an die äußerste Grenze dessen, was der Nihilismus erzeugen konnte. Man fühlt, wie Morgenstern hier für eine Weile bewußt und mit innerer Souveränität in den Abfallsprodukten eines müde gewordenen und sich selbst überschlagenden Intellekts wühlt. Sagt er doch sogar an einer Stelle, «daß die Sprache nicht etwa die Küchenabfälle der Menschheit, sondern recht eigentlich die Exkremente darstellt. Die lebendige Anschauung muß sterben, muß verdaut und verbraucht werden, damit ihre Reste zum Begriff und zum Worte werden. Ein ungeheurer Berg solcher Exkremente ist die Sprache, ein babylonischer Turm von Abfallsstoffen.»

Man begreift, wie Morgenstern inmitten der Lektüre (an

Kayßler, 21. Januar 1907) schreiben konnte, daß er sich stellenweise durch den Mauthner «hindurchhauen» müsse, er, dessen «Kopf eben von Malern und nicht von jüdischen Rabbis herkommt». Und doch ist er überzeugt, daß Kritik eine Notwendigkeit der Selbsterziehung sei. «Kritik, Kritik, nimmer genug Kritik, ein Spiegel sei mir noch das letzte Tor», heißt es in einer Tagebuchnotiz, und in einer andern: «In Fritz Mauthner tut der Immoralismus Nietzsches ... einen weiteren entscheidenden Schritt. Der Wille zur Sauberkeit, zur Redlichkeit feiert in ihm einen – und wie alles Große grausam ist – grausamen Triumph. Im übrigen, wer hier den ungeheuren sittlichen Entwicklungsprozeß, der unser ganzes geistiges Leben ist, nicht ahnungsvoll erkennen zu dürfen meint, wird sich auch nicht sagen können: Hier vollzieht sich ja im Großen nichts anderes wie im Einzelnen: Persönlichkeitsentwicklung. Hier will ja irgendein dumpf Wollender ganz ersichtlich zu immer höherer Selbstschönheit.»

Dies setzte Morgenstern zu Jahresanfang 1907 hin, sicherlich nicht leichten Herzens. Sprachkritik beschäftigte ihn bereits als Vierundzwanzigjährigen. Schon damals schrieb er ins Tagebuch: «Ein ‚Wort' ist etwas unendlich Rohes: es faßt Millionen Beziehungen mit einem Griff zusammen und ballt sie wie einen Klumpen Erde. Bald wird die Erde trocken und hart – die Kugel bleibt als rotes drastisches Ganzes, aber die Millionen Teilchen, daraus sie besteht, sind als solche so gut wie vergessen.» Und ein Jahr darauf (1896): «Oft überfällt dich plötzlich eine heftige Verwunderung über ein Wort: Blitzartig erhellt sich dir die völlige Willkür der Sprache, in welcher unsere Welt begriffen liegt, und somit die Willkür dieses Weltbegriffes überhaupt.»

Bereits aus dieser Frühzeit stammen Wortbildungen und Sprachscherze wie «Gymnaseweis ... Charleytantismus ... Diletalent». Der Meisterung solcher Wortwillkür, dem feinfühligen Heraußspüren von Metaphern, Tautologien und Bedeutungswandlungen verdanken wir viele seiner frühesten Humoresken. Köstlich sind auch seine Vorschläge über neue Interpunktion. «Man müßte neue Interpunktionen erfinden, die gewissen Willensrichtungen entsprächen: die Fortsetzung davon: (in dem Sinn von: Die Fortsetzung davon müßte sein) als Optativzeichen = (man) müßte, sollte haben, sein usw. Die Umkehrung: = dürfte *nicht* sein, sollte *nicht* sein.» Einmal schrieb er: «Erst das Wort reißt Klüfte auf, die es in Wirklichkeit nicht gibt. Sprache ist in unsere *termini* zerklüftete Wirklichkeit.»

Immer wieder rief er sich in Bewußtseinsschulung seines Dichtertums zu: «Prüfe gelegentlich deine Adjektiva nach ... Gewöhnen wir uns den Superlativismus ab.» Sein Durchgang durch die positivistische Sprachkritik war eine Notwendigkeit, die ihm das Schicksal seiner Bewußtseinsschulung auferlegte. Dies geschah zur Zeit seines neuen Studiums des Johannesevangeliums. Es zwang zur Entscheidung zwischen Logos und Antilogos. Ehrlicher und radikaler ging kein anderer Philologe als Mauthner den Weg zur Begründung einer Philologie ohne Logos. Es war die letzte Konsequenz einer Psychologie ohne Psyche.

Der Poesie gesteht Mauthner zwar «die Macht ihrer Schönheit» zu, weil hier die Illusionsgewalt der Sprache zu Recht besteht, aber in der Wissenschaft verrät sie ihre Ohnmacht und in der Religion tyrannisiert sie «in der nichtswürdigsten Form als Macht des toten Worts». Wie es für Mauthner keinen gemeinsamen Stammbaum der arischen Sprachen gibt, so existieren für ihn keine Tochtersprachen, sondern nur «Entlehnungen der schwächeren Kultur von der stärkeren Kultur, Einzelentlehnungen und Massenentlehnungen, Entlehnungen aus besonderen Kulturzweigen und Entlehnungen ganzer Kulturen». Mit Scharfblick erkannte er, «daß ein unübersehbar großer Teil des Wortvorrates entsteht durch Übersetzung aus dem Wortvorrat anderer Kultursprachen». Er führte den Begriff der Lehnübersetzung ein. Worte wie *respectus* sind «silbengemäß» Rücksicht geworden, *expression* – Ausdruck, *morsellum* – bißchen, *beneficium* – Wohltat. Die Lehnübersetzung nannte er «Bastard-Übersetzung» und die Übertragung von Fremdbegriffen durch Bedeutungswandel vorhandener Worte «bastardierten Bedeutungswandel».

Für Morgenstern als Übersetzer mußten solche Gedanken innerstes Interesse erregen, wie «Wortbegriffe und Formsilbenbegriffe, Redensarten und geflügelte Worte, Formeln und sogar Abbreviaturen, Sprichwörter und Fabeln ... durch Lehnübersetzung von Volk zu Volk» wandern.

Man muß sich vergegenwärtigen, mit welch innerer Erregtheit und seelischer Spannung Morgenstern in diese Mauthnersche Welt des Zweifels und der Umwertung untergetaucht haben muß, wie sehr sie ihn zur eigensten Entscheidung aufrufen sollte. Waren unsere Sinne nur Zufallssinne, «alle Historie» nur Zufall? War es wahr, daß durch die Lehre vom «bastardierten Bedeutungswandel» der «Glaube an die Eigenheit, an die Persönlichkeit, an das Ich der Muttersprache» verloren gegangen sei? Daß das Ich nur eine Illusion, das Ichgefühl nur eine leere Täuschung sei? Durfte Morgenstern sich bedingungslos ergeben, wenn er in der Schrift über die Sprache die Stellen las, in welchen Mauthner sich den sprachkritischen Ideen Max Stirners anschließt, für den alle «Wahrheiten, Ideale, eigentlich alle großen Worte hassenswerte Gespenster» sind? Galt auch für ihn die Anwendung von Stirners Wort: «Verdaue die Sprache und du bist sie los» in Mauthnerscher Nutzanwendung: «Verdaue die Sprache und du bist sie los: verdaue den Logos, verschlucke das Wort»?

Nein, hier hatte er sich entschieden widersetzt! Hier war ihm die Gegenkraft gewachsen, das Gegengift gekommen, um sich von dieser Art der «Befreiung» zu befreien. So schrieb er endlich: «Kritik der Sprache ist zuletzt auch nur ein Gesellschaftsspiel. Es gibt kein Wort, das außerhalb der Sprache noch irgendwelchen Sinn ergäbe. Wer sich außerhalb der Sprache setzen möchte, findet keinen Stuhl mehr. Er kann nicht einmal mehr sagen: nun weiß ich wenigstens, daß Wissen Unmöglichkeit ist. ‚Wissen' ist so gut eine Spielmünze wie ‚sein', wie ‚Unmöglichkeit', wie ‚Sprache', wie ‚außerhalb'. Es ist dafür gesorgt, daß wir die ‚Welt' nicht in die Luft sprengen. Ich nenne diese widerspruchslose Ohnmacht in Dingen wirklicher, nicht nur scheinbarer Erkenntnis manchmal bei mir: die Selbstversicherung Gottes. Sie ist eines Gottes würdig.»

Das war im Jahre 1907. Und ein Jahr darauf: «Die gleichen Worte sind einander *nicht* gleich. Es gibt keine Tautologie. Sondern alles ist *pro-cessus.*» Die Entwicklung der Sprache ergab sich ihm als Teil und Ausdruck des gesamten Menschheitsprozesses: «Welch ein Unterfangen, sich hinter Worten verstekken zu wollen! Man ist ja – diese Worte selbst.»

Als er sich von dem Befreier Mauthners befreit hatte, prägte er das humoristische Wort vom Gingganz (in Gedanken hin). «Gingganz ist einfach ein deutsches Wort für Ideologe.» Vielleicht ist dies im besonderen Hinblick auf Mauthner gesagt worden. Ohne jeden Zweifel lassen uns aber die folgenden Worte (aus dem Jahre 1909) Morgensterns Sieg über den Nihilismus der Sprachkritik erkennen: «Die Sprache ist eine ungeheure fortwährende Aufforderung zur Höherentwicklung. Die Sprache ist unser Geisterantlitz, das wir wie ein Wanderer in die unabsehbare und unausdenkbare Landschaft Gott unablässig weiter hineintragen ... mit jedem Worte wachsen wir.»

Wieder kam die lachende Muse über ihn und befreite ihn durch die Schöpferkraft der Heiterkeit. Es ist die «Vorankündigung zum Fritzmauthner-Tag» («Aus dem Anzeigenteil einer Tageszeitung des Jahres 2407»), sicherlich um das Jahr 1907 seines intensiven Mauthnerstudiums geschrieben, aber damals noch nicht in den *Galgenliedern* veröffentlicht.

Vorankündigung
22. November. Fritzmauthner-Tag. 22. November
Spectaculum grande!
Großes Wörter-Schießen! Preise bis zu 1000 M!
Mittelpunkt der Veranstaltung:
Zehnmaliges Erschießen des Wortes
«Weltgeschichte»
durch je zehn Scharfschützen
zehn deutscher Stämme.
Erinnerungszeichen!
Kaltes Buffet!
Schießplatz Neu-Kaputt. vis-à-vis dem Luftschiffhafen
Das Festcomité
der Vereinigung zur ordnungsmäßigen Erschießung
verurteilter Wörter.

Bedeutsamer natürlich ist ein Gedicht, das in den *Gingganz* aufgenommen wurde und welches «Toilettenkünste» (Fritz Mauthners) heißt:

Das Wort, an sich nicht eben viel,
rüstet sich zum Fastnachtsspiel.
Er setzte sich, das gute Wurm,
Perücken auf als wie ein Turm.
Sie barg die äußerst magern Hüften
in märchenhaften Röckegrüften.
Der Ball war voll Bewunderung toll.
Der König selbst sprach: «wundervoll!»
Doch morgens krochen – flüchtiges Glück! –
zwei Nichtse in ihr Bett zurück.

Endlich finden wir das Gedicht «Der Sprachkritiker», das

erst nach Morgensterns Tode in die Sammlung *Mensch Wanderer* aufgenommen wurde, das aber zweifellos in die gleiche Entstehungszeit weist wie die vorherigen, in welcher die Überwindung Mauthners zur letzten Stufe seines Weges führt, auf der ihm der johanneische Logos zum unverlierbaren Seelenbesitz geworden ist.

Man beachte im Anfang der ersten Strophe den bewußten Gleichklang mit einem Gedicht, das einst Goethe gegen Haller gerichtet hat. Die ersten elf Strophen sind ein genialer Versuch humorvoller Zusammenschau der sprachkritischen Phänomene, wie sie Morgenstern so gründlich bei Mauthner gefunden hat.

Ins Innre der Natur dringt kein erschaffner Geist.
So wenig, wie ein Aar je ausforscht, wie er «heißt».

Geist ist nur Heißen; Heißt, so schrieb sich besser Geist.
Der Heißt heißt alle Ding (doch Ding ist auch nur Heißt).

Du suchst nach neuem Wort; so bild's doch, Philosoph!
Du bleibst so oder so Narr an der Sprache Hof.

Und schriebst du Zeichen gleich phantastisch in den Sand:
Sie wären ohne sie, die Sprache, ohn Verstand.

Und schwiegst du ganz, so wär dein Schweigen auch nur Wort.
Erst wer auf immer schweigt, erfährt der Wahrheit Port.

Doch ist ein Trost: Es ist so «Narr» wie «Wahrheit» auch
nichts andres als ein Wort, nichts Bessres als ein Hauch.

Sei fröhlich drum, o Mensch, von keinem Wort gebeugt,
du über allem Wort, du, was das Wort erst zeugt.

Unvorstellbar – dies Wort, es sei dir Worts genug.
O fühltest du dies ganz, dein Leben wäre Flug;

du trügst das Haupt so stolz, als schläng ein Reif sich drum,
du frügst dir nicht mehr nach, du schrittest hoch und stumm.

Laß forschen, wem ein «Grund» den «König» erst erlaubt;
du spürtest, wer du bist, jenseits von «weiß» und «glaubt».

Geheiligt wär fortan dir alles Ich wie Du,
und deiner Weisheit fiel ein Volk von Königen zu.

In diesen elf Strophen liegt die ganze tragikomische Selbstgenügsamkeit der Agnostiker und Atheisten, eine Morgensternsche Peer-Gyntiade der modernen Wortphilosophie. Aber diesen elf Strophen ist eine entscheidende zwölfte hinzugesetzt. Morgenstern überschreibt sie als «Stimme aus der Stille». Hier bricht sich sein ehrlich-tiefes Bekenntnis die Bahn zum schöpferischen Logos, zu dem Gotteswort durch alle Schatten abgründiger Kritik hindurch mit dem Morgenlicht innerer Ichgewißheit:

Noch fehlt der zwölfte Vers. Er heißt (– Ich sprich zu sich –):
Du zeugtest nicht das Wort; das Wort – es zeugte dich.

VI. ANTHROPOSOPHIE IM MITTELEUROPÄISCHEN GEISTESRAUM

Unabhängige Geister wie Christian Morgenstern, die innerhalb des ersten Jahrzehnts des zwanzigsten Jahrhunderts der Weltanschauungsbewegung begegnen konnten, wie sie Rudolf Steiner damals von Berlin aus inaugurierte, fanden sich dem allgemeinen Mißverständnis ausgesetzt, als ob es sich dabei um ein Wiederaufleben orientalischer Mystik handle. Dieses Fehlurteil konnte noch verstärkt werden, weil Steiner vorübergehend als Generalsekretär der deutschen Sektion der Theosophischen Gesellschaft wirkte.

Während Steiner im Herbst 1902 das Generalsekretariat der deutschen Sektion der Theosophischen Gesellschaft übernahm, hielt er gleichzeitig in Berlin einen Vortragszyklus, dessen Untertitel «Eine Anthroposophie» hieß. Die Gründe, welche ein Jahrzehnt später zu seinem Ausschluß aus der Theosophischen Gesellschaft führten, lagen nicht in nationalen Differenzen und persönlichen Ambitionen. Sie waren geistesgeschichtlich bedingt. Da Christian Morgensterns Begegnung mit Rudolf Steiner in dieses Jahrzehnt fiel, erscheint es notwendig, einen kurzen Blick auf die geistesgeschichtlichen Grundlagen zu werfen, auf denen die Anthroposophie ruht.

Rudolf Steiner wurde bereits in seinen Zwanzigerjahren der Herausgeber der naturwissenschaftlichen Schriften Goethes. Mit dieser epochemachenden Leistung baute er seine *Erkenntnistheorie der Goetheschen Weltanschauung* aus, auf deren Fundament sein philosophisches Hauptwerk *Die Philosophie der Freiheit* ruhte. In einem darauffolgenden Buch setzte er sich mit *Friedrich Nietzsche als Kämpfer gegen seine Zeit* auseinander. Zur Jahrhundertwende erschien eine zweibändige Darstellung der *Welt- und Lebensanschauungen des 19. Jahrhunderts,* die Ernst Haeckel gewidmet war. Am Anfang des neuen Jahrhunderts veröffentlichte er die Schrift über die *Mystik im Aufgange des neuzeitlichen Geisteslebens und ihr Verhältnis zu modernen Welterscheinungen*, der dann *Das Christentum als mystische Tatsache und die Mysterien des Altertums* folgte, das für seine spätere Christologie grundlegend wurde. Im Jahre 1914, als Christian Morgenstern starb, schrieb er für eine erweiterte Neuauflage seines zur Jahrhundertwende herausgekommenen Buches über die Philosophiegeschichte ein Gesamtbild der Geschichte der abendländischen Denker von den Vorsokratikern bis zur Gegenwart, *Die Rätsel der Philosophie*, an deren Ende ein skizzenhafter «Ausblick auf eine Anthroposophie» steht.

Rudolf Steiner sah in den Mystikern und Naturphilosophen des mitteleuropäischen Geistesraums die Ansätze und Keimpunkte einer Naturerkenntnis und Menschenkunde, die im Sinne Goethes zu einer Geisteswissenschaft führen können. War es, daß er von der neuen «Wiedergeburt» als des Erweckungsmomentes der mystischen Ich-Erfahrung bei Eckart, Suso und Tauler sprach, war es, daß er auf die neuzeitliche Naturerkenntnis eines Nikolaus Cusanus, Agrippa von Nettesheim und Paracelsus hinwies, immer sah er auf die Keimpunkte, die dann besonders durch Valentin Weigel und Jakob Böhme ins innere Fundament der Goetheschen Weltanschauung dringen sollten, welche wiederum im harmonischen Zusammenklang mit der neuen Evolutionslehre steht. «Es liegt kein Widerspruch darin» – so schrieb Steiner am Ende seines Werkes über die neuzeitliche Mystik (1901), zur gleichen Zeit, als der junge Morgenstern im Kampf um Ibsen stand –, «sich mit den Erkenntnissen der neueren Naturwissenschaft zu durchdringen und gleichzeitig den Weg zu betreten, den Jacob Böhme und Angelus Silesius zum Geleite gesucht haben. Wer sich auf diesen Weg im Sinne dieser Denker begibt, der darf nicht fürchten, in flachen Materialismus zu verfallen, wenn er die Geheimnisse der Natur sich von einer ‚Natürlichen Schöpfungsgeschichte' darstellen läßt. Wer meine Gedanken in diesem Sinne auffaßt, der versteht mit mir in gleicher Weise den letzten Spruch des *Cherubinischen Wandersmannes:*

> *Freund, es ist auch genug. Im Fall du mehr willst lesen,*
> *so geh und werde selbst die Schrift und selbst das Wesen.*»

Bevor Steiner zu solchen Ergebnissen gelangte, mußte er sich wie Morgenstern (der damals noch nichts von seinem Werke wußte), mit Nietzsche auseinandersetzen. Steiners «ethischer Individualismus» mit seiner Anschauung der «moralischen Phantasie» war die notwendig geistige Ergänzung des Nietzscheschen Moralbegriffs. Er sieht die Bedeutung Nietzsches darin, daß er wiederum den Blick auf das Ursprüngliche der Persönlichkeit zu stärken imstande war, «aber er ist nicht dazu gekommen, die Stufen des Lebens innerhalb der Persönlichkeit selbst zu unterscheiden. Er hat deshalb die Bedeutung des Bewußtseins für die menschliche Persönlichkeit unterschätzt.» Denn der Mensch gelangt nur zur sittlichen Autonomie, er «ist nur insoweit frei, als er sich gedankliche Triebfedern seines Handelns innerhalb des Bewußtseins schaffen kann».

Rudolf Steiner wies im «Übermensch»-Kapitel seiner Nietzscheschrift auf den entscheidenden Punkt der Bewußtseinsentwicklung, ohne welche die Idee des Übermenschen ins Leere laufen muß. «Erst derjenige Mensch ist vollkommen frei, der auch Gedanken produzieren kann, die zum Handeln führen. Ich habe das Vermögen, rein gedankliche Triebfedern des Handelns zu schaffen, in meiner Schrift *Die Philosophie der Freiheit* (Weimar 1894) die ‚moralische Phantasie' genannt. Nur wer diese moralische Phantasie hat, ist wirklich frei, denn der Mensch muß nach bewußten Triebfedern handeln. Ein Mensch, der sich bloß seinen sinnlichen Instinkten überläßt, handelt wie ein Tier; ein Mensch, der seine sinnlichen Instinkte unter fremde Gedanken stellt, handelt unfrei; erst der Mensch, der sich selbst seine moralischen Ziele schafft, handelt frei. Die moralische Phantasie fehlt in Nietzsches Ausführungen. Wer dessen Gedanken zu Ende denkt, muß notwendig auf diesen Begriff kommen. Aber anderseits ist es auch eine unbedingte Notwendigkeit, daß dieser Begriff der Nietzscheschen Weltanschauung eingefügt wird. Sonst könnte gegen dieselbe immerfort eingewendet werden: Zwar ist der dionysische Mensch kein Knecht des Herkommens oder des ‚jenseitigen Willens', aber er ist ein Knecht seiner eigenen Instinkte.»

In einer außerordentlich interessanten Weise führt Steiner in einer Abhandlung «Der Egoismus in der Philosophie» (der in dem von Arthur Dix herausgegebenen Sammelband *Der Egoismus,* Leipzig 1899, erschien) zu einer Darstellung des abendländischen Ichbegriffs. Er gibt darin einen Überblick über die Geschichte des europäischen Denkens von Thales bis zur Jahrhundertwende. Sehr bedeutsam erscheint es dabei, daß Steiner Plotin und den Neuplatonismus als eine Mystik ansieht, die nicht in gerader Fortsetzung der abendländischen Entwicklung von Thales bis Aristoteles stand, denn der Neuplatonismus schließt gerade «dasjenige aus dem Wesen der Innenwelt aus, was den eigentlichen Kern derselben ausmacht. Der Zustand der Ekstase soll nur dann eintreten, wenn das Selbstbewußtsein schweigt. Es war deshalb nur natürlich, daß der Geist im Neuplatonismus sich selbst, seine eigene Wesenheit nicht in ihrem wahren Lichte schauen konnte.»

Auch die Scholastik bedeutet für «eine Entwicklung nach der Richtung hin, in der die Erkenntnis des persönlichen Ichs liegt», keinen Fortschritt. Das scholastische Denken will den Beweis erbringen, «daß der Inhalt dieses Geistes nicht in diesem Geiste, sondern an dem Ort zu suchen sei, wohin ihn der christliche Glaube versetzt hat». Aber auch in der deutschen Mystik (bei Böhme gipfelnd) «hat der Mensch seine Teilnahme am göttlichen Leben mit der vollständigsten Auslöschung seiner Persönlichkeit, seines Ich erkauft».

Immerzu wies Steiner darauf hin (besonders eindrucksvoll bei Besprechung der Monadenlehre des Leibniz), daß der Mensch, der Selbsterkenntnis übt, vor dem Gedanken zurückschreckt «das Selbstgeschaffene (der denkenden Erkenntnis) auch als solches anzuerkennen ... Der Mensch verherrlicht sein Kind, ohne doch die Vaterschaft zugestehen zu wollen.»

Bei Fichte gelangt im Begriff der Selbstbestimmung die Idee der sittlichen Autonomie zur unumschränkten Höhe. Besonders im Hinblick auf den frühen Fichte wird dargestellt, wie das Ich sich von allem andern unterscheidet durch die «Tendenz zur Selbsttätigkeit um der Selbsttätigkeit willen». Auf derselben Ebene, auf der das Ich an und für sich, ohne alle Beziehung auf etwas außer ihm, gedacht wird, sieht Steiner Schillers Idee der freien Individualität, wie sie besonders in den *Briefen zur ästhetischen Erziehung des Menschen* entwickelt wurde. Die freie Individualität ist weder dem blinden, untergeordneten Instinkt des Stofftriebs, noch dem Zwang logischer Notwendigkeit des Vernunfttriebes unterworfen. «Frei aus sich selbst heraus handelt nur derjenige, bei dem das Vernünftige so mit seiner Individualität verwachsen ist, daß er mit größter Lust vollbringt, was der minder sittlich Hochstehende nur durch die äußerste Selbstentäußerung und durch den stärksten Zwang vollziehen kann.»

Gegenüber der Ich-Philosophie Fichtes und Schillers steht die Ich-Idee Hegels, die im Sinne Steiners einen gewissen Rückschritt darstellt. Bei Hegel darf nicht das einzelne individuelle Ich des Menschen seine Bestimmung setzen, sondern das von diesem abstrahierte, objektiv-unpersönliche Welt-Ich, das er die allgemeine Welt-Vernunft nennt und der sich das individuelle Ich zu fügen hat. Hierin liegt bei Hegel noch ein letzter Rest des dualistischen Gottesbegriffs und des Jenseitsglaubens.

Auf den einsamsten Eisesgipfel der absoluten Ichsetzung gelangte Max Stirner in seinem 1844 erschienenen Buch *Der Einzige und sein Eigentum*. Steiner bezeichnet den Stirnerschen Weg als «universale Kritik aller das Ich unterdrückenden Mächte». Für Stirner ergibt sich: «Gott und die Menschheit haben ihre Sache auf nichts gestellt als auf sich. Stell ich dann meine Sache gleichfalls auf mich, der ich so gut wie Gott das Nichts von allem andern, der ich mein Alles, der ich der Einzige bin.»

Demgegenüber stellt nun Rudolf Steiner den andern Weg, um zur wahren und schöpferisch sich steigernden Natur des Ich zu gelangen. Er beobachtete das Ich bei der Tätigkeit des Erkennens. Auf der Grundlage seiner philosophischen Werke ergibt sich für ihn, daß der Erkenntnisprozeß selbst eine Handlung des schöpferischen Ich ist. Die Gedanken werden selbsttätig aus dem Innern des Menschen produziert. Sie gehören aber auch zu dem Wesentlichen der Dinge. Das Wesen der Dinge kommt aber dem Menschen nicht aus den Dingen, sondern aus dem Ich. «Mein Inhalt ist ihr Wesen.» Im Erkenntnisprozeß hat das Ich das Wesen der Welt in sich wie auch seine eigene Wesenheit. Das Handeln des selbstbewußten Ich ist ein Teil des allgemeinen Weltgeschehens. Da im Ich das Wesen aller Dinge liegt, ruhen auch alle Gesetze des Handelns im Ich. Diese Gesetzmäßigkeit herrscht nicht mehr über uns, sondern in uns. Die Betrachtung des Erkenntnisprozesses zeigt, daß der Mensch die Gesetze seines Handelns nur in sich selbst finden kann.

In seinem «skizzenhaft dargestellten Ausblick auf eine Anthroposophie» gab er als Abschluß seines zweibändigen Werkes der *Rätsel der Philosophie* und im engsten Anschluß an seine philosophischen Grundschriften Bewußtseinsbetrachtungen, welche erkenntnistheoretisch das Phänomen der Steigerung der Seelenkräfte unterbauen helfen. Es ist Rudolf Steiners erkenntnistheoretischer Grundsatz und Ausgangspunkt, daß die menschliche Organisation zuerst Wahrnehmung und Begriff trennt, daß aber der Akt der Erkenntnis darin besteht, innerhalb des selbstbewußten Ich die vorher getrennte Teilung als Einheit der Wirklichkeit wiederherzustellen. Die Isoliertheit, in welcher sich das Ich zuerst erlebt, ist nur scheinbar und vorläufig. Diese scheinbare Isoliertheit wird im Erkenntnisakt überwunden. Der Weg in das Innere der Seele wird durch die Kraft der Steigerung geführt. Der Mensch kann zuerst sein Bewußtsein nur auf die Gedanken richten, mit denen er bestimmte Vorstellungen erfassen will. Er kann aber auch die Tätigkeit des Denkens selber denken. Dann lebt der Mensch nicht in den Gedanken, sondern er erlebt die Tätigkeit, welche die Gedanken erzeugt. Die Seele kann auf diese Weise an sich selbst, am eigenen Ich arbeiten. Die inneren Tätigkeiten des Denkens, Fühlens und Wollens können sich gleichsam «verdichten». Dies geschieht durch die Fähigkeit der Aufmerksamkeit als eines Vorgangs immer stärker werdender Konzentration und liebevoller Hingabe an das von der Seele Erlebte, das in Kontemplation und Meditation sich auslebt. In Konzentration erlebt der Mensch die Polarität einer gleichsam zentripetalen Kraft, in der Kontemplation die entgegengesetzte Polarität eines zentrifugalen Verhaltens. Im Pendelschlag zwischen diesen zwei Grundhaltungen der Aufmerksamkeit und der Hingabe erzieht sich das Ich selbst durch innerste Ruhe und äußerste demutserfüllte Verehrung. Aus diesen Polaritäten ergibt sich im Sinne einer Weiterbildung Goethescher Gedanken eine Steigerung des organischen Lebens der Seele.

Die Entwicklung des abendländischen Denkens von Aristoteles bis zu Goethe drängt nach der Möglichkeit, im selbstbewußten Ich die sich stetig steigernde Erkenntnis der vollen Wirklichkeit zu erleben.

VII. RUDOLF STEINER ALS LITERARHISTORIKER

Die erkenntnistheoretische Begründung der Goetheschen Weltanschauung bildet das Fundament von Rudolf Steiners Geisteswissenschaft. Was er später über Goethes *Faust* oder über dessen *Märchen* mündlich oder schriftlich darstellte, ging weit über den Bereich der Literaturwissenschaft hinaus. Es ist mehr als irgendeine germanistisch-spezialistische Gelehrtenarbeit. Allein schon durch diese Aufschlüsse hat er sich dauernd unter die schöpferischsten Goetheforscher eingereiht. Auch außerhalb seiner Arbeit am Goethe-Schiller-Archiv in Weimar betätigte er sich als Literarhistoriker im engeren Sinne, allerdings niemals mit dem Anspruch eines beamteten Spezialisten, sondern mit der Berufung eines auf das gesamte Kulturleben gerichteten Denkers und Deuters.

Als Herausgeber des *Magazins für Literatur* (1897–1900) war er zugleich Rezensent und Theaterkritiker. Innerhalb der «Freien Literarischen Gesellschaft» in Berlin hielt er unter anderm einen Vortragszyklus über «Die Hauptströmungen der deutschen Literatur von der Revolutionszeit (1848) bis zur Gegenwart», den er dann in schriftlichen Auszügen im *Magazin* veröffentlichte. Neben den Werken Schopenhauers gab er mit biographischen Einleitungen die Werke Wielands, Jean Pauls und Uhlands heraus. Er schrieb über Schillers Lyrik, über Ibsen, Jacobowski, John Henry Mackay, Peter Altenberg, Hermann Bahr neben Freiliggrath, Fallersleben, Jordan und Alexis. In dem von Hans Kraemer herausgegebenen Sammelband *Das neunzehnte Jahrhundert in Wort und Bild* befand sich auch von Rudolf Steiner der Beitrag «Dichter und Denker im neunzehnten Jahrhundert». Diese umfangreiche Arbeit stellte einen bedeutsamen Versuch einer vergleichenden Literaturgeschichte als europäischer Geistesgeschichte dar, wie sie erst heute zur anerkannten Literaturbetrachtung geworden ist. Eine Würdigung der über hundert Theaterkritiken allein neben allen Aufsätzen über Schauspielkunst, Kritik, Komik und Tragik würde ausreichen, ein ganzes Buch darüber zu schreiben.

Unser Blick sei zuerst auf den hinsichtlich seiner Autorschaft viel umstrittenen Prosa-Hymnus «Die Natur», der anonym im 32. Stück des *Tiefurter Journals* Ende 1782 oder Anfang 1783 erschien und später in Goethes Werke aufgenommen wurde, gerichtet. Die Art, wie Rudolf Steiner diesen Aufsatz edierte und interpretierte, wirft ein Licht auf seine gesamte Goetheforschung.

Im Jahre 1887 hat der damals Sechsundzwanzigjährige bei der Herausgabe des zweiten Bandes der *Naturwissenschaftlichen Schriften* Goethes (in Kürschners *Deutscher National-Literatur,* 115. Band) Anmerkungen zu diesem Prosa-Hymnus gemacht, die textkritische Genauigkeit mit der Gabe schöpferischer Interpretation vereinen. In den fast siebzig Jahren, die seit der Herausgabe verflossen sind, hat sich ein Berg von Schriften über dieses Fragment gehäuft. Hier soll gezeigt werden, wie es schon vor siebzig Jahren gelungen war, das Grundlegende über Autorschaft und Inhalt zu beweisen, dem gegenüber alle spätere Textkritik keine wesentlich neuen Erkenntnisse hinzuzufügen vermochte. Noch viel wichtiger erscheint es, daß der sechsundzwanzigjährige Steiner eine Interpretationsweise inaugurierte, die den Text des Dichtungswerkes ganz aus den vorhandenen Formen und Inhalten deuten und vertiefen hilft, wie dies erst in unserer jüngsten Zeit die Literaturwissenschaft versucht.

Die 1883 erschienene *Geschichte der deutschen Literatur* von Wilhelm Scherer, die damals herrschend wurde, war eine Anschauungsweise, die sich rein auf die Gruppierung des Tatsächlichen und auf die sichtbaren Teile der geschichtlichen Entwicklung beschränkt. Damit zog der Geist des Positivismus, wie er sich in der Naturwissenschaft ausgebildet hatte, auch in den Bereich der Literarhistorie. Dagegen hat erst in jüngster Zeit die Germanistik betont, daß die Geschichte der Dichtung zugleich Geistesgeschichte sei und daß die Interpretation des Werkes als Produkt individueller Eingebung, als Phänomen der Phantasie, die eigentliche Aufgabe der Literaturwissenschaft bedeute. Gerade dies aber war es, was Rudolf Steiner schon von Jugend her verfolgte und wodurch seine Arbeiten über Goethes *Märchen* so bahnbrechend wurden. In seinem Buch *Mein Lebensgang* schrieb er am Ende seines Lebens in bezug auf seine Darstellung der vergleichenden Literatur, die er um die Jahrhundertwende gegeben hatte: «So zog denn damals auch die Entwicklung des Phantasielebens im neunzehnten Jahrhundert durch meine Seele hindurch. Ich schilderte nicht wie ein Philologe, der solche Dinge ‚aus den Quellen heraus' arbeitet; ich schilderte, was ich an der Entfaltung des Phantasielebens innerlich durchgemacht hatte.» Dies wird am Ende dieses Abschnittes besonders klar im Hinblick auf die Schrift *Lyrik der Gegenwart* (1900), in welcher schon Christian Morgenstern erwähnt wurde.

Nun zeigt sich im Hinblick auf das «Fragment über die Natur» wie Rudolf Steiner sowohl philologisch exakt als auch intuitiv interpretierend vorgegangen war. Er hielt sich an die naturwissenschaftliche Methode, wie er sie durch die Textkritik der Schererschen Philologenschule lernte, aber er steigerte sie zugleich zur seelisch-geistigen Beobachtungskraft, wobei er nichts in das literarische Dokument hineindeutete, aber aus demselben alles herausschöpfte, was nicht nur buchstäblich-faktisch, sondern auch potentiell-geistig enthalten war.

Wir besitzen verschiedene Darstellungen Rudolf Steiners über diesen Prosahymnus. Die erste findet sich in den ausführlich kommentierenden Anmerkungen, die er noch von Österreich aus (1887) als Fußnoten im zweiten Bande der *Na-*

turwissenschaftlichen Schriften Goethes schrieb. Die zweite Darstellung ist ein Aufsatz, welcher im siebenten Band der *Schriften der Goethe-Gesellschaft* 1892 erschien, nachdem bereits Steiner am Goethe-Archiv in Weimar den Gesamtüberblick über die dort befindlichen Handschriften erhalten hatte. Ein Satz aus den Anmerkungen des Sechsundzwanzigjährigen im Hinblick auf den Passus, daß die Gesetze der Natur unwandelbar seien, ist besonders bedeutsam, weil er einer materialistischen Umdeutung vorbeugte, die Goethe fremd, aber am Ende des neunzehnten Jahrhunderts so nahe war: «Alle Vorgänge in der Natur verlaufen nach Gesetzen. Die Natur ist sich aber des Gewebes gesetzlicher Abhängigkeiten, das sich durch sie zieht, nicht bewußt. Nur wir erhalten durch unsere begreifende Tätigkeit Kenntnis dieser Gesetzlichkeiten. Was in unserem Geiste als bewußter Begriffsinhalt über die Natur, das ist in der Natur selbst als unbewußte Gesetzmäßigkeit vorhanden.»

Wie sehr Goethes Ansicht dem Agnostizismus feindlich gegenübersteht, betont eine Anmerkung Steiners mit Hinzuziehung eines wichtigen Zitats aus Gesprächen mit Eckermann: «Die eigentlichen zentralen Prinzipien der Naturwirksamkeit sind dem Menschen, der sich bis zur vernunftgemäßen Auffassung erhebt, durchaus zugänglich.» Die hinzugezogene Stelle (Gespräch mit Eckermann, 13. Februar 1829) lautete: «Der Verstand reicht zu ihr (Natur) nicht hinauf, der Mensch muß fähig sein, sich zur höchsten Vernunft erheben zu können ... Den Unzulänglichen verschmäht sie, und nur dem Zulänglichen, Wahren und Reinen ergibt sie sich und offenbart ihm ihre Geheimnisse.»

Wenden wir uns nun zu dem zweiten Hinweis Rudolf Steiners, der als Aufsatz «Zu dem Fragment über die Natur» fünf Jahre später (1892) erschienen war. Hier stellte er eindeutig fest, daß der Prosahymnus keineswegs von Goethe niedergeschrieben wurde. Der Schweizer Georg Christoph Tobler verbrachte den Sommer 1780 in Weimar, wohnte bei Knebel und verkehrte viel mit Goethe. Er ist der literarische Autor des Aufsatzes. «Daß aber Tobler keine andere Rolle dabei spielen konnte, als die eines Berichterstatters, der sich möglichst genau an den Wortlaut des Gehörten hielt, dafür sprechen gewichtige innere Gründe, die aus der Betrachtung des Verhältnisses des fraglichen Aufsatzes zu Goethes späteren Arbeiten über Naturwissenschaft hervorgehen.» Rudolf Steiner nannte den Hymnus «eine Art Lebensprogramm, das allem Goetheschen Denken über die Natur zugrunde liegt». Was Goethe damals bei Veröffentlichung des Hymnus gefehlt hatte, war der Begriff von Polarität und Steigerung als der zwei großen Triebbänder der Natur. Steiner wies nun nach, wie einzelne Sätze des Hymnus Keime enthalten, die dann zu Ideen späterer Entdeckungen Goethes führten. Goethe schloß den Gedanken gewaltsamer geologischer Unterbrechungen durch außergewöhnliche Umwälzungen aus. Keimhaft liegt das schon im Hymnus, wenn es heißt, daß die Natur ewig neue Gestalten schaffe ... «alles ist neu und doch immer das Alte ... auch das Unnatürlichste ist Natur». Wenn es weiterhin im Hymnus heißt, daß die Natur alles auf Individualität angelegt zu haben scheine und doch sich nichts aus den Individuen mache, so folgert Rudolf Steiner, daß dieser Satz «der Keim zur Idee des Typus ist, die uns in Goethes osteologischen Arbeiten entgegentritt». Denn «die Natur schafft zwar Individuen, aber aller Individualität liegt der Typus zugrunde; auf diesen kommt es zuletzt doch an und nicht auf die Individuen».

Steiner gibt zu, daß die Ideen des Hymnus noch durchaus allgemein und deshalb abstrakt bleiben, jedoch «wie die Verkündigung einer neuen Weltanschauung» auftraten. «Die Erfüllung dieser Verkündigung sind Goethes spezielle Arbeiten über naturwissenschaftliche Gegenstände ... wir wissen erst vollständig, wie Goethe über einen einzelnen Fall in der Natur gedacht, wenn wir aus dem besprochenen Fragment erfahren haben, was für Anschauungen er über die Natur überhaupt gehabt hat.»

Mit philologischer Genauigkeit wird festgestellt, daß der Hymnus nicht von Goethe, sondern von Tobler seine schriftliche Fassung erhielt und daher auch stilistisch von diesem, inhaltlich jedoch von jenem abhängig ist. Aus den im Goethe-Archiv vorhandenen Dokumenten ergab sich der folgende, eindeutige Tatbestand.

Der Aufsatz, der ohne Namensnennung im *Tiefurter Journal* 1782 erschienen war, machte auf Goethes vertrautesten Freund Knebel den Eindruck, daß er von dem Dichter selbst stammen müsse. «Goethes Fragment über die Natur hatte tiefen Eindruck auf mich»; so lautete eine Eintragung Knebels vom 20. Januar 1783 in sein Tagebuch. Goethe hingegen schrieb an den Freund am 3. März desselben Jahres: «Der Aufsatz im *Tiefurter Journale,* dessen Du erwähnst, ist nicht von mir, und ich habe bisher ein Geheimnis draus gemacht, von wem er sei. Ich kann nicht leugnen, daß der Verfasser mit mir umgegangen und mit mir über diese Gegenstände oft gesprochen habe. Er hat mir selbst viel Vergnügen gemacht und hat eine gewisse Leichtigkeit und Weichheit, die ich ihm vielleicht nicht hätte geben können.» Drei Wochen später schrieb Charlotte von Stein an Knebel (28. März 1783): «Goethe ist nicht der Verfasser, wie Sie es glauben, von dem tausendfältig ansichtigen Bilde der Natur; es ist vom Tobler. Mitunter war mir's nicht wohltätig, aber es ist reich.»

Die Frage der Niederschrift ist also eindeutig durch Goethe selbst geklärt worden, der das Geheimnis des Namens des Schreibers seiner Freundin preisgegeben hatte. Im Jahre 1828, also 45 Jahre später, tauchte das Manuskript des Fragments «Die Natur» in der Handschrift von Goethes Sekretär Philipp Seidel aus der Verlassenschaft der Herzogin Anna Amalia wieder auf. Zu dieser Handschrift, in welcher er auch Worte verbesserte und durchstrich, äußerte sich der fast achtzigjährige Goethe in einem Brief an den Kanzler von Müller (24. Mai 1828): «Daß ich diese Betrachtungen verfaßt, kann ich mich faktisch zwar nicht erinnern, allein sie stammen mit den Vorstellungen wohl überein, zu denen sich mein Geist damals ausgebildet hatte. Ich möchte die Stufe damaliger Einsicht einen Komparativ nennen, der seine Richtung gegen einen noch nicht erreichten Superlativ zu äußern gedrängt ist.»

Diese Äußerungen Goethes zeigen, wie er den Aufsatz «Die Natur» im Gesamtbau seiner Naturanschauung eingegliedert wissen wollte. Er erschien erstmalig im zehnten Bande der *Nachgelassenen Werke* (1833) und fehlt seither in keiner Gesamtausgabe.

Der wissenschaftliche Nachweis der geistigen Urheberschaft Goethes wurde unter allen Goetheforschern zum ersten Male von Rudolf Steiner erbracht, ursprünglich in den Anmerkungen zur Kürschnerschen Ausgabe der *Naturwissenschaftlichen Schriften* (1887), dann fünf Jahre später in einem Aufsatz im siebenten Bande der *Schriften der Goethe-Gesellschaft* (1892); und schließlich wies er auch in seinem Buch *Goethes Weltanschauung* (1897) darauf hin, daß sich in diesem Fragment «Keime der späteren Goetheschen Weltanschauung» finden.

Man müßte glauben, damit sei die Erforschung dieses Tatbestandes auf Grund aller befindlichen Dokumente eindeutig und für alle Folgezeit festgestellt worden. Dies ist jedoch keineswegs der Fall. Seit mehr als einem halben Jahrhundert versuchten immer wieder Philologen gegen Rudolf Steiner zu beweisen: Hier irrte Goethe!

Weil es sich bei diesem Meinungsstreit um die geistigen Grundlagen der Goetheschen Weltanschauung handelt, auf denen sich Rudolf Steiners Geisteswissenschaft organisch weitergebildet hatte, kommt dieser philologischen Disputation eine

Bedeutung zu, die für unsere geistesgeschichtliche Situation symptomatisch ist.

Die bis um 1900 landläufige Anschauung vom spinozistisch-pantheistischen Einfluß auf den frühen Goethe wurde nun kritisch revidiert, seitdem Wilhelm Dilthey den Nachweis zu erbringen versuchte, daß «Die Natur» entschieden von Shaftesbury beeinflußt erscheine. Dies wurde dann von Oskar Walzel in einem Aufsatz (1909) bestätigt und in C. F. Weisers Buch über *Shaftesbury und das deutsche Geistesleben* (1916) weiter ausgeführt.

Im Gegensatz zu diesen Untersuchungen machte nun Ernst Beutler (1909) darauf aufmerksam, daß die Urquelle von Goethes Prosahymnus an die Natur eine alte orphische Hymne an die Natur gewesen sein müsse. Ein Menschenalter später wies Franz Schultz in einem Artikel über den «pseudogoethischen Hymnus an die Natur» (*Festschrift für Julius Petersen,* Leipzig 1938) auf den gleichen Zusammenhang. Ein Jahr darauf erfolgte durch F. Dornseiff («Die antike Quelle von Goethe-Tobler's Aufsatz ‚Die Natur'» in *Die Antike*, XV, 1939) eine exakte Untersuchung mit vierzehn Vergleichen.

Hat nun Orpheus oder Shaftesbury bei der Abfassung des Naturhymnus Pate gestanden? Ein kürzlich erschienener Aufsatz von Mark O. Kistler (in *Monatshefte,* Madison, Wisconsin, Dezember 1954) suchte nachzuweisen, daß auch Shaftesbury von derselben orphischen Hymne an die Natur beeinflußt gewesen sei.

Dieser «von Orpheus» inspirierte Shaftesbury übte nun seinen unmittelbaren Einfluß auf das deutsche Geistesleben durch J. J. Spalding aus, welcher 1745 eine Übersetzung seines Buches *The Moralists* veröffentlichte (worin sich die Hymnen mit dem vermeintlichen orphischen Charakter befinden). Spalding hinwiederum war ein guter Freund von Lavater und Hamann. Dieser übersetzte im Jahre 1755 Shaftesburys *Characterists* und beeinflußte dadurch seinen Freund Herder. Herder selber übersetzte alsbald Shaftesburys *The Moralists* und in Versform die dithyrambischen Hymnen.

Aber auch die orphischen Hymnen machten unterdessen ihren Weg in die Weimarer Kreise. Schon 1764 erschienen *Orphei Argonautica Hymni Libellus de Lapidibus et Fragmenta* (herausgegeben von J. M. Gesner, Leipzig), eine Sammlung, die Herder kannte und in seinem *Versuch einer Geschichte der lyrischen Dichtkunst* erwähnte. Daß Herder die orphischen Hymnen Goethe vermittelte, wird als selbstverständlich angesehen. In der Tat findet sich auch ein Brief Goethes an G. Fr. E. Schönborn (vom 8. Juni 1774), der einen Hinweis auf «Orphischen Gesang» enthält.

Goethe wurde auf seiner zweiten Schweizer Reise (1779) von Lavater dem jungen Georg Christoph Tobler vorgestellt, der ein eifriger Shaftesbury-Leser war. Tobler veröffentlichte zwei Jahre nach der Niederschrift des Natur-Aufsatzes eine Übersetzung der orphischen Hymnen. Darunter befindet sich einer «An die Natur», der im *Schweizerischen Museum* (dritter Band, 1784) gedruckt wurde.

Man kann beim Verfolgen der philologischen Literatur in bezug auf den Natur-Hymnus wahrnehmen, wie eine jede darauffolgende Arbeit das Problem mehr zu verdunkeln als zu erhellen imstande ist. Sechzehn Jahre nach dem entscheidenden Aufsatz von Rudolf Steiner (in den *Schriften der Goethe-Gesellschaft*, VII, 1892) stellte Hermann Schneider (in *Herrigs Archiv*, XX, 1908) nochmals fest, was ohnehin schon feststand, daß weder Goethe noch Tobler der alleinige Autor des Hymnus waren. Zwanzig Jahre später lesen wir jedoch das völlige Gegenteil bei R. Hering (im *Jahrbuch der Goethe-Gesellschaft,* XIII, 1927): «Der Keim, aus dem der Hymnus entstanden ist, ist nicht auf Goethischem Boden gewachsen, mögen auch sekundäre Zutaten, wie die persönliche Unterhaltung bieten kann, in der Blüte erscheinen. Die antithetische Form des Hymnus, der Mangel jeden tieferen Gehaltes, seine Weichheit, die mit der herben Größe Goethischer Naturauffassung nicht vereinbar ist, sprechen eine deutliche Sprache gegen Goethes Verfasserschaft.» Das Resultat also: Goethe hatte keinen Anteil daran!

Nach all dem Hin und Wider der Meinungen hinsichtlich der Urheberschaft des Prosahymnus kehrt die jüngste Arbeit von Bedeutung (der 1938 in der *Festschrift für J. Petersen* veröffentlichte Aufsatz von Franz Schultz) abermals auf das Verdienst zurück, das sich Rudolf Steiner in dieser Hinsicht schon 1887 und 1892 errungen hatte. Im ersten Satz heißt es allerdings in Verkennung von seiner Deutung: «Steiner in seinem der Ausgabe des *Tiefurter Journals* beigefügten Exkurs will den Hymnus in die Entwicklung der Goethischen Metamorphosenlehre hineinzwingen.» Nach diesem Satz fügt er aber hinzu: «Er hat zudem, soviel ich sehe, als erster die Frage einer etwaigen Beteiligung Toblers aufgeworfen.»

Rudolf Steiner zwang nicht die Metamorphosenlehre in den Hymnus hinein, sondern sah aus diesem heraus den ideell-keimhaften Ansatz dazu organisch hervorgehen. Seine Methode war, im Dokument eines Geistesproduktes im Sinne Goethes nicht nur auf das Gewordene zu sehen (das der Verstand zergliedert), sondern auch auf das Werdende zu blicken (das sich der Vernunft in der Zusammenschau öffnet). Der Natur-Hymnus ist orphisch, nicht weil Tobler, der die Niederschrift besorgte, bald darauf auch die griechischen Hymnen übersetzte, sondern weil er das platonische Naturgefühl des jungen Goethe «atmet». Das «orphische» Element ist zugleich ganz individuell goethisch. Im ähnlichen Sinne spiegeln die «Urworte, orphisch», die fünfunddreißig Jahre später einem Gedankenaustausch mit Friedrich Creuzer ihre Entstehung verdanken, goethisch-moderne und nicht orphisch-antike Anschauung.

Aber schließlich vergleiche man doch Stil und Stimmung der antiken Naturhymne (die dann bei Shaftesbury nachtönt) mit Goethes Aufsatz. In der orphischen Hymne ruft der Mensch das Wesen der Natur als Göttin an als von außen herrschend, befehlend und beschenkend: «O Natur, ich fleh Dich an, daß Du uns bringest ...» Im Goetheschen Natur-Fragment ist die Natur im Menschen, der Mensch innerhalb des Wesens der Welt. «Die Menschen sind alle in ihr und sie in allen.» Man achte dabei auf das ständige Wechselspiel von Sätzen, welche mit «wir» und mit «sie» beginnen. «Wir sind umgeben ... sie schafft ... wir leben alle in ihr ... sie spricht, sie baut, sie lebt, sie liebt, sie freut sich, sie hat mich hereingestellt. Ich sprach nicht von ihr – alles hat sie gesprochen» (das heißt durch mich und aus mir).

Die orphische Hymne ist vor-christlich. Die Natur wird als außermenschliches Wesen erlebt. Goethes Aufsatz ist nachchristlich-monistisch. Die Natur ist das Dasein des Gottesgeistes. Der Mensch als Wesen der Natur lebt in diesem.

Die vor fast siebzig Jahren gemachte Entdeckung der Urheberschaft des Natur-Hymnus zeigt Rudolf Steiner als sachkundigen Textkritiker im gleichen Lichte wie als intuitiven Interpreten.

Die Einleitungen zu den *Naturwissenschaftlichen Schriften* Goethes (die jetzt ein fast dreihundertseitiges Werk darstellen) sind nur ein kleiner Teil seiner gesamten Goethe-Studien. Diese umfassen das philosophisch-erkenntnistheoretische Frühwerk der *Grundlinien einer Erkenntnistheorie der Goetheschen Weltanschauung* (1886), *Goethes Weltanschauung* (1897), *Goethes Geistesart*, *Goethe als Vater einer neuen Ästhetik* und die in zwei starken Bänden gesammelten Vorträge *Geisteswissenschaftliche Erläuterungen zu Goethes Faust.* (1932).

Seine Studien über das *Märchen* am Ende der *Unterhaltungen deutscher Ausgewanderter* enthalten neben der Fülle der Interpretationen auch den Hinweis, wie Goethe durch Schillers gleichzeitig entstandene *Briefe über die ästhetische Erziehung des Menschen* zu seiner Märchenschöpfung impulsiert wurde. Auch dieser literarhistorische Erweis wurde von Steiner bereits in den achtziger Jahren und dann in einem Aufsatz im *Magazin für Literatur* (1899) erbracht, lange bevor Fritz Strich 1910 in seinem Werk über die *Mythologie in der deutschen Literatur* auf diesen Zusammenhang abermals hingewiesen. Seither ist er ein unbestrittenes Faktum literarhistorischer Forschung.

In der kleinen Schrift *Lyrik der Gegenwart* (Minden, 1900), welche Rudolf Steiner als Nebenwerkchen zur Jahrhundertwende veröffentlichte, finden wir auch eine kurze, aber wesentliche Charakteristik Morgensterns. Es ist die erste Stimme, welche Rudolf Steiner über den noch nicht Dreißigjährigen abgibt, dessen Werk damals äußerst keimhaft vorlag, noch ein Versprechen ohne Erfüllung, und doch ist mit den wenigen Federstrichen schon ein gültiges Bild entworfen, das in seinen Umrissen von bleibendem Wert ist.

Die schlichte, anspruchslose Darstellung entwirft gleichsam eine Schwarzweißzeichnung der damaligen Lage der Lyrik, die von einzigartiger Weitsichtigkeit zeugt. Stefan Georges Lyrik sieht er im Zusammenhang mit dem ästhetischen Grundsatz Schillers. «Darin also besteht das eigentliche Kunstgeheimnis des Meisters, daß er den Stoff durch die Form vertilgt, und je imposanter, anmaßender, verführerischer der Stoff an sich selbst ist, je eigenmächtiger derselbe mit seiner Wirkung sich vordrängt, oder je mehr der Betrachter geneigt ist, sich unmittelbar mit dem Stoff einzulassen, desto triumphierender ist die Kunst, welche jenen zurückzwingt und über diesen die Herrschaft behauptet.» «Mit diesen Worten» – so fährt Rudolf Steiner fort – «hat Schiller in seinen *Briefen über die ästhetische Erziehung des Menschen* ein künstlerisches Ziel beschrieben, wie es dem Lyriker Stefan George vorschwebt ... nicht um die einzelnen

Farben, die einzelnen Töne, die einzelnen Vorstellungen ist es diesem zu tun, sondern um die Art und Weise, wie sie in dem Werke zusammengestellt sind, das wir ästhetisch genießen. Stefan George lebt nun ganz im Elemente des künstlerischen Ausdruckes, der Form. Wenn seine Seelenschwingungen zutage treten, soll ihnen nichts mehr anhaften, was bloß den Menschen interessiert, sie sollen ganz aufgegangen sein im künstlerischen Elemente der Form ... Die Welt ist mein Rhythmus und meine Harmonie, und was nicht einfließt in dies goldene Reich, das lasse ich liegen im Chaos des Wertlosen: das ist Georges Grundstimmung.»

Im Gegensatz dazu schildert Steiner die Welt Hugo von Hofmannsthals. «Wenn man eben von Stefan George sagen darf: er zwingt das Schöne herbei, so muß man von Hofmannsthal behaupten: ihn zwingt dieses Schöne zu sich. Wie eine Biene durchfliegt er die Welt; und da hält er an, wo es den Honig des Geistes, die Schönheit, zu sammeln gibt ... es weht in ihr (der Kunst Hofmannsthals) und webt eine Sphärenharmonie, die auf dem Grunde der Weltseele erklingt.» Die Metaphern dieser Lyrik erscheinen uns aber doch «wie die Offenbarungen des Ewigen im Luxus der Natur ... man wird den Vorwurf einer banausischen Vorstellungsart nicht abwehren können, wenn man diese Luxuskunst von sich weist; aber es muß zugestanden werden, daß wenige menschliche Schöpfungen solche Verführer zum Banausentum sind, wie die Dichtungen Hugo von Hofmannsthals.»

Dann achte man auf die wenigen Worte, die Steiner über Rilke findet, den damals kaum Fünfundzwanzigjährigen, die uns eine gewisse Phänomenologie seiner Phantasie erschließen, die wiederum eine bestimmte Zukunftsgültigkeit in sich birgt. Rilke hat «eine Treffsicherheit im Ausdrucke, die alle die feinen Verhältnisse zwischen den Dingen, die sich dem Dichter entdecken, mit vollen, satten Tönen vor uns hinzustellen vermag.

Das ist nicht die Treffsicherheit des großen Charakteristikers, das ist diejenige des naturkundigen Wanderers, der die Dinge liebt, denen er aus seinen Wanderungen begegnet, und dem sie vorplaudern von ihren stillen Geheimnissen, weil auch sie ihn lieben und Vertrauen zu ihm gewonnen haben.»

Rudolf Steiner schrieb diese Studie im Bewußtsein, daß das Leben eines Zeitalters «sich seinen intimsten Ausdruck in der Lyrik schafft. Was der Geist einer Epoche dem Herzen des einzelnen Menschen zu sagen hat, das strömt dieser in seinen Liedern aus ... und die Lyrik ist auch das Feld, auf dem heute sich die Träger alter, reifer Kunstideale und die Geister einer werdenden, gärenden Weltanschauung am leichtesten verständigen.»

Unter diesen Aspekten wandte sich Rudolf Steiners Urteil der jungen Lyrik des neunundzwanzigjährigen Christian Morgenstern zu. «Zu den hohen Gesichtspunkten, vor denen alle kleinen Eigenheiten der Dinge verschwinden und nur noch die bedeutungsvollen Merkmale sichtbar sind, strebt Christian Morgenstern. Vielsagende Bilder, inhaltvollen Ausdruck, gesättigte Töne sucht seine Phantasie. Wo die Welt von ihrer Würde spricht, wo der Mensch sein Selbst durch erhebende Empfindungen erhöht fühlt: da weilt diese Phantasie gerne. Morgenstern sucht nach der scharfen, eindrucksvollen Charakteristik des Gefühles. Das Einfache findet man selten bei ihm; er braucht klingende Worte, um zu sagen, was er will.»

Dieser Charakteristik stellte er dann die «wenig ausgeprägten dichterischen Physiognomien» eines Franz Evers, Hans Benzmann und Max Bruns gegenüber, die «noch des eignen Inhalts und auch der eigenen Form» entbehren. Wer wüßte heute selbst noch die Namen! Morgensterns Bilder aber nannte er vielsagend, mit inhaltsvollem Ausdruck, gesättigte Töne, «wo die Welt von ihrer Würde spricht, wo der Mensch sein Selbst erhöht fühlt».

VIII. RUDOLF STEINERS KAMPF UM DIE GOTTESIDEE

Rudolf Steiners Ringen um das Bewußtsein des Göttlichen innerhalb des Erkenntnisprozesses des menschlichen Ich fiel in die Zeit seiner Lebensentscheidung um die Jahrhundertwende. Seine eigene Seelenschilderung gehört in die Chronik der Schicksalsstunden der Geschichte des abendländischen Denkens.

Sinnvoll fügte es sich, daß gerade in den letzten Lebensjahren, in welchen Rudolf Steiner die Geschichte seines Bewußtseinsringens niederschrieb, die er selbst so anspruchslos wie möglich *Mein Lebensgang* nannte, die Neuauflagen seiner philosophischen Frühschriften erschienen waren. Sie schlossen sich den rasch und weit verbreiteten Neuauflagen der *Philosophie der Freiheit* an, die aus der Verschollenheit des vorigen Jahrhunderts gerissen worden war.

Nur in aphoristischer Weise sei hier auf ein Problem hingewiesen, auf die Erfassung der Gottesidee, wie sie sich in Rudolf Steiner während der Berliner Jahre seit seinem Fortgang von Weimar (1897) bis zu den Vorträgen über die Mystik (im Winter 1900/01) ergeben hatte. Es war mit der Frage des modernen Menschen verbunden: wie gelangt man zur philosophischen Rechtfertigung, zum Erkenntnisbegriff von der Existenz des Göttlichen im Weltengrund und Menschenwesen?

Rudolf Steiner schilderte in seiner Lebensbeschreibung drei besonders voneinander verschiedene Lebensabschnitte innerhalb seines gedanklichen Ringens. Der letzte dieser Abschnitte, der in die Jahre um die Jahrhundertwende fiel, wird von ihm mit der Betonung des Willenselementes erwähnt. «Ich fühlte, wie das Ideelle des vorangehenden Lebens nach einer gewissen Richtung zurücktrat und das Willenselement an dessen Stelle kam ... der Wille nahm in dem Maße zu, als das Ideelle abnahm. Und der Wille übernahm auch das geistige Erkennen, das vorher fast ganz von dem Ideellen geleistet worden ist.»

Für sein Seelen-Erleben war es von Anfang an unvereinbar gewesen, von Grenzen der Erkenntnis und von einem Gottesgeist hinter den Dingen und außerhalb der sinnenfälligen Erfahrungswelt zu sprechen. In allen seinen philosophischen Schriften findet sich die schroffe Ablehnung eines transzendentalen Gottesbegriffs im Sinne einer dualistischen Anschauung. All seine Bemühung der Frühzeit galt dem Ziel, den Monismus, wie er sich noch materialistisch in der naturwissenschaftlichen Denkungsart offenbarte, ernst zu nehmen und zum einzig möglichen Ausgangspunkt seiner eigenen Wissenschaft vom Menschengeiste zu machen. Sein Streben lag darin, die Erklärungsweise des naturwissenschaftlichen Monismus, der ein Phänomen aus dem andern entwicklungsgeschichtlich begreifen will, «auch auf das Geistige auszudehnen».

In dieser Epoche gesteigerten Willens-Erlebens mußte der ethische Individualismus, wie ihn die *Philosophie der Freiheit* als Ergebnis des reinen Denkens darstellte, die konkrete Lebensprobe seiner Wahrheitskraft bestehen. Der ethische Individualismus hat weder Umbrüche erfahren, noch den Ergebnissen seiner späteren Forschung widersprochen. Er hat sich jedoch innerhalb des Erkenntnisringens metamorphosiert, in seinen Ausdrücken vertieft, in seiner Seelentätigkeit gesteigert.

Schon in den *Grundlinien einer Erkenntnistheorie der Goetheschen Weltanschauung* des Fünfundzwanzigjährigen lebte die Willens-Gewißheit des sich selbst verstehenden Ichbewußtseins: «Nicht indem der Mensch irgendwelchen Geboten des Weltenlenkers nachforscht, handelt er nach dessen Absichten, sondern indem er nach seinen eigenen Einsichten handelt. Denn in ihnen lebt sich jener Weltenlenker dar. Er lebt nicht als Wille irgendwo außerhalb des Menschen; er hat sich jedes Eigenwillens begeben, um alles von des Menschen Willen abhängig zu machen.»

Der Dreiunddreißigjährige schrieb in der *Philosophie der Freiheit* (im Kapitel über die moralische Phantasie), daß es unmöglich sei, «die sittliche Weltordnung von Ursachen abzuleiten, die nicht innerhalb der Welt liegen». Er konnte das Wesen des sittlichen Willens nicht darin erschöpft finden, daß auf außerweltliche Einflüsse einer göttlichen Weltregierung, auf Erteilung der zehn Gebote oder auf die dogmatische Tatsache der Erscheinung Christi auf Erden hingewiesen wird. «Was durch alles dieses geschieht an und in dem Menschen, wird erst zum Sittlichen, wenn es im menschlichen Erlebnis zu einem individuellen Eigenen wird.»

Was sich nun für den Acht- und Neununddreißigjährigen auf dem Weg des ethischen Individualismus ergab, liest man im *Lebensgang*. Es wurde ihm zum Erlebnis, daß innerhalb des Menschenwillens göttlich-geistige Kräfte diesen durchseelen, daß sie aber keinen Weg aus der Außenwelt in das menschliche Innere haben. «Ein Naturweg, der äußerlich zum Wollen Veranlassung gibt, kann nicht gefunden werden. Somit kann auch kein göttlich-geistiger Impuls auf einem solchen äußeren Wege an denjenigen Ort der Seele dringen, wo der im Menschen wirkende Eigen-Impuls des Willens sich ins Dasein bringt.»

In zahlreichen Aufsätzen dieser Zeit finden sich Worte Rudolf Steiners, die radikal eine dualistisch-transzendentale Gottesvorstellung abweisen, durch welche das sittliche Wollen der Menschheit im Walten einer Vorsehung determiniert wird. Es sind atavistische Schattenreste des alttestamentlich-jahwistischen Impulses der Gottesfurcht und des Gottesgehorsams, die sich noch in den christlichen Bekenntnis-Kirchen erhalten haben, gegen welche der ethische Individualismus sich wendet. In diesem Sinne brachte Rudolf Steiner auch sein Verständnis gegenüber Nietzsche auf, wie er es in seinem Buche über ihn darlegte, das ein Jahr nach der Veröffentlichung seiner *Philosophie der Freiheit* im selben Verlag erschienen war.

Man muß nachempfinden lernen, wie damals Rudolf Steiner durch eine Eisregion äußerster Einsamkeit gegangen war, als sein ganzes Geisterleben von der Korrespondenz reinster Gedanken mit den verborgensten Tiefen des Willens abhing. Es war in der Tat ein Durchgang durch einen Nullpunkt, eine seelische Mitternachtsstunde, die Forderung einer ungeheuren Entscheidung. Liegt in den Tiefen des Ich das Nichts oder das All der Gottheit?

Als damaliger Herausgeber des *Magazins für Literatur* war Rudolf Steiner auch innerhalb der «Freien Literarischen Gesellschaft» tätig, deren Hauptsitz in Berlin war, die aber auch mehrere Zweige und Ortsgruppen in Städten Mitteleuropas besaß. Es war eine Art loser Menschengemeinschaft, die aber durchaus von einer gemeinsamen Idee der Kulturerneuerung getragen wurde. Sie bildete eine der damals wichtigsten Plattformen für die Vortragstätigkeit Rudolf Steiners. Besonders bedeutsam erscheint uns der Vortragszyklus, welchen er in Berlin (vom 8. Dezember 1897 bis 8. März 1898) gehalten und in Auszügen im *Magazin* veröffentlicht hat. Da hieß es zum Beispiel im letzten Vortragsreferat über «Das geistige Leben der Gegenwart» in einem bemerkenswerten Ton der «Wir»-Form einer in Bildung begriffenen Geistgemeinschaft: «Wir feiern gegenwärtig das Jubiläum der Revolution (von 1848). Aber wichtiger als die politische Revolution ist uns die rein geistige Weltanschauung. Wir gehen in das neue Jahrhundert hinüber mit wesentlich andern Gefühlen ... Wir sind wirklich ‚neue Menschen' geworden, aber wir, die wir uns zur neuen Weltanschauung auch mit dem Herzen bekennen, wir sind eine kleine Gemeinde ... wir wollen Kämpfer sein für unser Evangelium, auf daß im kommenden Jahrhundert ein neues Geschlecht entstehe» (*Veröffentlichungen aus dem literarischen Frühwerk,* Heft XXI, Dornach 1946).

Rudolf Steiner spricht also alle diejenigen, die sich in seinem Sinne auch mit dem Herzen zum ethischen Individualismus bekennen wollen, als eine Gemeinde wirklich «neuer Menschen» an, wobei uns weder der Wir-Ton der Rede, noch der Ausdruck «Evangelium» entgehen sollte. Die Zeitgenossen, die dies damals hörten oder lasen, waren allerdings nicht fähig, ein Gemeinschaftsorgan zu formen, durch welches das «Evangelium» dieser neuen Weltanschauung weiteren Boden finden mochte.

Die Einsamkeit seiner Seele in diesen Jahren des Geisteskampfes ist kaum abzuschätzen. Er, dem von Kindheit an die innere Welt des Geistes aufgeschlossen war, kämpft völlig allein und als einziger gegen jedwede traditionsbedingte, außerweltlich-transzendentale Erklärung und Abhängigkeit unseres Daseins. Ein Vierteljahrhundert später ließ er uns in seiner Selbstbiographie an diesem Seelenkampfe ahnend teilnehmen, wenn er beschrieb, daß er sich gegen die Jenseitslehre der kirchlichen Bekenntnisse wenden mußte aus seiner innersten Geistanschauung heraus, «die die Geistwelt genau wie die sinnenfällige im Wahrnehmen am Menschen und in der Natur erleben wollte. Dagegen wendete sich auch mein ethischer Individualismus, der das sittliche Leben nicht von außen durch Gebote gehalten, sondern aus der Entfaltung des seelisch-geistigen Menschenwesens, in dem das Göttliche lebt, hervorgehen lassen wollte.»

Im sechsundzwanzigsten Kapitel von *Mein Lebensgang* wird auf das Intimste gewiesen. Dieses Kapitel hebt sich schon äußerlich von allen übrigen durch seine Form ab. Es ist das kürzeste, auf knapp zwei Seiten zusammengedrängte Kern- und Herzstück, worin von der «starken Seelenprüfung» die Rede ist, die in die Zeit vom Fortgang von Weimar bis zur Niederschrift des *Christentums als mystische Tatsache* fiel. Es endet mit dem lapidaren Satz: «Auf das geistige Gestanden-Haben vor dem Mysterium von Golgatha in innerster, ernstester Erkenntnis-Feier, kam es bei meiner Seelen-Entwicklung an.» Ein geistiges «Gestanden-Haben» in «Erkenntnis-Feier» – das sind die in Bescheidenheit und Anspruchslosigkeit hingesetzten Worte, die auf ein Erlebnis innerster Willenstiefen deuten. Sie inaugurieren die eigentliche Konzeptions- oder Geburtsstunde seiner Wissenschaft vom Menschengeiste. Wir können aus ihnen kaum ein genaues oder sicheres Datum entnehmen. Selbst eine Jahreszahl herauszudeuten wäre unangemessen. Die nachfolgenden Kapitel haben wohl mit aller Bewußtheit ein solch mögliches Unternehmen zu hindern versucht. Es war ein Ereignis, das sich in aller Stille und völlig unbemerkt vollzog; und doch darf heute im Rückblick über ein halbes Jahrhundert gesagt werden, daß seit dem Damaskuserlebnis des Paulus kaum Entscheidenderes für die Geschichte des Christentums in unserer Zeit geschehen ist, als dieser Durchbruch in den göttlichen Urstand des menschlichen Willenswesens.

Dabei dürfen wir nicht metaphorisch vergleichen, sondern wir müssen erkenntnismäßig gegenüberstellen. Während das Erlebnis des Paulus eine wirkliche Konversion war im wahren Sinne des Wortes, das heißt, eine Umkehrung und Abkehr vom alttestamentlichen, außermenschlich erlebten Jahwetum zum Geiste des Auferstandenen, so ist das «geistige Gestanden-Haben vor dem Mysterium von Golgatha in innerster, ernstester Erkenntnis-Feier» ein Durchbruch in die tiefsten Schichten des Willensgrundes, keine «Konversion», sondern eine «Inversion», kein Fall auf den Boden, kein Sturz vom Pferde, sondern ein Gestanden-Haben. Dieses Wort, von Rudolf Steiner so bewußt ausgewogen und so bescheiden hingesetzt, drückt ganz konkret den Bezug auf die Willensphäre aus. Das Gestanden-Haben (man achte auf die ungewöhnliche Form eines Hauptwortes, das aus einem verbalen Infinitiv der Vergangenheit gebildet ist) ist der Ausdruck des «ganzen Menschen», nicht nur des «verstehenden» Kopfes, sondern auch der Glieder, in denen sich das Willenswesen des Menschen erlebt und in denen es seinen göttlichen Urstand hat.

Wer ging in den Jahren der Jahrhundertwende (in welchen der unglückliche Nietzsche in Umnachtung lag) einen steileren Pfad auf dem Gipfelgrat eisigster Einsamkeit mit dem Blick auf die Absturzgefahren tiefster Abgründe? Von diesen Gefahren der Abgründe schrieb Rudolf Steiner bezeichnenderweise nicht vor, sondern nach dem Herz- und Mittelpunktskapitel seines *Lebensganges*. Darin offenbart sich etwas von seiner Methodik, mit welcher er seine Bücher aufzubauen strebte, um im Leser ganz bewußt ein Empfangsorgan für das Verständnis der Entwicklung geistiger Wahrheiten zu erwecken. Würde er über die großen Prüfungen, von denen er in den nachfolgenden Kapiteln berichtet, daß «um 1898 herum meine Seele mit dem rein ethischen Individualismus in eine Art Abgrund gerissen werden» sollte, vor dem sechsundzwanzigsten Kapitel berichtet haben, dann könnte das Mißverständnis auftauchen, er hätte eine rein subjektive Ekstase bezeichnet, während doch sein «Gestanden-Haben» im Urstand des menschlichen Willenswesens den Durchbruch bezeichnete, wodurch der bisher rein philosophisch gefaßte ethische Individualismus zum allgemein gültigen Erkenntnispfad werden konnte. Dieser Durchbruch ist verbunden mit der fortan dauernden Konfrontierung geistiger Widersachermächte.

Diese «Art von Abgrund», in welchen sein ethischer Individualismus hineingerissen werden sollte, lag keineswegs in mystischer Nebelferne, sondern spielte sich in konkreter Menschenberührung auf dem Berliner Erdenplane ab. Dies war verbunden in der Begegnung mit dem Dichter John Henry Mackay, dem Verfasser einer Biographie über Max Stirner.

Max Stirners Hauptwerk, das ursprünglich den Titel «Ich» tragen sollte, erschien als *Der Einzige und sein Eigentum* erstmalig 1845 und geriet dann bis zur Nietzschezeit in völlige Vergessenheit. Eine zweite Auflage erschien 1882, eine dritte (in Reclams Universal-Bibliothek) 1893, also zur gleichen Zeit, in welcher Rudolf Steiners philosophische Grundschriften erschienen. Die erste kurze Notiz über Stirner finden wir in Rudolf Steiners *Friedrich Nietzsche, ein Kämpfer gegen seine Zeit* (1895) und *Goethes Weltanschauung* (1897). Da er Stirner in keinem seiner vorherigen Werke nannte oder zitierte, ist wohl anzunehmen, daß ihm das Werk erst 1895 in die Hände kam. Im Kapitel «Die Metamorphose der Welterscheinungen» zitierte Rudolf Steiner im Hinblick auf Goethes Mangel an Selbstbeschauung den folgenden Satz aus Stirners Buch: «Eigner bin ich meiner Gewalt, und ich bin es dann, wenn ich mich als Einzigen weiß. Im Einzigen kehrt selbst der Eigner in sein schöpferisches Nichts zurück, aus welchem er geboren wird. Jedes höhere Wesen über mir, sei es Gott, sei es der Mensch, schwächt das Gefühl meiner Einzigkeit und erbleicht erst vor der Sonne dieses Bewußtseins. Stell' ich auf mich, den Einzigen, meine Sache, dann steht sie auf dem vergänglichen, dem sterblichen Schöpfer seiner, der sich selbst verzehrt, und ich darf sagen: ich hab' mein Sach' auf Nichts gestellt.» Nun fügte Rudolf Steiner hinzu: «Aber zugleich darf der Mensch zu diesem Stirnerschen Geist, wie Faust zu Mephistopheles, sagen: ‚In deinem Nichts hoff' ich das All zu finden', denn in meinem Innern wohnt in individueller Bildung die Wirkungskraft, durch welche die Natur das All schafft.»

Die Wirkungskraft, die das All schafft, der göttlich weltenschaffende Logos «wohnt in individueller Bildung» im menschlichen Innern. Dies war bereits die Antwort auf Stirner am Ende der Weimarer Zeit Rudolf Steiners. Und doch beschäftigte er sich in den folgenden zwei Jahren im wachsenden Maße mit Stirners Gedanken, durch den Verkehr mit Mackay weiter angeregt. Im ersten Band seiner *Welt- und Lebensanschauungen des neunzehnten Jahrhunderts* widmete er Stirner mehr als acht Seiten am Ende und zwei weitere Seiten am Anfang des zweiten Bandes. Hier konfrontierte er ihn mit K. Ch. Planck, dort mit Hegel. Auch im *Lebensgang* (27. Kapitel) stellte er ihn Hegel gegenüber. Deren Gegensatz gehörte «dem Jahrhundert an».

Die letzte Erwähnung Max Stirners erfolgte in einem Aufsatz «Der Individualismus in der Philosophie», den Rudolf Steiner 1899 für das Sammelwerk *Der Egoismus* (herausgegeben von Arthur Dix, Neudruck: *Literarisches Frühwerk,* Heft VII, Dornach 1939) schrieb. Dieser Aufsatz enthält am Ende Gedanken, die seinen ethischen Individualismus von dem Stirners klar unterscheiden. Darin heißt es: «Man kann auch einen anderen (Weg) gehen, um zur Natur des Ich zu gelangen. Man kann es bei seiner Erkenntnistätigkeit beobachten ... Das Wesen der Dinge kommt mir nicht aus ihnen, sondern aus mir zu. Mein Inhalt ist ihr Wesen ... Im Erkenntnisprozeß entnehme ich aus mir das Wesen der Dinge. Ich habe also das Wesen der Welt in mir. Folglich habe ich auch mein eigenes Wesen in mir.»

Warum bemühte sich Rudolf Steiner in dieser Zeit so intensiv um Stirner? Stirner, der alles aus dem einseitigen Willen hervorholte, war der Gegenpol Hegels, der den «Weltgeist bloß mit Wissen» ausstattete. Diese beiden Einseitigkeiten standen vor Rudolf Steiner besonders in dieser Zeit größter, innerer Entscheidungen. Wir wissen aus vielen seiner späteren Vorträge, daß er die Jahre 1841 bis 1845 als den Tiefpunkt materialistischer Intellektualität bezeichnete. In dieser Zeit konnte aus dem abstrakten Hegelianismus die rein intellektuelle Weltanschauung von Karl Marx geboren werden, die als solche so stark in das Willensleben der Menschheit eingreifen konnte, weil dieses Willensleben gleichsam auf der Entwicklungsstufe der vierziger Jahre «eingeschlafen» war. Die Ansicht Stirners war ein Willensimpuls, aus Wirklichkeitsdurst geboren, gegen den Hegel-Marx-Intellektualismus gewendet. Stirners Ich-Philosophie war reinster Voluntarismus. Mit Erwartung sah die geistige Welt auf Menschen, die von der Wirklichkeit des Ich-Willens erfüllt waren. Das Werk Stirners, das «Ich» heißen sollte, kam im Herbst 1844 (zur Geburtszeit Nietzsches) in den Druck. Die Tragik, die es mit Nietzsche später teilen sollte, lag darin, daß zwar der Rest des transzendentalen Gottesbegriffs ausgerottet, aber daß auch dem Ich das Göttlich-Unsterbliche abgesprochen wurde. Die Freiheit des Ich wird so extrem postuliert, daß die Idee der Liebe ausgeschaltet bleibt. Der Individualismus wird als extremer Egoismus proklamiert.

Stirner war ein Pseudonym für Johann Kaspar Schmidt (1806–1856). Er hatte nie sein Doktorat gemacht, nie eine äußere Stellung angenommen, er lebte, nachdem er das Geld seiner Frau aufgebraucht und sich von dieser getrennt hatte, im Elend, saß zweimal im Schuldgefängnis und starb schließlich durch den Stich einer giftigen Fliege. Hinter diesem Dasein eines deutschen Eigenbrötlers und Monomanen verbirgt sich aber ein wesentlicher Zug der Zeit. «Das Wissen muß sterben, um als Wille wieder aufzuerstehen und als freie Person sich täglich neu zu schaffen ... Der Mensch muß in Uns hergestellt werden.»

Das ist eine Forderung unserer Zeit. In tragischer Karikatur kam mit Stirner herauf, was dann als höchste Metamorphose des ethischen Individualismus in Rudolf Steiners Anthroposophie erschien. Sagte doch Stirner einmal in einer seiner antithetischen Formulierungen: «Die menschliche Religion ist nur die letzte Metamorphose der christlichen Religion.» Was aber der Verfasser des «Einzigen» menschliche Religion nannte, das ist die Fortsetzung des ethischen Individualismus als Anthroposophie. Während jedoch Stirner tragisch im Nihilismus endet, weil er nicht wie Faust im Nichts das All zu finden hoffte, ist für Rudolf Steiner die höchste Handlung in Freiheit diejenige, die aus reinster Liebe vollzogen wird. Eine Handlung «wird gut, wenn meine in Liebe getauchte Intuition in der rechten Art in dem intuitiv zu erlebenden Weltzusammenhang drinnen steht; böse, wenn dies nicht der Fall ist». Die in Liebe getauchte Intuition ist die bekrönende Erfüllung des ethischen Individualismus. Denn in den Willenstiefen des Ich waltet die All-Liebe des weltenschaffenden Logos. Rudolf Steiner schrieb darüber in seinem *Lebensgang* kurz vor seinem Tode, nicht in autobiographischer Selbstgenügsamkeit, sondern als Vermächtnis für die Menschheit seiner Zeit: «Alle diese Einsichten schlossen sich mir gerade in der hier geschilderten Lebensepoche mit der erklommenen umfassenden Wahrheit zusammen, daß die Wesen und Vorgänge der Welt nicht in Wahrheit erklärt werden, wenn man das Denken zum ‚Erklären' gebraucht; sondern wenn man durch das Denken die Vorgänge in dem Zusammenhange zu schauen vermag, in dem das eine das andere erklärt, in dem eines Rätsel, das andere Lösung wird, und der Mensch selbst das Wort wird für die von ihm wahrgenommene Außenwelt. Damit aber war die Wahrheit der Vorstellung erlebt, daß in der Welt und ihrem Wirken der Logos, die Weisheit, das Wort waltet.»

Auf diesem Fundament baute Rudolf Steiner die Christologie seiner Geisteswissenschaft aus.

IX. CHRISTIAN MORGENSTERNS PARZIVALPFAD

Der Morgen war von übersanftem Schmelz,
der harte Berg war nicht mehr Stein und Krume,
der Wald wie purpurbrauner Falter Pelz –
und drüber quoll des Weltraums blaue Blume
aus ewigem Kelch ihr tiefstes Ja und Amen ...
Und vor dem allen stand im jungen Strahl
ein Mensch und nahm dies heilige Morgenmahl
Dir zum Gedächtnis und in Deinem Namen.

Dieses Gedicht schickte Morgenstern im Herbst 1908 Margareta, der künftigen Lebensgefährtin, der es «von der ersten bis zur letzten Zeile gehört». Durchpulst war es von einer noch unbewußten Parzivalstimmung. Es kündete vom Jubel einer Erfüllung, die mit doppelter Begnadung die Einsamkeit des Siebenunddreißigjährigen erhellte und ihm den Herzensweg zur geliebten Frau bahnen sollte, mit der er gemeinsam die Welt Rudolf Steiners zu suchen beschloß.

Vor dem Biographen steht bei der Beschreibung dieser Dichterentwicklung die Frage an das Schicksalsrätsel: warum war es möglich, daß sich bei der räumlichen Nachbarschaft während eines ganzen Berliner Jahrzehntes die Bahn Morgensterns nicht viel früher mit dem Lebensgang Steiners kreuzte, da sich doch die innerliche Urverwandtschaft der Seelensuche und der Geisteshaltung mit überwältigender Beweiskraft ergibt?

Die Idee der wiederholten Erdenleben ging schon dem Achtzehnjährigen ahnungsvoll auf, bevor von Steiner darüber Veröffentlichungen vorlagen. Sein erstes Gedichtbuch erschien im gleichen Jahr mit Rudolf Steiners *Philosophie der Freiheit*, dem «Geist Friedrich Nietzsches» gewidmet. Kurz nachher erschien Steiners Buch *Friedrich Nietzsche, ein Kämpfer gegen seine*

Zeit. «Nietzsche, die große Antithese seiner Zeit» – so hieß es in einem Aperçu bei Morgenstern, der Steiners Buch damals wohl kaum in die Hände bekam. Während Steiner einen Aufsatz über «Nietzscheanismus» schrieb, in welchem es hieß, daß ihm Nietzsche als «Dichter der modernen Weltanschauung ... nie ein philosophisches, sondern immer ein psychologisches Problem» geblieben, betrachtete Morgenstern völlig unabhängig: «Einen leidenschaftlichen Wegsucher wie Nietzsche begreift man nicht bloß als kluger Kopf; man muß ihm noch obendrein ein bißchen verwandt sein.» Bis zur Jahrhundertwende rangen beide Geister in aller Intensität mit Nietzsche, bis es Morgenstern aufging, «daß Nietzsche überall da versagt, wo er sich bewußt oder unbewußt der Eitelkeit seines Geistes hingegeben hat», und Steiner seine abschließenden Studien über ihn als psychopathologisches Problem schrieb.

Zur gleichen Zeit, als Morgenstern die Versdramen und Gedichte Ibsens übersetzte und (Anfang 1898) den Meister des modernen Dramas in Norwegen selber besuchte, hielt Rudolf Steiner in Berlin innerhalb der Freien Literarischen Gesellschaft Vorträge über die «Bedeutung Ibsens und Nietzsches für das moderne Geistesleben». Er erkannte in Ibsen die Grenzen eines bloß Fragenden, eines Baumeisters, «der die Türme baut ... den aber Schwindel befällt, wenn er selbst auf den Gipfel dieser Türme stehen soll».

Morgenstern schrieb schon vor seiner Begegnung mit Ibsen, daß der Naturalismus «nur ein Studium, kein Ziel» sei und daß «das naturalistische Drama nur dann Wert hat, wenn es den Menschen, so wie er heute ist, sich selbst unerträglich macht». Er nannte Ibsen im Gegensatz zum Adler Goethe «die Eule in Person», und 1904 konnte er schließlich schreiben: «Den Tag im Hausbuch rot gemacht / da ich Dich endlich überdacht.»

Seit 1894 wohnte Morgenstern in Berlin, der Hauptstadt, die drei Jahre später auch für Steiners nächste zwei Jahrzehnte zum Mittelpunkt seines Wirkens wurde. Als Herausgeber des *Magazins für Literatur* stand Steiner in persönlichem Umgang mit Dichtern und Theaterleuten, mit denen auch Morgenstern in ständiger Verbindung war. Besonders freundschaftlich zugetan war Steiner dem Dichter Ludwig Jacobowski, in dessen Kreise der «Kommenden» auch Morgenstern manchmal erschien. Steiner ließ auch einen Artikel über Morgenstern nebst einigen Gedichten im *Magazin* erscheinen. Als Morgenstern aber einmal die Redaktion des *Magazin* besuchte, war Rudolf Steiner gerade verreist. Einmal wohnte Steiner einer Aufführung von Ibsens *Brand* bei, welcher eine veraltete Übersetzung zugrunde lag. Von der später erfolgten neuen Übertragung Morgensterns, die erfolgreich über die Bühnen ging, berichtete das *Magazin* nichts, während der damals führende Verlag der neuen Dichtung, S. Fischer, in seiner Anzeige der Ibsenschen Versübersetzungen bemerkte, daß diese «durch einen wahren Künstler sprachlich zum Rang einer deutschen Originaldichtung» erhoben werden sollten.

Tiefere Schicksalsgründe schienen in diesen Jahren alles dahin zu treiben, eine Begegnung der beiden Männer hinauszuschieben und sie erst dann auf einer Ebene sich vollziehen zu lassen, die vom Literaturbetrieb völlig entfernt sein sollte. Die beiden Geister wurden ganz offensichtlich vom Schicksalswillen verhindert, sich persönlich zu treffen oder literarisch beeinflussen zu können, weil das Wesenselement, welches sie später so innig verband, bei beiden noch nicht in die entscheidende Phase der Bestimmung eingetreten war.

Das gemeinsame Band ihrer Geistesverwandtschaft lag im Erlebnis des Ich als des Wesenskernes einer göttlichen Natur innerhalb menschlicher Erkenntnis und Sittlichkeit. Die Wege, auf welchen sich dieses Grunderlebnis zu entwickeln vermochte, waren aber individuell im Beginne ganz verschieden.

Von Anfang an stellte Rudolf Steiner dar, daß das Wesen der

Dinge nicht aus ihnen, sondern aus dem Ich kommt. Das Ich trägt das Wesen der Welt in sich. Das menschliche Handeln ist deshalb ein Teil des Weltgeschehens. «Für das menschliche Handeln die Gesetze suchen heißt somit, sie aus dem Inhalte des Ich schöpfen.» Wie der Mensch, der im Glauben an einen transzendenten Gott die Sittengesetze von außen oder von oben her ableitet, so weiß der ethische Individualist, daß das Gotteswesen im Ich als dem Wesen aller Dinge liegt. Steiners ethischer Individualismus ist als Krönung des naturwissenschaftlichen Entwicklungsgedankens zugleich Erfüllung der abendländischen Mystik von Meister Eckart (der sagte, das Wort «Ich» kann niemand sprechen als Gott allein) bis zu Novalis (der schrieb, die höchste Aufgabe unserer Bildung ist, das Ich unseres Ichs zu sein). Aus innerster Notwendigkeit ging sein Weg vom Studium der Goetheschen Naturwissenschaft über die Betrachtung der *Mystik im Aufgang des neuzeitlichen Geisteslebens* zum *Christentum als mystische Tatsache* als der Grundlegung seiner anthroposophisch orientierten geisteswissenschaftlichen Weltwirkung. Erst mit der Niederschrift dieses Buches fand sein Geistesringen mit Nietzsche den entscheidenden Abschluß.

Morgenstern begann als Herzensmystiker der Demut und All-Liebe und ging durch die Schule des Verzichts und des Zweifels. Auch er stritt und litt um Nietzsche im gleichen Jahrzehnt mit Steiner. Wie der extreme Individualismus im Weltbild Stirners und dessen Interpretation des «individualistischen Anarchismus» von John Henry Mackay für den Begründer der *Philosophie der Freiheit* zum Anlaß einer tiefen Seelenprüfung wurde, so ging Morgenstern durch die religiös-nationalpolitische Reaktionswelle von Paul de Lagarde und durch den Nihilismus der Mauthnerschen Sprachkritik.

Zur selben Zeit, in welcher Rudolf Steiner seine ersten Vortragszyklen über die Evangelien hielt, wandte sich Morgenstern in völliger Selbständigkeit dem Studium des Johannesevangeliums zu. Dies führte ihn in aller Originalität zum *Tagebuch eines Mystikers.* Sehr bezeichnend schrieb er darin den Satz: «Alle Erziehung, ja alle geistige Beeinflussung beruht vornehmlich auf Bestärken und Schwächen. Man kann niemanden zu etwas bringen, der nicht schon dunkel auf dem Weg dahin ist, und niemanden von etwas abbringen, der nicht schon geneigt ist, sich ihm zu entfremden.»

Ich-Mystiker war Morgenstern schon, als er fünfundzwanzigjährig ausrief: «Man müßte sein Ich nicht immer mit sich identifizieren, sondern wie eine Mutter ihr Kind behandeln.» Wenn Steiner einmal im Hinblick auf Nietzsche bemerkte: «Aller Jenseitsglaube wird überwunden sein, wenn der Mensch auf sich selbst sein Dasein zu bauen gelernt haben wird», so setzte Morgenstern später im *Tagebuch eines Mystikers* völlig unabhängig hin: «Was es gilt, ist die Austreibung Gottes aus allem Jenseits in das Diesseits. Gott ist nicht irgendwo, er ist auch nicht hier oder dort, sondern er ist dies und das ... Im Menschen erschuf sich das Ungeborene seine Burg. Gott ist nichts Außerbürgerliches: wo auch nur die kleinste Zelle, da ist sie zugleich Gottes Burg.»

Das *Tagebuch eines Mystikers,* welches Morgenstern in der Winterwende von 1905/06 begann, als er scheu und wortkarg sich vernehmen ließ, daß er das Johannesevangelium «zum erstenmal wirklich verstanden» zu haben glaubt, tastete sich um den Punkt herum, «wo der Mensch mit Gott zusammenfällt». Denn alle Natur ist göttliche Natur, jede Handlung ist eine Handlung Gottes. So setzte er hin, «daß Gott nur soweit Gott ist, als er Welt ist, daß die Welt nichts anderes ist als Gott selbst – daß in demselben Augenblick, da ein Mensch sich seines Gottseins bewußt wird, Gott in ihm sich seiner selbst als Mensch bewußt wird». In der Parzivalstimmung zwischen Dumpfheit und Zweifel fragt er unablässig: «Wer bist du, wer ist er, wenn nicht – Es. Das unfaßbare Selbst, das Mysterium ...

Gott fragt sich selbst in sich selbst – und weiß keine Antwort, erstummt in sich selbst.» Das Mysterium Gott, das unfaßbare Selbst weiß keine Antwort. «Ich sage: Gott! Aber wo uns die Wirklichkeit dieses Wortes faßte, da wäre unser Herz und Hirn auch schon dahin.»

Morgenstern war in Gefahr, das Göttliche in einem unbestimmbar nebelhaften Urgrund zu verlieren. Er fühlte sich geborgen im Schoß des Vatergrundes. Aber zur Welt des Sohnes war der Weg noch nicht wirklich offen. In dem Studium des Johannesevangeliums fesselte ihn ganz besonders intensiv das «Ich und der Vater sind eins». Das gesamte *Tagebuch eines Mystikers* kreiste um die Erfassung dieses Mysteriums, das er jedoch immer wieder «unfaßbar» nannte, worüber er «keine Antwort» wußte, wo er verstummen mußte.

Man übersehe nicht die Sackgasse mystischer Gottinnigkeit, in die sich Morgensterns Denken oftmals zu verrennen schien: «Gott heißt immer nur der jüngste Begriff von Gott. Gott selbst kann es für den Menschen niemals geben – so wenig es für diese meine Hand diese meine Hand geben kann.» Da für ihn «Mensch und Gott» dasselbe sind, «kann Gott nicht vom Menschen erkannt werden». Aber auch «der Mensch kann sich nicht nach sich selbst umdrehen und darum wird er nie wissen, wer er eigentlich ist, woher, wohin, warum. Und mit ihm wird es Gott nie wissen.»

Ein mystisches Ignoramus ist es, das sich hier aus dem Tagebuchschreiber herausringt. Er gefiel sich in solchen Relativismen wie: «Gott ist der Welt Suche nach ihm. Die Welt ist Gottes Suche nach Sich ... alles ist Weg, Gott ist Weg ... Der Weg nach dem Sinn ist der Sinn selbst. Der Weg nach dem Sinn ist der Sinn des Weges.»

Ergreifend sind diese immer wiederkehrenden Monologe im Ringen um das Wahrheitslicht. Auf seinem kleinen Tisch im Zimmer in Birkenwerder stand ein Kunstblatt der *Schule von*

Athen von Raffael, das in ihm «Bewunderung immer von neuem» hervorrief, während er um Klarheit des Johannesevangeliums rang und gestand (Brief an Luise Dernburg, März 1906): «Ich glaube, zum erstenmal den Menschen verstanden zu haben, der am Anfang unserer Zeit- und Seelenrechnung steht.» Dann fügte er jedoch bescheiden hinzu: «nur auf eine Reihe von Augenblicken».

Morgenstern erfaßte noch nicht das Wesen des menschgewordenen Logos, sondern nur das Wirken des vergöttlichten Menschen, des Jesus. Und doch war er schon im Begriff, den unbestimmt pantheistischen Vaterbegriff aufzugeben. Er stellte sich vor, daß Gott in den verschiedensten Planeten in verschiedensten Bewußtseinsformen leben kann, ja «daß es sehr wohl Planeten geben kann, auf denen Gott sozusagen leibhaftig im vollkommenen Bewußtsein seiner selbst lebt ... Gott muß fortwährend sterben, um fortwährend leben zu können. Gott stirbt nie um den Preis fortwährenden Todes. Versuchen wir dieses Furchtbare zu fassen, und überwinden wir es durch das Wort ‚Ich bin'.» Das Ich-Bewußtsein des Menschen ist also die Auferstehung des in die Schöpfung hineingestorbenen Gottesgrundes. «Ich sterbe als du, damit ich als ich lebe. Du aber bist ich und ich bin du, sei also getrost. Dies ist nun unsere Notwendigkeit.»

Diese Sätze tasteten sich zum Intimsten, was ihm die Mystik seiner Ich-Meditationen zu geben imstande war. Sie verraten in der Tat ein erstes Ahnen, daß im Icherlebnis das Wesen des Sohnes eingeboren werden kann. Unablässig kreist sein Streben um die Antwort auf diese Frage. Er plante einen Gedichtzyklus «Der Christus», der unvollendet blieb. Ein Drama «Die Erweckung des Lazarus» verharrte als bloßer Plan. Ein Zyklus über die vierzig Tage der Versuchung Christi in der Wüste kam ebenfalls nicht über den Entwurf hinaus mit Ausnahme einiger Gedichte, die in die *Einkehr* aufgenommen wurden. Das *Tage-*

buch eines Mystikers sollte ein Teil eines großen Entwicklungsromanes «Wilhelm Friedemann» werden, der gleichfalls niemals zustande kam. Das Tagebuch selbst erschien erst nach seinem Tode in den *Stufen.* Immerzu hier nur erstes Ahnen, Tasten, Stammeln, Versuchen, Abbrechen und wieder Verstummen.

In dieser Zeit griff er zu den Reden Buddhas und interessierte sich für orientalische Übungen. Später bekannte er über diese gesamte Zeit, daß er sich «in der Sackgasse eines scheinbar endgültigen mystischen Seelenzustandes» befunden habe, «der tote Punkt einer Mystik, die sich umsonst aus Buddha, Jesus und Eckart ihre Bestätigungen holte, schien unüberwindlich. Die Schöpfung blieb nach wie vor eine einzige tragische Unverständlichkeit, ergreifbar dem Gefühl, aber undurchdringlich für den Geist und einem großen Wollen wenig mehr als Ziele der Verzweiflung bietend.»

Der «tote Punkt der Mystik» lag allerdings mehr im Kopf des nach Erkenntnis Suchenden als im wissend-unwissenden Herzen des lyrischen Dichters, das dem Ziele schon viel näher war und diesem heimlich entgegenpochte. Denn hinter einem Kindergedicht, wie dem der «Mutter Sonne», das gerade in diesen Monaten unsteten Geistsuchens entstanden war, absichtslos und ohne Anspruch auf Publikation, verbarg sich naiv ahnend, daß das göttliche Prinzip des «Ich Bin» mit dem kosmischen Sonnenwesen eins ist, auf daß es sich neugebiert im Herzensbewußtsein des Menschen, der im johanneischen Sinne «Kind» ist. Dieses «Ich bin die Mutter Sonne» spricht wesenseins «tu auf dein Herzlein, liebes Kind, daß wir Ein Licht zusammen sind».

Dieser Morgensternsche Kinderreim (wie alle übrigen, die ihm nachfolgten) bückt sich nicht herablassend vor dem Kinderreich, sondern kommt aus dem echten «Kindergeist», von dem es so bedeutsam bei Novalis hieß, daß wir nur durch diesen das Christentum in seiner göttlichen Poesie und Schöpfergröße künstlerisch-undogmatisch erfassen können. Zu Unrecht wird meistens das Element, aus dem damals Morgenstern die Kinderverse schrieb, als Gelegenheitsreimerei angesehen. Die Kindergedichte entsprangen der Stimmung einer glückhaften Mitte, die das Gleichgewicht fand zwischen Weltschmerz und Resignation der *Melancholie* und dem zeitkritisch-satirischen Humor der *Galgenlieder*, beide in Buchform 1906 veröffentlicht. Für die letzteren schrieb der Dichter in einem damals unveröffentlichten Vorwort, tiefsinnig kommentierend: «In jedem Menschen ist ein Kind verborgen, das heißt Bildnertrieb ... das will auch in der Kunst mitspielen, mitschaffen dürfen und nicht so sehr bloß bewundernder Zuschauer sein. Denn dieses Kind im Menschen ist der unsterbliche Schöpfer in ihm.»

Zur gleichen Zeit, im selben Jahr der Lebenswende des Fünfunddreißigjährigen begann Morgenstern neben der *Melancholie*, den *Galgenliedern* und den Kinderversen sein *Tagebuch eines Mystikers*, das ursprünglich, wie schon erwähnt, als Teil eines Romanes gedacht war. Aus diesen vierfachen Komponenten:

der schwer sinnenden *Melancholie*,
der überspitzt witzigen *Galgenlieder*,
der froh-frommen Kindergedichte
und der tief schürfenden Gedanken mystischer Aphorismen schuf sich sein Ich ein Kreuz, durchkraftet von schöpferischen Polaritäten und im Kulminationspunkt keimhaft ein höheres Gleichgewicht vorbereitend.

Es ist dieses heimlich sich in ihm aufrichtende Kräftekreuz, welches Morgenstern zur Originalität reifsten Dichtertums bestimmte und das ihn im entscheidenden Sinne von den vier andern großen Lyrikern der deutschen Sprache seiner Zeitgenossenschaft unterschied. Als sein lyrischer Erstling *Aus Phantas Schloß* 1894 vorlag, erschien im gleichen Jahr das erste Versbuch Rilkes, *Leben und Lieder* neben des neunzehnjährigen Hofmanns thals *Tor und Tod,* nachdem schon ein Jahr zuvor Dehmels *Aber die Liebe* erschienen war und Stefan George die *Hirten- und Preisgedichte* seinem streng abgeschlossenen Kreise der *Blätter für die Kunst* übergeben hatte.

Morgenstern, drei Jahre jünger als George und vier Jahre älter als Rilke, war im wirklichsten Sinne Zeitgenosse der bedeutsamsten Vertreter der modernen, deutschen Lyrik, die um die Jahrhundertwende zum Durchbruch gekommen war. Mit George teilte er den dantesk-idealistischen Zug zur Selbsterziehung. Mit Dehmel verbanden ihn vaterländische Ideale protestantischer Deutschheit, durch die ihm später Lagarde so nahe lag. Hofmannsthal war ihm verwandt im Drang nach symbolhafter Gestaltung eines impressionistischen Eklektizismus. Seelisch schien er Rilke am ähnlichsten zu sein in den Jahren der *Aufzeichnungen des Malte Laurids Brigge,* die der Dichter der Gottsuche des *Stundenbuchs* in der gleichen Zeit verfaßte, als Morgenstern sein *Tagebuch eines Mystikers* begann.

Stilistische Vergleiche sind aber für den zu nichts nütze, welcher das Wesenselement der schöpferischen Wegrichtung Morgensterns beachten möchte. Wie eindeutig hebt sich doch sein Werk von dem der übrigen zeitgenössischen Lyriker ab (zu denen ja auch die symbolistisch-neuromantischen Mythenbildner Mombert, Däubler und Dauthendey zu zählen wären), weil alle diese sich selbst von dem abwandten, was für Morgenstern zur Aufrichtekraft seiner Dichterpersönlichkeit geworden war. Dehmels Erotik und Vaterlandstreue verloren sich im Bann des Blutes. Hofmannsthals schöpferischer Liedton verstummte. George erstarrte mit marmornen Gesetzestafeln, als wäre späthellenistisch verfallender Mysterienkult aus römischer Kaiserzeit in verführerisch prunkender Sprachgewalt wieder erwacht. Rilke wurde immer entschiedener irre am Mittlertum Gottes. Sein Weltgefühl erfaßte nur den Vater. Er gestand, daß Christus ihm im Wege sei, auf Gott unmittelbar einzugehen, und zwei Jahre nach Erscheinen seiner *Aufzeichnungen des Malte Laurids Brigge* (dem zeitgenössischen Gegenstück zu Morgensterns *Stufen*) gestand er in einem Brief (vom Februar 1912): «Wer der Verlockung nachgibt und diesem Buch parallel geht, muß notwendig abwärts kommen; erfreulich wird es wesentlich nur denen werden, die es gewissermaßen gegen den Strom zu lesen unternehmen.»

Konnte Morgenstern wohl solche Worte über sein Tagebuch schreiben? Verharrte er im Pantheismus Rilkes oder nahm er je an Georges Maximinkult teil, mußte er mit Hofmannsthal gestehen, daß der «tiefe Brunnen» (von dem er in seinem bezeichnendsten Gedicht «Weltgeheimnis» kündete) schweigt, verlor er sich mit Dehmel in den Eros des Blutes? Vierfach war die Schutzwehr, die sich Morgenstern mit seinem «Kräftekreuz» aus der künstlerischen Herzensmitte errichtet hatte, dessen innerste Triebkraft die Demut war.

«Die Menge weiß nichts von der Tiefe der Demut, die ein einzelner empfindet, der sich ganz zu erkennen strebt», rief Morgenstern aus. «Der Welt Schlüssel heißt Demut. Ohne ihn ist alles Klopfen, Horchen, Spähen umsonst.» Demut als Dienemut ist «der Schlüssel der Welt», immer höher in die Erkenntnis emporführend und immer tiefer in das Herzensempfinden hineinleitend. Damit fand er das Gleichgewicht zwischen den Gefahren des Hochmuts und des Zweifels, des Schwelgens im Prachtgewand und des Darbens im Nihilismus. Nach «oben» erschuf er sich das Grundgefühl der Andacht zum Kleinen, aus dem das Kinderlied kam. Nach «innen» führte ihn das Herz auf den Pfad der Verehrung, aus der ihm das Wort lyrischer Imagination wurde. Gegen Überheblichkeit des Kultureremitentums schützte ihn die Welt seines Humors. Gegenüber Zweifel und Unrast einer materialistisch-agnostischen Umwelt erbaute er sich die stille Klause, in welcher der Tagebuchmystiker das Göttliche im eigenen Innern suchte.

Andacht und Ehrfurcht, Humor und innere Ruhe der Kontemplation waren die vier «Kreuzesbalken» seiner Seele, welche sich die Demut als Mut zum Dienst am Worte stufenweise – *gradalis* – zu zimmern vermochte.

Bis zu diesem Punkt äußerster Unabhängigkeit und innerster Seeleneinsamkeit mußte sich Morgensterns Geist urtümlich durchkämpfen, um das «Kreuz», welches ihm sein Dienemut zimmerte, der neuen Christusverkündigung entgegenzubringen und Rudolf Steiners «Suche nach dem heiligen Gral» mitzuerleben.

Rückschauend schrieb nun Morgenstern: «Ich hatte mich in Gott verloren. Gott aber will nicht, daß wir uns in ihm verlieren, sondern daß wir uns in ihm finden, das aber heißt, daß wir Christus in uns und damit in ihm finden.» Denn der Mensch ist «ein Samenkorn Gottes. Die Sonne aber, die ihn reift, ist Christus.»

Alles, was er seit Herbst und Winter 1908 sann und schuf, beweist die tiefinnerliche Einheitlichkeit seines Gesamtwerkes, errichtet auf der Kreuzesstruktur des Pfades der Verehrung und des inneren Lebens. Sein ahnendes Erlebnis im Herbst 1908, das wir eingangs erwähnten, als er sich selbst in Parzivalstimmung das «heilige Morgenmahl» nehmen sah unter des «Weltraums blauer Blume», sprach damals mehr aus, als er wirklich wußte. Sieben große Vortragszyklen Rudolf Steiners hatte Morgenstern von April 1909 an gehört, über die Hierarchien (in Düsseldorf), über die Apokalypse (in Oslo), über das Johannesevangelium (in Kassel), über den *Orient im Lichte des Okzidents* (in München), über das Matthäusevangelium (in Bern) und über die *Geheimnisse der Schwelle* (in München 1913, gleichzeitig mit den beiden letzten Mysteriendramen). Den allerletzten der Vortragszyklen, die auf ihn in Überfülle einstürmten, erlebte er um die Jahreswende 1913/14 in Leipzig: «Von der Suche nach dem heiligen Gral». Der ursprüngliche Titel dieser sechs Vorträge hieß «Christus und die geistige Welt», wobei die ersten vier Vorträge bis zum Silvestertag des alten Jahres für das eigentliche Thema vorbereitend waren. An diesem Silvestertag fand eine Rezitation von Gedichten aus dem damals noch ungedruckten *Wir fanden einen Pfad* statt, wobei Rudolf Steiner eine Ansprache hielt. Unter diesen damals rezitierten Gedichten war auch dieses:

Ich hebe Dir mein Herz empor
als rechte Gralesschale,
das all sein Blut im Durst verlor
nach Deinem reinen Mahle,
o CHRIST.

O füll es neu, bis an den Rand
mit Deines Blutes Rosenbrand,
daß: DEN fortan ich trage
durch Erdennächt' und Tage,
DU bist.

Die Lautmusik des I-A-O und O-A-I mit «ich hebe» (das Herz empor als Gralesschale) und «ich trage» (den Rosenbrand des Blutes) birgt die dichterische Erfüllung des paulinischen «Nicht ich, sondern der Christus in Mir», erlebt aus dem Urgrund des innersten Innern, des eigensten Eigen auf dem Parzivalpfad zur Welt Rudolf Steiners.

So sollte es das Schicksal, das die Lebensbegegnung dieser beiden Menschen so geheimnisvoll lange hinausgeschoben hatte, fügen, daß die zwei abschließenden Vorträge des Zyklus über «Christus und die geistige Welt» in jenen persönlich-überpersönlichen Bericht Rudolf Steiners ausklangen, in welchem er selbst seine geistige Suche nach dem Gral und dem wahren Namen des Parzival bekannt machte.

ZWEITER TEIL

DIE WENDE IM WERK

X. DAS FÜLLHORN DER PHANTASIE

Der jugendliche Zyklus von Morgensterns humoristisch-phantastischen Dichtungen, die dem Geiste Friedrich Nietzsches gewidmet waren, trägt den Titel *In Phantas Schloß*. Hinter diesem launigen Wortbild und den Versen des jugendlichen Anfängers, der noch nicht den ihm später eigenen Ton gefunden hat, liegt schon der Keim verborgen, der sich im Wachstum der poetischen Bildertechnik seiner späteren Verskunst verbirgt.

Hier liegt die Schwelle, über die wir in die Werkstatt seiner individuellen Dichterphantasie treten und der ihr eigenen Werkzeuge gewahr werden.

Entkleiden wir die Verse des Anfängers ihrer Hüllen, Hülsen und Füllsel und hören wir unbefangen auf das Ethos seiner poetischen Vorstellungskraft.

Die gottinnige Vertrautheit der Morgensternschen Naturmystik verharrt nicht in einem pantheistisch unbestimmbaren Grundgefühl. Das lyrische Herz wiederholt sich nicht in bloßen Postulaten. Es erfaßt sich in Kontemplation, die aus Staunen stammt und zur Ehrfurcht führt. Das Füllhorn der Phantasie liegt am Brunnen der Nacht. Die Nacht aber wird zur Einkehr in die Welt der tönenden Schönheit, in der alle Worte wurzeln und alle Bilder wesen. Es ist eine Welt von Bewegung, von Rhythmus, von Musik.

Dem scheidet irdisches Verlangen,
der solcher Schönheit bog das Knie.
Ein Tänzer, wiegt sich, ohne Bangen,
sein Geist in seliger Eurythmie.

Die geistige Nachbarschaft Nietzsches ist unverkennbar, wie sie durch das Studium des *Zarathustra* beeinflußt erscheint. Wenn das stille Haupt im Schoß der Phanta «träumend um Mitternacht» erwartet, was ihm gegeben werden will, dann gemahnt uns das unmittelbar an Stellen des Endes des dritten Buches von *Also sprach Zarathustra* («Das andere Tanzlied»). Hierbei fällt uns die Kahn-Symbolik auf, wenn wir lesen: «In dein Auge schaute ich jüngst, o Leben: Gold sah ich in deinem Nacht-Auge blinken – mein Herz stand still vor dieser Wollust:

einen goldenen Kahn sah ich blinken auf nächtigen Gewässern, einen sinkenden, trinkenden, wieder winkenden goldenen Schaukel-Kahn! ... Nach meinem Fuße, dem tanzwütigen, warfst du einen Blick, einen lachenden, fragenden, schmelzenden Schaukelblick.» Aber unmittelbar vor dem «andern Tanzlied» steht: «O meine Seele, nun gab ich dir alles und auch mein Letztes: – daß ich dich singen hieß, siehe das war mein Letztes.»

Diese dem Geiste Nietzsches gewidmeten Blätter des lyrischen Erstlings gelten nicht dem Nihilisten und Immoralisten, sondern dem einsamen Sänger von Sils Maria, dem Rhapsoden des Zarathustra, dem dionysischen Musiker. Von diesem erhielt der Jüngling den Flügelschwung, der ihn sich erheben ließ von der Selbstgenügsamkeit der wilhelminischen Gründerzeit, der ihn zur Zeitkritik ermutigte, zur Zukunftsgestaltung gemahnte. Niemals jedoch dichtete Morgenstern bloß die Nietzscheweise nach. Er liebte den Ton seiner dionysischen Flöte, aber er blieb nicht im Paganen. Sein Weg ging schon in der Frühzeit vom Thyrsusstab zum Kreuz.

Das erweist sich bereits in seinem Anfangsgedicht «Das Kreuz». Eine gewaltige Phantasmagorie gestürzter Engel umgibt ihn:

Im Schein der mühsam
kämpfenden Lohe
trete ich, halb von Sinnen,
zum Rande des Abgrunds,
und breite, wie prüfend,
die Arme aus ...

Da zucken die Nebelgespenster zusammen, denn:

Meines Körpers
kreuzförmiger Schatte
quält triumphierend
die Engel des Todes
hinweg, hinab
zurück in ihr trauriges Reich.

Der Dichter aber «steht noch lange, die Arme gebreitet, doch nicht mehr in Angst, noch als Wehr, nein jetzt als Gruß und heilige Ehrung». Unmittelbar an diese Verse schließt sich die «Versuchung» als Fortsetzung und Metamorphose der vorigen Meditation. Satan ist im Sinne des Evangeliums der Versucher, der von Christus in der Wüste nichts anderes verlangte, als angebetet zu werden. Satan höhnt (auf die Worte im vorigen Gedicht bezugnehmend), daß er gestern ihn gerettet habe, denn «den Einfall, die Arme zur Kreuzesform zu strecken, hab ich dir gesteckt ... und er kniff mir den Arm und zeigte mir rings die Lande. – Dies alles soll dein sein, wenn du hier hinfällst und mich anbetest.»

Bedeutsam aber schließt das Gedicht mit folgenden Worten:

Der Arme, er wußte nicht,
daß Erde und Himmel
durch Phanta längst mein war.

Durch Phantasie werden Himmel und Hölle Eigentum des Dichter-Ich, oben und unten verbinden sich und finden auf der Erde durch den Menschen die Mitte. Denn die Welt beginnt im Ich. Das Ich wird der Herr, welcher die Teufel austreibt. Bezeichnenderweise heißt es in diesem Gedicht in humoristisch-ironischem Ton – eine Galgenliederstimmung antizipierend –, daß der Dichter den Satan den Berg hinunterführt und auf halber Höhe den Pan trifft, der eine Windhosenorgel bauen will. Der Dichter stellt dem Pan «seinen greisen Kollegen vor», der ihm die Orgel bauen helfen soll. Arm in Arm ziehen die beiden fort, während der Dichter wieder singend emporsteigt auf seine «herrlichen klaren, einsamen Höhen».

Betrachten wir diese Verse der «Versuchung» genauer, trotz aller dichterischen Sprachmängel der Anfangslyrik. Wir werden auf einen Plural von Widersachermächten gewiesen. Satan vereint sich mit Pan. Satan ist es, der den Einfall «gesteckt» hat, die Arme zur Kreuzform zu strecken. Die Kreuzform des Menschen offenbart ihn als Modell des Universums. Schon im platonischen *Timaios* lesen wir von der Weltseele, die in Kreuzform an den Weltenleib gespannt ist. Satan als Lügengeist täuscht die Rolle des Retters vor: «ich habe den Einfall gesteckt». Die noch größere Perfidie liegt darin, daß er die Haltung der ausgestreckten Arme, welche die Stimmung der Andacht, des Staunens und des Betens ausdrückt, als seine Erfindung ausgibt und dadurch usurpiert.

Der bockfüßige Pan, in seiner noch tierverbundenen Form ganz im Geschlecht und Instinkt verhaftet, baut die «Windhosenorgel», also ein Instrument, auf dem die Töne der Musik hervorgezaubert werden können, keine Himmelsmusik der Sphären, sondern Teufelslärm zerrender Rhythmen und Faszinationen.

Weder Satan noch Pan wissen um das Geheimnis der Phanta, des heilig-heilenden Mittlerwesens, durch das «Himmel und Erde» im Menschen vereint sind. Phanta ist im Dichtersinne eine Wesenheit, die sich symbolisch ausdrückt, nicht ein Begriff, der allegorisiert wird. Sie führt auf einen Weg der Entwicklung, sie ist Methode, sie ist Pfad. Ihr «Schloß» ist nicht der Besitz eines fertig gefügten Hauses, sie verkörpert kein System und keine Doktrin. Sie baut sich im Menschen selbst ihre Architektur.

Wiesen wir im vorigen auf Verse des Anfängers, so möge nun ein Blick auf ein Gedicht aus der Zeit der Vollendung helfen, um den Bogen der Spannweite zu ermessen, der den geistigen Raum des Wesens «Phanta» umfaßt. In der Sammlung *Ich und Du* fühlt der Dichter «Quellen des Lebens» in sich fließen:

Quellen des Lebens fühl ich in mir springen,
Quellen alturalten Lebens,
Quellen des Lebens hör ich in mir singen:
«Nichts ist vergebens! Nichts ist vergebens!

Tief aus Chaos führt der Weg alles Strebens
hoch zu Gott in tausend Spiralenringen ...
Gott selbst bist du auf Vogel-Phönix-Schwingen
ewig neuen zu dir selbst Erhebens.

Höher immer, bis zum Unfaßbaren,
lebst du dich die Leiter der Möglichkeiten –
bis du dein in deiner unendlichen Fülle

inne wirst, Herr, dann der Gestirnheerscharen,
in dir, Welt-Ich, dann alle Räum' und Zeiten,
Ewigkeit allein dann noch deine Hülle!»

Dieses Sonett mit seinem seltenen, trochäisch-daktylischen Rhythmus, dessen Zeilenanfänge mit einem tief anhaltenden Spondeus intonieren, ist wie ein Horchen in das heimliche Hämmern des Herzens. Das Fühlen der Quellen – wo ist deren Ursprung? Es ist das Leben, welches «alturalt» ist. Ein bewußt komponiertes Adjektiv! Alturalt ist nicht ewig, sondern eine Bestimmung der Zeit, der Entwicklung. Es ist dem griechischen *arche* vergleichbar, welches am Anfang des Johannesevangeliums den Urbeginn bezeichnet, in welchem der *logos* war. Das Sonnet weist deutlich auf einen Werdeprozeß alles Sterbens in tausenden Spiralenringen zu Gott im Menschen, zum Innewerden des Wortes im Ich. Lebt das Göttliche im menschlichen Ich, dann hat es die gesamte Gottesentwicklung des schaffenden Logos im Keim und Spiegelbild in sich. Das Prinzip der waltenden Weltenformen schlummert im Ich, um Stufe für Stufe dem Erwachen näher zu kommen.

Die Formprinzipien der Welt walten auch im Ich, worin sie sich involvieren. In dieser Involution formender Weltenkräfte, die sich nach außen hin evolvieren, schlummert die Phantasie als das aus dem Weltenschlafe allmählich zu sich wiedererwachende Dornröschenkind unserer Ichheit. Phantasie trägt in ihrem Schoß (oder «Schloß») die Keimkraft des ganzen Kosmos. Was sie aber offenbart, ist nicht Repetition oder Wiedergeburt, sondern das «Kind im Menschen», welches ein neues Prinzip der alten Schöpfung hinzufügt. Das Schloß der Phanta urständet in den Quellen des Lebens, die vom Urbeginn der Schöpfung fließen. In älteren Zeiten hätte man sie die Ströme des Paradieses genannt.

In der Phantasie schlummert also eine Kraft, welche uns mit dem verlorenen Paradies zu verbinden vermag. Sie kann uns zum zweiten Male zu Kindern Gottes machen. Das griechische Wort Phantasie bedeutet Formkraft des Erscheinenden. Das Verb *phaino* (für scheinen, glänzend erscheinen) lebt sowohl im Wort Phantom wie auch in Phantasma. Phantom ist kleinste Einheit der Erscheinung, potentielle Formkraft. Phantasma ist Schatten, Illusion eines eingebildeten Phänomens. Phantasie schwingt zwischen beiden hin und her.

Berührt sie die Sphäre des Phantomhaften, dann erstarrt sie im rein Funktionellen und wird lebloses Schema. Verfällt sie dem Phantasma, dann entweicht ihr die Realität mit der Täuschung einer Fata Morgana.

In tausend Buntgewande steck ich,
was geistig, leiblich mich umschwebt;

in jedem Ding mich selbst entdeck ich:
nur der lebt sich, der also lebt.

Phantasia erscheint dem Menschen als die Helferin zur Selbstentdeckung. Sie ist ein Erkenntnisprinzip im künstlerischen Schaffensprozeß. So spricht sie in einem Gedicht zum Dichter:

Ich will Dich betten
an meiner Brust
warm und weich,
in Träumepracht,
Deine Seele verzücken:
Der ganzen Welt
Außen und Innen
sei'n Deinem Sinnen
preisgestellt.

Der Dichter kann durch sie die Welt schmücken, deuten und taufen; «Dein Spiel treiben» im Sinne von Schillers Spieltrieb, wie es die *Briefe zur ästhetischen Erziehung des Menschen* zur Darstellung gebracht haben.

Phanta, der launige, abgekürzte Kosenamen, ist des Dichters Muse. Er findet sich aufgerufen, dieses vorchristliche Wesen am Parnaß des Apollon zu «taufen». Er will den Weg finden, der von Prometheus zu Parzival führt. In der Ode «Geier Schwermut» kommt diese Stimmung zum Ausdruck. Die dichterische Abhängigkeit von Goethes «Meine Göttin» ist so evident, daß sich darin eine bewußte Absicht kundtut, ein Gegenstück zum Goetheschen Gedicht zu schaffen.

Lieb sind mir und heilig
die Götter, Phanta,
an deren Tisch
du mich ludest ...

Noch bin ich
nur ein Prometheus,
mit ehernen Ketten
festgeschmiedet ...

Aber am Herzen
frißt mir
der Geier Sehnsucht.
Langsam füllt sich
zu Füßen mir
die Schale
mit meinem Herzblut.

Laß mich allein,
herrlichstes Weib
das die Erde mir gab!
Erst wenn rot
bis zum Rand
den goldenen Gral
die Flut erfüllt,
kehr mir zurück!
Dann will ich Dich taufen
mit meinem Blut,
meine schwirrende Schwalbe,
mein heimatlos, heidnisch Kind.

Und nach dieser «Taufe», so ruft er, «soll unser Bund erst beginnen». Phantasia ist vorerst in uns als das heidnische Kind, erfüllt vom Schönheitsideal der klassischen Antike. Es muß getauft werden mit dem Blute des Grals. Das Prometheisch-Luziferische soll erlöst werden vom stolzen Trotz und zu demutgetragener Gottseligkeit des Parzival führen. Der Einzug der griechischen Götter in die Welt des Christentums – das Urmotiv in Hölderlins Oden «Patmos» und «Brot und Wein» – hier ist es auch in das Frühwerk Morgensterns verwoben und liegt im Schnitt- und Kreuzungspunkt seiner poetischen Selbstschau.

Aber auch mit Novalis weiß er um das Wunder der blauen Blume und den Schleier der Isis. Er preist den reinen Hauch, der die Schwingen der Seele zu immer neuen Flügen hebt –

der du uns ahnen lässest unter Schauern
wie hoch wir Menschen unser Bild erhoben,
und über trägen Stoffes dumpfem Trauern
den Isisschleier einer Gottheit woben!

Auch er ist ein «Lehrling zu Sais», der den Schleier der Isis lüften will und sich dabei selbst erkennt. Deshalb besingt er Wald und Welt als sein «anderes Ich»:

Ich bin das Moos auf deinem Grund
und bin der Hirsch, der dich durchsteigt,
und bin dein höchstes Vogellied
und bin die Nacht, die dich beschweigt:

Mit tausend Sternen dich beschweigt,
mit tausend Strahlen dich durchlauscht,
und bin der Strom, der dich durchrauscht
und mich, die Nacht, mir selber zeigt.

Dieses «Mich mir selber zeigen» mit dem Grundgefühl des Brüderlichen gegenüber dem Kreatürlichen ist das Lüften des Schleiers der Isis als das letzte und alles umfassende Erlebnis auf dem Erweckungsweg zu Phantas Schloß. Das Schloß der Phantasie wird der Schoß des Seelengrundes, wo sich das Menschen-Ich ergründet und in der Gottes-Welt erwest. Das Ich wird zur Sonne, welche die Seelenmacht zum Tage der Gottheit macht.

Trostlos? Das Wort ist mir entschwunden,
seitdem ich Mich in mir gefunden.

Und noch endgültiger:

Empfandest du nur ein einzig Mal: Ich bin: –
so gibst du stumm wohl auch ein Leben hin.

Denn schließlich heißt es:

Sich aber sah nur einer: ich.

Das Ich-Erlebnis Morgensterns ist in Ehrfurcht erfaßt, durch Staunen verstanden, in Liebe erjauchzt und im künstlerischen Gewissen gehört. Daß es im Werke der Reife dann nicht nur Glaubenskraft religiöser Empfindung blieb, sondern Wissensgewißheit mystischer Erfahrung wurde, dafür sprechen die entscheidensten Gedichte der letzten Jahre, denen wir uns an anderer Stelle zuwenden werden, ganz besonders seine poetischen Paraphrasen des johanneischen Hohepriesterlichen Gebets mit den kulminierenden Worten «Ich und der Vater sind Eins».

XI. ICHFORM UND WELTINHALT

Ich und die Welt nannte Morgenstern mit siebenundzwanzig Jahren den Versband, der den Durchbruch zu seiner Dichtersendung bedeutet, weil er Geistkeime enthält, die gültig und geschlossen die Wachstumskraft folgender Schöpfungen einschließen. Das Zwiegespräch des Ich mit der Welt wird zum modulationsfähigen und variationsmächtigen Monolog des Bewußtseins mit sich selbst.

«Ich trage die Welt in meinem Schoß» – so heißt es in dem kernhaftesten Gedicht dieser Sammlung, das den Titel «Eins und Alles» trägt. «Ich bin ja selber die Welt», so lautet der Ausdruck seines geistigen Einheitsgefühls. Es ist ein spiritueller Monismus, der nicht erkenntnistheoretisch gewonnen, aber im ahnenden Grundgefühl eines Künstlers begründet wird, dem sich das Ich zum Schoß der Welt erschlossen hat. Im Ich lebt das Wesen, welches die Grenze zwischen Gott und Mensch aufheben und von Stufe zu Stufe überschreiten kann, wenn ihm die Gnade zuteil wird, daß das Geheimnis der Welt in seiner alle Schranken sprengenden Gewalt sich preisgeben will.

Das Ich, das die Welt gleichsam im Schlummer trägt, ist wesensgleich dem Prinzip, das die Welt wachend erschafft. Sein Offenbarungsgrund, auf dem sich der Vorgang des allmählichen Entsiegelns seiner Wesenheit im Wege vom unbewußten Schlummer zum tätigen Tage vollzieht, ist die Liebe. Deshalb tönt es immerzu: «Meine Liebe ist groß wie die weite Welt.» Diese Liebe ist weltenweise und menscheninnig, sie ist der kosmogonische Impuls, der alles vereinheitlicht, wenn er aus der Vervielfältigung erlöst und aus der Zerstreuung befreit. Diese Liebe verbrüdert, weil sie selbst mit dem innersten Weltgrund verschwistert ist, denn «nichts ist außer ihr, wie die Sonne alles erwärmt, erhellt, so tut sie der Welt von mir».

Das Ich als die «Welt von mir» ist das Waltende im Schöpferwillen des Weltengrundes, das im denkenden Erkennen erwacht, sich im fühlenden Formen erfaßt und im tätigen Dasein erfüllt. Dieses Wesen, das sich seines waltenden Schöpferseins bewußt wird, ist das Element in uns, das zum Weltenprinzip der Liebe führt. Die Liebe, die so groß wie die Welt ist, verharrt nicht als kreatürlicher Eros, der alles Irdische beginnt, sondern lebt aus dem Logos, der im Urbeginn mit Gott war, und in unendlicher Vorschau vollendet.

Die Liebe, die «wie die Sonne alles erwärmt, erhellt», ist daher Opferfeuer und Weisheitlicht, Heilung und Helligkeit, dienender Wille und kündender Gedanke. Sie ist die Zweiheit, die eins wird, das Vermählende zwischen Ich und Welt, das Wesen, wodurch sich das Ich zur Welt weitet und sich das Welthafte zur Ichform erfaßt.

Das Mann-Weibliche ist ihr zeitliches Gleichnis, die große Metapher der schaffenden Weltdichtung als Seelenverbindung und Stoffesvermischung, die sie nicht entbehren kann, solange sie im Zeitlichen wirkt.

So wird die Erde im Bild der gebärenden Welt zur Mutter. Als Urgewalt des weltenerzeugenden Eros ist sie die «trunkene Mänade lodernder Urgewalt – ein göttlich Bild», aber «göttlicher noch» als dieses kosmische Feuer ist das Prinzip, das «der Mutter in sich die Jungfrau opfert». Die Kraft, welche sich dem inneren Muttertum als das Jungfräuliche der irdischen Unberührtheit weiht, ist nicht mehr Geschlecht, welches das irdisch Getrennte vereint, sondern Vermählung des Mütterlichen mit dem Vaterprinzip, das sich im Sonnenhaften spiegelt und darin seine Weltverzauberung entsiegelt. Sie führt zur *unio mystica,* zu der im tiefsten Sinne die Christusworte am Kreuze deuten: Sieh deinen Sohn, sieh deine Mutter. Dies ist nichts akzidentiell Biographisches; es ist Existenz, die als essentieller Archetyp in der Seele immerzu und immerdar statthaben darf.

Morgensterns Geistesweg führte in schicksalshafter Eingeborenheit auf Bahnen einer johanneischen Entwicklung. Die Wegrichtung lag von vornherein in ihm beschlossen als ein Kompaß seines künstlerischen Bewußtseins, sie bedurfte keines äußeren Winks, keiner dogmatischen Weisung. Was dann später bildungsgemäß hinzutrat und weltanschaulich einwirkte, beschleunigte nur die Wanderfahrt, aber veränderte weder Wegrichtung noch Ziel. Es war von Anbeginn schon bestimmt und ausgerichtet.

Im weiteren Verfolgen der Fußspuren dieser Wanderschaft Christian Morgensterns wäre es unzulänglich, bei bloßen Bildern mystischer Vermählung zu verharren oder bei billigen Verallgemeinerungen zu verbleiben. Der Dichter sprach sich denkerisch viel konkreter und künstlerisch viel unmittelbarer aus. Wenn wir die Wurzel seiner Erkenntnishaltung im Eigenbereich seiner Seelenhaftigkeit suchen, werden wir seines psychologischen Grundthemas inne. Es ist das «Mich in mir», das Morgenstern in seinen Kontemplationen über sich selbst in Variationen und Metamorphosen immerzu aufs neue als Orgelpunkt in seinen lyrischen Kompositionen zu gestalten suchte.

«Das ganze Weltall bin ich allein und nichts ist außer mir», so heißt es am Ende des Gedichts «Eins und Alles» mit dem Grundzug eines Monismus, den man in seiner geistigen Ichbetonung einen monadischen nennen möchte. Man muß aber diese Worte mit denen der Anfangszeilen zusammennehmen: «Meine Liebe ist groß wie die weite Welt, und nichts ist außer ihr.» Das Weltall ist also im Grundwesen die Liebe, welche das Prinzip desjenigen Teiles der «Welt» ist, welches in mir seinen Urstand und Urgrund hat. Sie ist Ich, und außer dieser Liebe ist Nicht-Ich, ist Nichts. Es erscheint nur in Vergänglichkeit, es west nicht oder es verwest im Unsein. Die Liebe ist als die Welt im Ich das absolut Existentielle.

Die Liebe ist «groß wie die weite Welt», weil sie zugleich ganz «mein» ist, ich-umschließend und ich-ergründend. Denn in diesem «Mir» der Liebe «ruhen alle Dinge». Durch den Schöpfergrund der Liebe ruhen die Dinge in der Seele, denn nichts ist «außer mir», außer dem Ich, in dem alle Dinge der Welt sind, «nichts ist außer der Liebe».

Was ist diese Liebe, die Ich ist? Selbstgenügsamkeit des Philisters, Egoismus des Triebhaften, Subjektivismus des Intellektuellen, Relativismus des Erotikers, Idol des Dogmatikers, Machtwille des instinkterwachten Individualisten? Alle diese Mißverständnisse wären möglich, wenn man nicht den immer wiederkehrenden Ausdrucksbemühungen der Morgensternschen Dichtungsmystik seine wachsamste Aufmerksamkeit zuwenden würde. Sie sind keineswegs die Wiederholung eines Aperçus, sondern die Steigerung einer Erkenntnisgewißheit. Die Liebe, die Ich ist, ist groß und weit. «Groß wie die Welt», die weit ist, «weit wie die Seele» mein ist. Die Größe der Liebe ist der Grund der Welt, also ihre Tiefe und Höhe, ihr Schoß und Himmelsmantel. Die Weite der Liebe ist ihre unendliche Steigerungsfähigkeit, ihre Entwicklung im Zeitenschoß, in der Geschichte der Welt als des Weltgedichtes der Individualitäten. Die Größe ist der Raum der Liebe. Die Weite ist das Schreiten in der Zeit der Liebe. Die Liebe, welche Ich ist, west als Welt, die nicht im Raum zerrinnt und mit der Zeit aufhört, sondern im Menschen sich mißt, sich findet und sich vollendet. Sie wirkt als Licht und erscheint zugleich als ihr Spiegel: «Mich in Mir».

«Dafür will ich dich auch ohn Ende, ohn Ende lieben und preisen», ruft der Dichter zur Mutter Erde, «mein Haupt still in deinen Schoß betten ... und du wirst meinen Schlummer behüten von Ewigkeit zu Ewigkeit.» Erde, die Mütterliche, wirkt im Raum, im Brot und mit der Zeit, im strömenden Fluß des Weines. Aus diesem Preis der Erde kommt ihm das Gebet:

Jedes Großen Sehnsucht ist,
allem Volk auf Erden –
– wie sich sehnte Jesus Christ –
Brot und Wein zu werden.

Das «Brot und Wein»-Werden ist Kommunion des Ich mit Raum und Zeit, mit Leib und Seele, mit Landschaft und Geschichte, mit dem Außensein des Auges und dem Innensein des Ohres. Aus dieser Vereinigung fließt die Sehnsucht nach Schönheit. Deren Erscheinung ist das Kind der Kommunion. Das schafft die «tiefere Sehnsucht, die ich habe ... daß ich nach dieses Lebens Grabe mich wiederfänd in einem neuen Künstlerwerden ... daß ich in ewigen Gebärden so webte am Gewand des Scheins».

Das Weben am Schleier der Schönheit, am Gewand des Scheins, läßt im Ich des Menschen den Vorhang lüften, der vom vorgeburtlichen und nachtodlichen Dasein trennt. Es gibt dem Ich das Urgefühl der Dauer im Geiste über den Wechsel des Leiblichen. Es verlangt aus innerster Notwendigkeit nach der

Erfüllung ... in alle Höhn und Tiefen auszuschweifen,
die Welt mit Riesenarmen zu umgreifen ...
so Brust an Brust der Allnatur zu reifen

um dann «als ein Sonnenweinstock ein Meer purpurner Herbste abzustreifen». Die Reife des Ich durch die Liebe zum «Sonnenweinstock» geschieht nicht durch Süßigkeit der Sentimentalität, sondern durch herbe Richterlichkeit urteilender Erkenntniskraft. So wird das Prometheusgedicht verständlich, das in Nietzschestimmung zuruft: «Dein Leben setz an dein Werk! Deine Liebe zerbrich!»

Dieses Zerbrechen der Liebe aus Liebe und mit Liebe bringt den Dichter zum Hymnus des Hasses als strafender Liebe. Im Nietzscheschen Sinne der «Fernsten-Liebe» singt er: «Heil dir ... der du den trägen Trotz stumpfer Geschlechter irrst, dessen strafender Haß, strafende Liebe ist!»

Der Haß als strafende Liebe! Der Richterspruch der Verdammung wird zugleich zur Morgenröte der Versöhnung. Das Leben an das Werk setzen im Zerbrechen der Eigenliebe, das sich Opfernkönnen für das Ziel einer großen Aufgabe ist es, wodurch aus dem gebrochenen Liebeslicht die Regenbogenbrücke eines neuen Lebensbundes aufbauend erstrahlt.

Diese Gedanken schließen die Idee der Metamorphose und Steigerung des Daseins durch die Wiederverkörperung ein. Schon der Achtzehnjährige fragte: «Wie oft wohl bin ich schon gewandelt auf diesem Erdenball des Leids ...» In freier Anlehnung an Goethes «Gesang der Geister über den Wassern» fügte er hinzu:

Es steigt empor, es sinkt die Welle –
so leben wir auch ohne Ruh,
unmöglich, daß sie aufwärts schnelle
und nicht zurück – dem Grunde zu.

Die Vorstellung der Reinkarnation gehört hier ganz und gar dem Bild-Wissen um die Natur des Ich an, in dem sich die Welt findet, ergründet und wiederentzündet. Dieses dichterische Bild-Wissen und Ton-Ahnen führen ihn zur Innenschau, zur Selbsterkenntnis. So heißt es denn auch bei dem Einundzwanzigjährigen: «Selbsterkenntnis, goldne Gabe, wunderbare, jüngende Kraft.» Die Kraft solcher Selbsterkenntnis, die er «jüngend» nennt, verjüngt nicht im Leiblichen, sondern macht ihn im Seelischen zum «Jünger»; denn:

Immer tiefer, immer wahrer
machst du den, der dich besitzt;
wirkst zugleich, daß immer klarer
Welterkenntnis ihn durchblitzt.

So ahnt er den Ton des «Hohenliedes der Liebe», den der «heilige Geist der Erkenntnis» in das nächtliche Firmament leuchtend eingegraben hat. Dieser heilige Geist der Erkenntnis – die heilige Weisheit, *hagia sophia* – offenbart sich ihm als die Wahrheit der Liebe. Mit dem siebenfachen Refrain «Auf allen Sternen ist Liebe!» wird das Licht des Sonnengoldes der Liebe gleichsam in seine sieben Schöpfungsfarben gebrochen, als würde es erst im Spiegel-Licht der Planeten und Monde in seinem ganzen Geheimnis begreiflich. «Liebe! Liebe! durch die Unendlichkeit ausgegossen, ein Strom erlösenden Lichts, in das Nichts, die Nacht der Herzen deine glühenden Wogen schlagend. Die Liebe hebt aus dem Dumpfen das Heilige, aus dem Chaos schafft sie rettend «den Gott-Gottheit auf die Stirn dem Menschen prägend und ins schimmernde Aug ihm Gottheit senkend!»

Unter allen sieben Strophen (mit dem fünfzehnmalig sich steigernden Wort Liebe) tönt nur auf dem Höhepunkt der fünften Strophe der dreimalige Anruf der Gottheit – sich schaffend im Herzen – sich prägend auf die Stirn – sich senkend in das Auge des Menschen! Der dreifache Siegelabdruck des Göttlichen im Ich, im bergend-ahnenden Herzen, auf der wissend-denkenden Stirn und im schauenden Auge, das die Gewißheit des Gottes unmittelbar wahrnimmt!

In das «Nichts, die Nacht der Herzen» gießt sich das Licht der Liebe und macht die Nacht zum Tage. Nur die Liebe läßt den Menschen existieren, nur durch die Existenz des liebenden Menschen wird Haß, Leid und Schuld geheilt. Über Erdentode der Eiserstarrung, über Sonnenbrände vergehender Welten, über Welken und Untergang tausender Geschlechter hinweg bleibt das Hohelied der Liebe der Preisgesang dreimalig heiligen Lebens in Herz, Haupt und Auge des ichbegabten Menschen.

Dreifach ist die Wurzel, aus der die Blume der Liebe im Menschen-Ich wächst. Und dreifaches Beten wird ihm Gebot:

ein «Ja- und Amenjauchzen» im Enthusiasmus, ein «bewußtes Mitschwingen, Eins-mit-der-Ewigkeit»-Werden in Ekstase und schließlich ein «Stumm-Werden in Dankesarmut». Dort dionysisches Jauchzen und ekstatisches Mitschwingen, hier apollinische Ruhe im Stummwerden des demutvollen Staunens. Das Ich als das Jakchos-Kind in der Mitte, in der Seelen Symmetrie, erzeugt und geboren aus der Lichtkraft der kosmischen Liebe!

Das Sonnenzentrum dieser Weltenliebe bleibt bei Morgenstern kein Abstraktum. Es wird zur Wirklichkeit des Christusdaseins. Denn nur im Wachsein in ihm und im Erwachen mit seiner Existenz erlebt sich das Ich als Bild der Gottheit und zugleich als Bildner des Menschen. Im Hymnus «Der einsame Christus» steht die entscheidende Stelle: «Könnt ihr nicht wachen? Ihr alle seid in mir, aber in wem bin ich?» Das Wort «könnt» ist in Sperrdruck gesetzt, es wird also mit Emphase als bange Frage hinausgerufen.

Das Gotteswort wohnt in uns als Frage und harrt der Antwort. Das Menschenwort ist «Gesang und Gesang unsere Antwort», denn wir «sind der Welt unschuldigster Sinn, wir sind die Erntenden mühsamer Saaten». Aber als «unschuldigster Sinn der Welt» sind wir Kinder Gottes, die als Erwachende und Erwachte die Saat ernten dürfen, die in uns als Schlafende und Träumende gesät worden ist.

Das Erwachen zu sich selbst, das zu Wissen führt, wird zum Erlebnis des Schmerzes, zur Erfahrung der Widersachermächte der Welt. Schon in den frühen Gedichten seiner Zwanzigerjahre begegnen uns die Elemente von Wasser und Feuer als Metaphern feindlicher Kräfte, die in ihrer Polarität die Einheitlichkeit und Harmonie der Seelensicherheit zu stören drohen. In den beiden Elementarphantasien «Meeresbrandung» und «Die Flamme» kommt dies bereits keimhaft zum Ausdruck.

Die vernichtende Macht des Wassers erscheint als das menschenverdrängende Wider-Ich der Natur. Ein faustischer Kampf gegen die Wasserflut, der in tragischer Vergeblichkeit endet! Der Dichter wagt hier die Sprachmalerei bis zur grotesken Verzerrung mit dem elfmalig wiederkehrenden «Warrrrrrrte nur ...», welches die Wassergewalt der Meeresbrandung brüllt. Sein Lautgefühl drängt ihn, das Wort «warte» mit einem siebenfachen R zu verzerren, das mit dem nachfolgenden «nur» noch verstärkt wird. Statt des Wortes «Wasser», in welchem der Ausgleich zwischen dem wogenden W der Welle und des Windes und dem auslautenden R der Brandung durch den doppelten Zischlaut (ss) ausgewogen wird, erscheint das «Warrrrrrrte» wie eine Grimasse des Wassers, wie ein Widerdämon dessen, was das segenspendende und gottgegebene Element zum Widerpart macht ... Denn das Reich des Wasserdämons ist nicht von der Zeit des Menschen ... «Er stirbt, ich aber werde sein ... und will nicht ruhn bis ... endlich nichts mehr ist als Ich und Ich und Ich und Ich und Ich – warrrrrrrte nur ...»

Man mag einwenden, daß dieses Gedicht noch nicht die Einheit von Sprachform und Gedankenbild erreiche, die der späteren Lyrik eignet. Als Lautstudie und Wortskizze trifft es aber schon mit unbewußter Sicherheit, die unmittelbar überzeugt, den Charakter des rollenden, rasenden und raffenden R-Lauts. Dieser R-Laut zittert und zuckt im Wellensturm. Er ist es, durch den die friedliche und segenspendende Wasserwelt zum Widerdämon des Ich wird.

Sprachlich weit weniger bedeutsam ist die «Flamme», aber für uns als Gegenstück zur «Meeresbrandung» das andere Bild der ich-vernichtenden Macht. Man achte jedoch auf die Wiederkehr des fauchenden, fackelnden, aufopfernden und vernichtenden F-Lauts im fressenden und alles verzehrenden Feuer ... denn «irgendwo – werd ich wohl Stroh finden und Öl finden und Pulver finden ... das wird ein Fest werden ... dann wollen wir mit Wäldern die Fische in den Flüssen kochen – und ich will euch hinauftreiben auf die kältesten Berge – und da droben sollt auch ihr meine Opfer werden, sollt ihr meine Todesfackeln werden ...»

Den Ausgleich zwischen den beiden Widerkräften und Gegenpolen findet der frühe Dichter mit dem Bild eines Kahnes. Der Kahn ist ein Symbol, welches in drei Gedichten seiner Anfangszeit in merkwürdiger Metamorphose wiederkehrt. Das erste Gedicht, «Der Stern» (1896), hat ein Traum- und Nachterlebnis zum Inhalt: «Ich träumt einmal, ich läg, ein blaßer Knabe, in einem Kahne schlafend ausgestreckt ... und all mein Innres wurde Licht und Schimmer, und ein Entzücken, das ich nie gekannt, durchglühte mich und hob mein ganzes Wesen in eine höhere Ordnung der Natur.»

Der Kahn wird zum Sinnbild des Herzens, das in den Fluten des Bewußtseins zwischen Wachen und Schlafen schlägt. Das Schlagen des Herzens wird zum Ruderschlag auf den Wellen des Lebenswassers, und was wir davon im Dunkel der Nacht hören, wird Kunde als Traum oder Ahnung vom Tod.

Ein vollendetes Bild der Innenschau der Seele gibt uns das Gedicht «Nacht am Flusse»:

Liegen eine Sternennacht und lauschen,
wie der Kahn an seiner Kette zieht
und die Welle flüstert und entflieht
und die Wipfel leis dawiderrauschen –.

Wie es seufzt und rüttelt ohne Ruh,
Freiheit wider Knechtschaft einzutauschen.
Armes Herz, so zerrst und stöhnst auch du.
Eine Nacht so seinem Schicksal lauschen ...

Der Kahn, der an der Kette des Flusses liegt, welcher an ihr zieht und zerrt, ist das Herz, das arme, das seufzt und rüttelt, um Freiheit des Geistes gegen Knechtschaft des Leibes einzutauschen. Der Herz-Kahn wird hier unmittelbar zum «Charon», dem Totenführer in den Hades. Nur durch das Todeserlebnis wird die Freiheit erkauft, wird das Ablauschen des Schicksalslaufes möglich.

Deshalb heißt es in dem Gedicht «So möcht ich sterben» wiederum mit dem Bilde eines Bootes, den Ausgleich zwischen Feuerglut und Wassertiefen findend, und im sprachlichen Ausdruck knapper, jambischer Langzeilen, die an die Verskunst Conrad Ferdinand Meyers mahnt:

So möcht ich sterben, wie ich jetzt mein Boot
aus sonnenbunten Fluten heimwärts treibe ...
so möcht ich sterben, Sonnengold im Haar!
Der Kiel knirscht auf – und mich umarmt die Nacht.

Die Umarmung der Nacht ist aber für den Dichter ganz im Sinne des Novalis nicht Verlöschen ins Nichts, sondern das Erlebnis des Todes, der «zur Hochzeit ruft». Das Boot wird zum Sinnbild der Seele, die zwischen Glut und Kälte im Kiel das Gleichgewicht findet. Der Tod wird zum erlösenden Finden des Equilibriums, zum Eingang in den Geist Gottes, der über allen Wassern schwebte und nun im Urgrund des innersten Herzens selber ruht.

Alles Sterben ist in seinem Ursinn nichts anderes als Heimkehr zu sich selbst im Gottesgrund. Es ist die letzte Frage nach der Freiheit des Ich und deren sieghafte Antwort darauf. «Erkenne dich! ... Wer tritt denn niemals ein?» so ruft er sich erneut das uralte Apollonwort vom Tempel in Delphi zu. Denn die einzige Heimat: «Nur ein Zuhaus auf Erden: Sich.» In diesem Sich-Selbst-Fassen liegt zugleich Erkenntnis der Welt. Die Quintessenz dieses Sich-Erlebens formt sich dem Dichter in Versen, die bewußt der Spruchweisheit eines Angelus Silesius folgen und doch dabei bereits frei die Stufen der Meisterschaft Morgensternscher Mystik ersteigen:

Welt will sich selbst, kennt kein Woher, Wohin,
Welt ist sich selbst ihr eigner Zweck und Sinn.

Und nennst du Gott das, was ich Welt genannt,
so ist Gott Leib, im Geist in sich gewandt.

Der Geist, zusamt dem, draus er ward, versteh,
ist Gott (wie Welt), nicht andres ward Gott je.

So bin ich Gott, mit allem, was ich bin,
und mein und Gottes ist der gleiche Sinn.

Die Welt ist nicht ein Hier, Gott nicht ein Dort,
er ist du selbst, wird mit dir fort und fort.

Und nirgends weiß er irgendwie von sich,
denn als in Wesen so wie du und ich.

Welt ist Leib und Geist, «ist Menschenbild und Sternenschein», und der Kreuzungspunkt zwischen beiden ist das Herz, die Seele. Was stirbt, das geht nur scheinbar zugrunde, denn es verwandelt sich nur der Form nach, nicht mit dem Inhalt des Geistes, der «stets aus neuen Augen» blickt. Denn: Durch dich blickt Welt sich selbst ins Gesicht. Die Welt schlägt im Ich jedes Menschen ein neues Auge auf, denn in keiner der Kreaturen wird die Welt Gottes sich selbst bewußter als in «Wesen so wie du und ich». So vollendet sich der Monismus einer spirituellen Gott-Welt und Gott-Menschen-Mystik seiner Frühzeit in folgender Kontemplation:

Wie ein unermeßlich Du
atmet mir der Waldgrund zu.
Seelenluft ist, wo ich schreite –
frei umfängt mich Nähe, Weite.
Ich und Du sind Eines nur:
Eine Ewige Natur.

Die ewige Natur ruht aber im Urgrund der Liebe, die so weit ist «wie die Seele mein», in der alle Dinge ruhen, denn «alle, alle, bin ich allein und nichts ist außer mir!»

Friedrich Kayßler, der Jugendfreund, wies schon in seinem «In Memoriam» auf die «völlig geschlossene Synthese», welche die ernste und heitere Lyrik Morgensterns offenbart, und zitierte dabei die Worte des Dichters selbst; der den Humor in subtiler Selbstbeobachtung ansah als «ein gewisses Unwägbares, das wohl nur da ausströmen kann, wo die Fähigkeit besteht, das Leben zugleich mit einem unbeirrbaren Ernst, wie mit einer herzlichen, ja kindlichen Liebe zu betrachten».

Von vornherein gilt es, den Begriff des Humors für den Bereich der Muse Morgensterns neu zu prägen. Mit Witzelei intellektueller Spitzfindigkeit darf er so wenig verwechselt werden, wie mit dem politischen Karikaturisten eines professionellen Journals. Die Anzüglichkeit jeglicher Art von Zote, die Saftigkeit der Anekdoten des Stammtisches sind dem Wortreich seiner humorvollen Verse völlig wesensfremd.

Es ist die Heiterkeit des Geistes, die sich nur in einem Künstlergemüt erweist, das sich das schöpferisch-reine Kindsein zu bewahren weiß. Aus dieser Heiterkeit stammt die Musik Mozarts, die Malerei Raffaels, die Reliefkunst der della Robbia, die unnachahmliche Kraft der Komödien Shakespeares. Der Unterschied zwischen der *Zauberflöte* und einer Operette liegt sicherlich nicht im Textbuch Schikaneders, sondern in der Geniekraft, mit welcher Mozart fähig war, auch alle Tiefen und Höhen der Tragik zu umfassen, um die er wußte und der er sich opferte bis in den verfrühten Tod. Der *Sommernachtstraum* büßt nur deshalb Faszination und Entzücken durch alle Zeiten hindurch nicht ein, weil dieselbe Meisterhand fähig war, Szenen zu schaffen wie die des trunkenen Pförtners unmittelbar nach der Mordtat des Macbeth. Die Naivität keuscher Kindlichkeit in der *Schönen Gärtnerin* überzeugt uns bis heute, weil Raffael fähig war, uns auch in die dramatische Tragik seiner Transfiguration hineinzureißen.

Deutscher Dichterhumor, sofern er künstlerisch rein und menschlich echt bleibt, ist seit je mit der tragischen Muse geschwisterlich verbunden und ohne den Hintergrund von Schwermut und Pessimismus überhaupt nicht denkbar. Das lehrt uns schon die *Minna von Barnhelm,* das zeigt uns der Humor Gottfried Kellers, das schwingt im Weltbild von Wilhelm Busch bis zu den *Ratten* Gerhart Hauptmanns.

Der Humor Christian Morgensterns, der den stillen Dichter mit einem Schlage in die Öffentlichkeit riß und seinen Weltruhm begründete, ist ein Geistgewächs ganz eigener Art. Er wäre ohne die Seelenkomponenten von Demut und Liebe nicht möglich, zwischen denen er als ein wahrlich Unwägbares hin- und widerschwingt. Demut und Liebe aber sind Ausdrucksformen eines Geistes, der sich die schöpferische Kindesnatur im Manne zu bewahren weiß, in welcher der wahre Künstler urständet. Der Humor als die Offenbarungskraft und Ausdrucksfreudigkeit der Heiterkeit des Geistes ist Morgenstern von Anfang an eigen. Er ist nicht zufälliger Seitenweg, nicht Schrulle unproduktiver Nebenstunden. Er wurde zum seelischen Therapeutikum des Mystikers, der den Gefahren einseitiger Leidenserfahrung, selbstgefälligen Eremitentums und hochmütiger Weltflucht heilend begegnen konnte.

Das Lächeln seines Dichtermundes wurde schon von Anfang an als das entscheidendste Kriterium seiner literarischen Gestalt erkannt, durch das er sich von den andern bedeutenden Lyrikern der deutschen Zeitgenossenschaft unterschied.

Der Zweiundzwanzigjährige gestand seinem Freund Kayßler, daß er «wirklich ein Dichter zu sein» scheine, denn: «Ich schreibe eine Anzahl humoristisch-satyrischer Aufsätze ... die ich unter dem Titel ‚Pillen' in Verlag zu bringen versuchen will.» Obwohl diese «Pillen» noch ungedruckt blieben, ist diese Briefstelle von biographischem Wert. Sie zeigt uns ein Zweifaches. Erstens, daß sein Dichterbewußtsein sich bestätigt fühlt durch die Fähigkeit, neben den ernsten Jünglingsversen auch heiter zu mimen. Anderseits aber gibt schon der launige Titel «Pillen» den wahren Aspekt seines Humorgeheimnisses preis, der in der kulturpädagogischen Therapie liegt.

Was andere zu heilen versucht, muß auch heilend auf den wirken, der Heiler sein will. Die echte Heiterkeit des Geistes hat etwas Heilig-Heilendes, wenn sie aus einem Menschen kommt, dessen leibliche Leidensfähigkeit zum Lebensschicksal wurde und mit dem seelischen Leiden an der Zeit sich vereinte.

Zwei Monate später schrieb er an den gleichen Freund, daß er wieder ein humoristisches Werkchen für den Winter vorhabe, wenn ein glücklicher Geist über ihn käme, könne viel daraus werden. Gleichzeitig aber klagte er: «Wir gehen im Subjektivismus unter ... es ist eben doch Decadence, Ziellosigkeit, Formlosigkeit, Demokratisierung, Versandung.» Man hört aus diesen Briefzeilen die Nietzschelektüre des noch jünglinghaften Jüngers, und doch verfällt er nicht willenlosem Nachreden vom europäischen Nihilismus, sondern beschäftigt sich mit einem «großen Entwurf, der sich zu einem humoristischen Roman auswachsen soll».

Im Sommer 1894, als dem Vierundzwanzigjährigen der erste dichterische Durchbruch gelang, trat er in Bad Grund mit humoristischen Gedichten vor das Badepublikum. Bald darauf arbeitete er «an einer Neubearbeitung Horazischer Oden im humoristisch-modernisierten Sinne».

Den ersten Gedichtzyklus, *In Phantas Schloß* nannte er ausdrücklich «humoristisch-phantastische Lieder». Sie sind Nietzsche gewidmet. Auch die Tatsache dieser Widmung trägt zur tieferen Deutung von Morgensterns Humor bei. Deshalb ist sie näherer Untersuchung wert.

Morgenstern sandte seinen Erstling an Nietzsches Mutter.

Dabei bemerkte er, daß die ihr zugesandten Verse «humoristisch im verfeinerten Sinne» seien. In Nietzsche sah er den «Befreier», den «Auferwecker», der ein «Königsgefühl über allen Dingen» hatte. In einem andern Brief bekannte er, daß er den zweiten Band der Nietzschebiographie seiner Schwester «Tag und Nacht» lese. «Denke Dir einen Sehenden, einen Wissenden unter fünfzig Millionen Blinden ... Und dieser Eine steigt, während die andern alle weit Besseres zu tun haben, Stufe um Stufe hinab in das Herz des Seins, bis ihn zuletzt die übermenschliche Anstrengung tötet ... Was kommen wird? Eine neue Epoche der Kraft, der heute hier und dort präludiert wird? Vielleicht! Kaum mehr in Deutschland. Da müßte erst grenzenlos viel zerstört und ausgerodet werden. Es ist ein schreckliches Gefühl: Es ist zu spät für uns zu einer neuen einheitlichen Kultur. Man darf nicht daran denken, man raubt sich den Atem damit. So wie es heute steht, ist gerade der beste edelste Sohn des Volkes der schlechteste des Staates.»

Aus dieser Zeitkritik des Nietzscheschülers stammt eine der Hauptwurzeln seiner Humorfähigkeit und Scherzgestaltung. «Ich brenne darnach, endlich eine Stätte zu finden, mich in Haß und Liebe gegen tausend Dinge anzulassen, ich begrabe jedes Jahr neue Streitäxte und Pfeilbündel, weil ich keine Schlachtfelder weiß.»

Morgenstern philosophierte weder mit dem «Hammer», noch schoß er giftige Pfeile mit sarkastischem Haß in Selbstverblendung. Seine Natur des andächtigen Lauschens, der staunenden Ehrfurcht und der demutsinnigen Liebe allen Dingen gegenüber wuchs derjenigen des Philosophen «mit dem Hammer» diametral entgegen. Beide Naturen aber wurden gemeinsam vom Muttertum musikalischer Kunst gespeist, vom dionysischen Rhythmus impulsiert, vom Dithyrambus getragen. Da, wo Nietzsche als Dichter verstummt (nachdem Zarathustras Tafeln zerbrochen waren), seine Leier als Rhapsode endgültig zerschellt und den Hammer in die Hand nimmt, beginnt der junge Morgenstern sanft zu singen und im leisen Musizieren sich von seinem Leid zu befreien.

Als die *Galgenlieder* erschienen, dankte Morgenstern in einem Briefe an Julius Bab, daß er an ihnen «Geschmack» gefunden habe. «Sie sind für mich zugleich ein Scherz und zumal in ihren späteren Exemplaren – eine künstlerische Station.»

Diese künstlerische Station ist in seinem Sinne keineswegs Endstation des Zieles, aber eine entscheidende Brücke, ein Knotenpunkt. Noch deutlicher tritt uns seine Intention in einem Brief an Karl Scheffler entgegen, in welchem er geradezu von der Aufgabe einer Gewissenserweckung schrieb. Er, der gebürtige Münchner, bekannte, daß «es eben dies Berlin ist, worauf sich viel meiner Liebe und meines Hasses wirft. Auf diesem jungen Boden wäre noch etwas zu schaffen, und da der Kaiser dem Sinn seiner Zeit und damit auch dem Sinn seiner Stadt konstant fremd bleibt, so sollte ein junges Bürgertum noch weit mehr als bisher die Entwicklung seines Gemeinwesens selbst in die Hand nehmen ... halten Sie für aussichtslos, hierfür das Gewissen der Berliner zu wecken?» Und an Maximilian Harden, dem er in ähnlicher Zeitkritik sein Herz ausschüttet, schrieb er mit banger Frage: «Bedarf es dazu wirklich der Schule und Geißel erst eines neuen Krieges?»

Als sein Freund Kayßler sich über Kritiken von Kerr beschwerte und dabei eine antisemitische Bemerkung beifügte, schrieb Morgenstern sofort: «Jetzt werde ich gleich ein Galgenlied auf dich machen ... Lieber, laß mich mit den Deutschen in allen geistigen Vordergrundsdingen aus ... Die Juden sind der Gärungsstoff, den wir verdienen und brauchen ... Ich sehe mich um, wer mir – außer Dir – das einfache nackte Leben bis heute erhalten hat: sind fast ohne Ausnahmen deutsche Juden.»

In der Tat schrieb Julius Bab die erste prominente Kritik über Morgenstern. Mit Max Reinhardt duzte er sich von früh auf. Bruno Cassirer und Samuel Fischer zählten zu seinen ersten Verlegern. Mit Männern wie Paul Bornstein, Efraim Frisch, Alfred Guttmann, Georg Hirschfeld, Alfred Kerr, Moritz Heimann, Siegfried Jacobsohn, Maximilian Harden, Julius Elias und Georg Bondi stand er in konstantem Verkehr. Mit der jüdischen Elite der Reichshauptstadt fühlte er sich wie auf einer Kulturinsel, die ihn in gemeinsamer Zeitkritik umgürtete.

Der Erfolg der *Galgenlieder* kam deshalb so überraschend, weil er nicht zu früh und zu rasch, sondern erst nach langem und bangem Warten eintraf. Bondi wies das Manuskript zuerst ab, dann Schuster und Löffler, schließlich Albert Langen. Dies ist nicht unwesentlich. Es zeigt, daß seine Humoresken Neuland betraten, daß sie nicht in den Stil des *Simplizissimus* oder der *Fliegenden Blätter* paßten, daß ihr Ulk ein Element besaß, das bar war der zynischen Blasiertheit und der satirisch-ironischen Müdigkeit der Überkultivierten. Das Unforcierte, Spielerisch-Unbeabsichtigte, Kindlich-Kindhafte erschien verblüffend unerwartet. Es ist deshalb wenig erstaunlich, daß sich Morgenstern gerade in den ersten Jahren nach seiner Veröffentlichung der *Galgenlieder* fast ununterbrochen in die Lage versetzt sah, die künstlerischen Intentionen seiner heiteren Verskunst zu verteidigen und in das richtige Licht zu rücken.

Charakteristisch dafür ist ein Brief an einen Redakteur, den er inständig bittet, in den Versen weder Raffinement noch unverantwortlich empfindende Künstlerjugendlaune zu erblicken, überall stecke eine lebendige Anschauung, die Vorstellung einer Situation, daß «selbst wo ein sogenannter Wortwitz zugrunde liegt, er sich im lebendigen Leben inkarniert». Inständig bat Morgenstern, die Worte Blödsinn oder Stumpfsinn nicht anzuwenden, da es «auf die Dauer nicht angeht, einen Humor, dessen vielleicht einziger Vorzug gerade in einer gewissen Art von Geistigkeit, von Helligkeit und Schnelligkeit besteht, mit diesen zwei üblen deutschen Philister- oder Bierbankausdrücken, in denen sich, wie Sie hieraus erraten, die Mehrzahl meiner ‚Kritik' gefällt, abzustempeln ... im übrigen ist Humor eben Humor und hat jederzeit seinen eigenen Sinn und – Ernst für sich. Ja, es ist seine Mission, zumindest heutzutage, im Menschen den dumpfen trübseligen Ernst, in den ihn eine materialistische Gegenwart verstrickt hält, ein wenig aufzulockern, anzubröckeln.»

Die Fähigkeit, das Leben so zu betrachten, daß ein inneres Unabwägbares ausströmen kann, im Ernst unbeirrbar, in der Liebe kindlich-herzlich, das ist nach Morgenstern das echte Element des Humors. In Anlehnung an Nietzsches Wort: «In jedem Mann ist ein Kind versteckt, das will spielen» prägt er das Motto für die *Galgenlieder*: «Dem Kind im Manne». Im Vorwort zur fünfzehnten Auflage der *Galgenlieder* heißt das Motto fortan, «Dem Kinde im Menschen», entfernt sich daher von der antifeministischen Betonung Nietzsches und gewinnt dafür den geistigen Anschluß mit dem Begriff des Spieltriebes, wie ihn Schillers *Briefe über die ästhetische Erziehung des Menschen* entwickelten. In diesem Vorwort der *Galgenlieder*, sieben Jahre nach der Erstveröffentlichung (1913), heißt es dann weiter: «In jedem Menschen ist ein Kind verborgen, das heißt Bildnertrieb und will als liebstes Spiel- und Ernst-Zeug nicht das bis auf den letzten Rest nachgearbeitete Miniatur-Schiff, sondern die Walnußschale mit der Vogelfeder als Segelmast und dem Kieselstein als Kapitän. Das will auch in der Kunst mit-spielen, mit-schaffen dürfen und nicht so sehr bloß bewundernder Zuschauer sein. Denn dieses ‚Kind im Menschen' ist der unsterbliche Schöpfer in ihm.»

Morgenstern wies weder in Tagebüchern noch Briefen auf eine unmittelbare Lektüre der Schillerschen Ästhetik der Erziehung hin und wurde höchst wahrscheinlich erst in den letzten Jahren nach der Begegnung mit Rudolf Steiner mit dem philosophischen Hauptwerk vertraut, nachdem das Werk der

Humoresken zum größten Teil geschaffen worden war. Als Künstler lebte er unbewußt – naiv mit den Gesetzen des Schillerschen Spieltriebs und stellte sie schöpferisch gestaltend dar. Die Ästhetik Schillers war für ihn nichts Akademisches.

Die Freiheit des Menschen findet im Sinne Schillers zwischen dem Stofftrieb der Sinne und dem Formtrieb der Vernunft im Spieltrieb ihre Wiege. Durch den Spieltrieb versetzt sich der Mensch in jene Lage des inneren Gleichgewichts, befreit sich von den Einseitigkeiten beider Pole, der Sinne und der Vernunft und gewinnt für sich die Welt des höheren Menschentums. Es ist die Menschheit, die im Menschen verborgen ist, das letzthin Unabwägbare, das über Maß, Zahl und Gewicht Hinausweisende. Es ist die sich immerzu realisierende Möglichkeit des Menschlichen. Der Spieltrieb im Sinne Schillers bewirkt es, daß der Mensch «im wahren Sinne Mensch wird, sofern er mit der Schönheit *spielt* und nur mit der *Schönheit* spielt».

Die Verskunst der Humoresken gehört dem Bereich der Dichtung an und muß mit den Gesetzen des Schönen gewertet werden. Das Schöne wird nicht nur in der Form verstanden und durch den Stoff wahrgenommen, sondern es wird im Herzen erschlossen, das mit der Systole des Schmerzes und der Diastole des Scherzes schlägt. Das Herz, wie es in seinem rhythmischen Urstand pulst, schwingt zwischen den Reichen des Scherzes und Schmerzes und findet seine Freiheit in der sich steigernden Synthese.

Der Überintellektuelle fahndet nach der Parodie, der Banause ergötzt sich am Blödsinn, der Schulmeister schüttelt den Kopf über geschmacklose Phantastik und der Literat schnüffelt nach Einflüssen. Der Dichter aber, der über alle diese Mißverständnisse erstaunte, erklärte alle seine Scherzverse als bewußt konzipierte «Beiwerkchen». Er mag wohl nicht minder verwundert gewesen sein über ihre stetig steigende Auflagenzahl als über die Fehlurteile, denen sie ausgesetzt waren. Wenn er sie selbst im Hinblick auf die Reifejahre seiner lyrischen Vollendung als «Nebensachen» angesehen haben wollte, so erwiesen sie sich doch als die untrennbaren Geschenke seiner ihm zweifach zugetanen Muse. Sie waren Grund und Ursprung seiner ersten Regung im Reich des dichterischen Wortes, früheste Ausdrucksmittel und Medien seines schöpferischen Erwachens. Auch als «Beiwerkchen» und «Nebensachen» gehören sie zur unlöslichen Einheit seines Geistes.

Kulturkritik Nietzsches, Sprachkritik Mauthners, Theaterkritik Kerrs, Nationalkritik Lagardes lagen als Gegebenheiten in seiner Bildungswelt. Der Bürger der Gründerzeit, der Untertan, der Bierphilister und Banause, der Fachmann und Praktiker des «Ganzdrinnenseins» in einer Welt voller Fortschrittler, Agnostiker, Epikuräer und Opportunisten unter Uniformen, Flaggen und Fanfaren – das alles teilte sich ihm bereitwilligst als Material mit und wartete auf die Schwarzweißzeichnung der Sprachkarikatur.

Die Verse der Heiterkeit seines Geistes bedürfen aber keines Schlüssels, weil sie keine Rätsel sind, sondern Wortkunstwerke, die sich allein durch Lautgebung, Rhythmus und Reim erreichen lassen. Einer neuen Deutung kommt es deshalb auf das Erfassen von Formen an, die sich selbst als Phänomene aussprechen. Man nehme diese im Goetheschen Sinne und suche nichts «hinter ihnen». Sie sind selbst die Sprachlehre des Kindes im Menschen.

XIII. DER GALGENBERG

Der «Versuch einer Einleitung zur dritten, beziehungsweise ersten Auflage» der *Galgenlieder* führt uns schon mit dem ersten Satz in einen Zirkus voller Wortwunder. Das parodistische Element ist fraglos. Diese, ach wie ernst sich nehmende Gelehrsamkeit, die mit all ihrem wissenschaftlichen Apparat den Wald vor lauter Bäumen nicht mehr sieht! Da hören wir von «larmoyieren», «annunziert», «zeitströmig», «schwansinnig», «wesenziell» und von einem Monstrum wie «Weltauffasserraumwortkindundkunstanschauung». Wo lauern nicht potentiell in Hörsal und Gelehrtenstube diese Satzmonstren und Wortschlangen und schleichen in Dissertationen einer Pseudowirklichkeit, einer Wortköpenickiade?!

Das Wortspiel schafft etwas Paradoxes, das in aller Irrealität doch logisch so sein könnte. Man wird willig-unwillig sofort mitten in den Strudel eines Druckwusts gerissen, der geschrieben und gezeichnet wird von dem «Mitarbeiter am Reich deutscher Wissenschaft und Kunst und ihrer Deutung». Er trägt vor dem Durchschnittsnamen Müller den durchaus undurchschnittsmäßigen Vornamen Jeremias. Symbol von Volksfremdheit im Elfenbeinturm der Wissenschaft GmbH gepaart mit den Allüren des bürgerlichen Biedermanns!

Der «sonderbare Kult», der die Galgenberg-Brüder durch seine Symbole verbindet, ist ein Mysterienbund: «Schuhu, der zuhöchst hing, gab den Klang zum Hauch des Rabenaas, der das Mysterium verwest. Verreckerle bietet das Henkersmahl, Veitstanz ist Glöckner zubenannt, Gurgeljochem schneidet den Lebensfaden durch, das Gespenst Spinna schlägt zwölf, der stumme Hannes (der Büchner heißt) singt ins Buch versunken ‚Fisches Nachtgesang'. Der achte Faherüggth mit Beinamen Unselm rezitiert das Siebeneinmaleins und das Lalula ...»

Das ist gleichsam die Ouvertüre, die wir hören sollen, bevor sich der Vorhang öffnet. Da wir vom Dichter ausdrücklich gewarnt werden, weder Parodie noch Ulk zu vermuten, bringt uns das Blatt die Information, wie die Galgenlieder entstanden: «Die Galgenpoesie ist ein Stück Weltanschauung ... Galgenbruder ist die beneidenswerte Zwischenstufe zwischen Mensch und Universum. Nichts weiter. Man sieht vom Galgenberg die Welt anders an, und man sieht andre Dinge als Andre.»

Die acht Galgenbrüder werden als acht lustige Könige dargestellt. Ihr Gespräch erinnert unzweifelhaft an die Worte, welche die vier Könige im *Märchen* Goethes (am Ende der «Unterhaltungen deutscher Ausgewanderter») im unterirdischen Tempel sprechen. Die sprachliche Nachahmung ist so frappant, daß sie uns den Vergleich sofort abfordert.

Die Szene schließt mit dem Hoffnungsruf «Es ist an der Zeit», daß nämlich eine neue Initiation möglich und der unterirdische Weihetempel sichtbar auf der Erde allen zugänglich gemacht werde. Die drei Könige aus Gold, Silber und Erz verbünden sich zu gemeinsamem Weihewerk, während der vierte aus allen Metallen chaotisch gemischte zusammensinkt.

«Wer weiß das Neue?» fragte einer der Galgenbrüderkönige. «Das Unterirdische», ist die Antwort, das «Dazwischen, das Nächtliche, die Quadrate des Unsinnlichen über den drei Seiten des Sinnlichen.» Der Weg dazu ist der Galgen. Der Galgen aber ist als Sinnbild des Todes der Achsenpunkt aller Erweckung und Weihe.

Im Goetheschen *Märchen* ist es die grüne Schlange, die sich opfert, um aus ihrem geopferten Leib die Brücke zu bilden, die dauernd die diesseitige mit der jenseitigen Welt verbinden soll. Hier lassen sich die acht «Könige» von ihrem Narren hängen, den Narren selbst aber verschlingt der «Geist der Vergessenheit».

Der Galgenberg ist die Stätte des Todes – ein grotesker Schatten eines Golgathabildes. «Betrachten wir den Galgenberg als ein Lugaus der Phantasie ins Rings», schreibt der Dichter, der die Galgenpoesie ein Stück Weltanschauung nennt. Wie anders können wir die Bilder vom Galgenberg nehmen als Phantasiestücke eines Kulturgerichts-Golgatha, aber nicht als Philosophie mit dem Hammer, sondern als Scherz einer «herzwilligen Laune».

Die Galgenbrüder treiben das Spiel des Lebens, das «blödem Volke unverständlich» ist. Was sich also als Spiel des Lebens abspielt, muß einen tieferen, dem «blöden Volke» verborgenen Sinn haben. Blödsinn bleibt es bloß dem Blöden. Aber die Brüder wissen:

Magst es Kinder-Rache nennen
an des Daseins tiefem Ernst;
wirst das Leben besser kennen,
wenn du uns verstehen lernst.

Der Kindessinn im Menschen als der reflektierende Dichtergeist nimmt Rache als Reaktion am tiefen Ernst des Lebens und schafft sich den Weg ins Freie durch den Scherz im Herzen. In den «Epigrammen» heißt es an einer Stelle bezeichnenderweise:

Verzeiht, wenn mancher manches hart hier trifft,
mein Pfeil soll treffen, doch er birgt kein Gift.

Es ginge gegen den Geist des Dichters, jede Gedichtzeile der *Galgenlieder* zu zerlegen, da sich deren Sinn nur als Ganzheit geben will, nicht als analytisch-aufgelöste Parodie, sondern als zusammenschließende «Rache», als Regung und Reaktion des Kindes im Menschen gegenüber dem «Unabwendlichen», dem Niedergang und dem Galgentod.

Betrachten wir als ein Beispiel die Laut-Symphonie im Eu der Greule-Eule. Scheint es durchaus möglich, dieses «Bundeslied» von unten nach oben zu singen oder mit der zweiten Strophe zu beginnen und mit der ersten zu enden? Warum nicht, wenn es auf irgendeine Kongruenz des Inhaltes ankäme, statt auf eine solche der Lautgestalt. Verfolgt man aber diese, dann ist die kleinste Vertauschung unmöglich. Siebenfach betontes I in der ersten Strophe geht dann in das Geheule des achtmaligen Eu über und endet in siebenfaches Au. Dazu die Wortbildung Greule als Mischung aus Gräuel, heulen und Eule.

O schauerliche Lebenswirrn,
wir hängen hier am roten Zwirn!
Die Unke unkt, die Spinne spinnt,
und schiefe Scheitel kämmt der Wind.

O Greule, Greule, wüste Greule!
«Du bist verflucht!» so sagt die Eule.
Der Sterne Licht am Mond zerbricht.
Doch dich zerbrachs noch immer nicht.

O Greule, Greule, wüste Greule!
Hört ihr den Huf der Silbergäule?
Es schreit der Kauz: pardauz! pardauz!
da tauts, da grauts, da brauts, da blauts!

Das Lied des Galgenbruders an Sophie gibt den sehr verweslichen Anblick von schwarzem Mund, kahlem Haupt, gefressenen Augen. Sie ist das «Symbild» der ins Gegenteil pervertierten himmlischen Weisheit (Sophia). Hier am Galgenberg wirkt sie als Henkersmaid. Sie schlägt den Kopf ab, statt ihn mit Weisheit zu erleuchten.

Die Wirkung der Binnenreime im Gedicht «Nein»

Pfeift der Sturm?
Keift der Wurm?
Heulen
Eulen
hoch vom Turm?
Nein!

geht rhythmisch sogleich in die weitere Strophe:

Es ist des Galgenstrickes
dickes
Ende, welches ächzte,
gleich als ob
im Galopp
eine müdgehetzte Mähre
nach dem nächsten Brunnen lechzte

und dann mit den Klammern ein plötzliches Ritardando anzeigend – so als ob dem Tiere die Zunge heraushinge, im Sprunge behindert, aufs äußerste enttäuscht: «(der vielleicht noch ferne wäre)». Das konjunktivische «wäre» des Reimes mit Mähre wirkt so lächerlich retardierend im Kontrast zum pfeilgeschwinden Anfang des pfeifenden Sturmes!

Über das «Gebet» haben wir von Morgenstern selbst einen köstlich-kostbaren Kommentar in bezug auf einen Deutungsversuch, der sich in R. M. Meyers Buch *Die Parodie* befindet und der die Verse mit «Nietzsches tiefsinnigem Dunkel» zusammenbrachte. «Sich die Sache so oder so anders zu denken ist natürlicherweise jedermanns Recht. Aber man verdirbt sich wirklich das Beste an den Sachen, wenn man in solcher Weise literarische Beziehungen herstellen zu müssen trachtet ... Zu den Rehlein dagegen standen Sinn für Phonetik, Phantasie und simple Naturanschauung Pate – und nicht irgendein Tiefsinn irgendeines Nietzsche – o Ihr tiefsinnigen Ausleger.»

Die Lautüberraschung liegt im Übergang vom hab acht mit dem Sprung zum Stundenglas auf halb neun – halb zehn usw. mit der Wiederkehr des Anfangsmotivs und dem Bild «simpler Naturanschauung», das Falten der Zehen der Rehe.

Auch über das große «Lalula» schrieb Morgenstern in einem Brief an einen Redakteur: «Sie werden das Lalula nicht mehr ganz so unsinnig finden, wenn Sie bedenken, daß es weniger der Ausdruck irgendeines Un-Sinns, Ohne-Sinns sein sollte, als der eines ganz privatpersönlichen, jugendlichen Übermuts, der sich in Lautverbindungen gefiel, ein Gefallen, das unter Kindern wohl alltäglich ist, das der Erwachsene aber, wie so vieles, vergißt und, wenn es ihm künstlerisch verkappt entgegentritt, nur noch als Bizarrerie anzusprechen weiß ... Ich habe noch als Gymnasiast Sprache erfunden, war seinerzeit einer der eifrigsten Volapükisten – nun, was weiter, wenn ich da einem für solches besonders begabten Bundesbruder ein Vortragsstück in einem eigenen Volapük schrieb? ... Das Lalula dürfte im wesentlichen eine, sagen wir phonetische Rhapsodie sein.»

Man vergleiche Morgensterns «Lalula» mit dem phonetischen Kompositionsversuch, den Stefan George mit einem «griechischen» Gedicht machte, aber im Gegensatz zu den Humoresken stimmungsgemäß ohne jedwede Heiterkeit, sondern mit der gewohnten überbetonten mantrischen Priestergewandung.

Auch «Der Zwölf-Elf» soll als phonetische Rhapsodie gehört werden. Welcher Reichtum ergötzlichster Wortbildungskunst mit Schluchtenhund, Moosfrosch, Kartoffelmaus, Mondschaf, Wanderstrumpf und vor allem «Zwölf-Elf» selbst. Die zwölf Strophen mit den zwölf Stundenschlägen einer Uhr um Mitternacht würden uns wieder verführen, an das dritte Buch von *Also sprach Zarathustra* zu denken, hätte uns dies jedoch der Dichter nicht ein für allemal verboten. Hier ist Naturanschauung mit sprudelndem Humor und tiefer Phantasie gemalt: Der Teich lauscht mit offenem Mund, das Irrlicht macht auf einem windgebrochenen Ast Rast:

Die Galgenbrüder wehn im Wind
Im fernen Dorfe schreit ein Kind.

Zwei Maulwürf küssen sich zur Stund
als Neuvermählte auf den Mund.

Und der Rabe Ralf, der schaurig Kra ruft, verkündet: «Das End ist da, das End ist da.»

«Das Mondschaf», so kommentiert Morgenstern selbst, «wird wohl, unter anderm, eine Personifikation des Mondes sein, der zuerst am nächtlichen Firmament steht, dann hinter Wolken oder Bergen verschwindet, in einem ihm unterlegten ‚Traume' seine winzige Weltkörperlichkeit als das All empfindet und tags darauf als weiße Scheibe den Himmel ziert.»

Das Mondschaf steht auf weiter Flur.
Es harrt und harrt der großen Schur.
Das Mondschaf.
Das Mondschaf rupft sich einen Halm
und geht dann heim auf seine Alm.
Das Mondschaf.
Das Mondschaf spricht zu sich im Traum:
«Ich bin des Weltalls dunkler Raum.»
Das Mondschaf.
Das Mondschaf liegt am Morgen tot.
Sein Leib ist weiß, die Sonn ist rot.
Das Mondschaf.

Dasselbe Gedicht ist nun ins Lateinische «übersetzt» mit dem Titel Lunovis (*luna* und *ovis*).

Lunovis mane mortuumst.
Sol ruber atque ips' albumst.
Lunovis.

Und nochmals das Mondschaf, das sich selbst gute Nacht sagt, denn es «wurde überdacht von seinem eigenen Denker», der nun sagt:

Der übergibt dies alles sich
mit einem kurzen Federstrich
als seinem eigenen Henker.

Hat je ein anderer deutscher Humorist vor Morgenstern das Wesen der Reflexion bildhafter und knapper karikieren können? Mit weniger als diesen drei Kurzzeilen? Oder dieser geniale Einfall eines Wort-Schrift-Druckbildes in den «Trichtern», die durch die Nacht wandeln, wobei durch den verengten Schacht ihres Rumpfes das Mondlicht fließt:

still und heiter
auf ihren
Waldweg
u. s.
w.

Selbst die Abkürzungszeichen beweisen ihre kleinen Schelmenkünste!

Noch unvergleichlicher ist das Schriftbild in «Fisches Nachtgesang», das aus nichts als aus Längen- und Kürzezeichen besteht, einen Vers skandierend, den es gar nicht gibt. Denn Fische sind doch stumm. Das Öffnen und Schließen des Fischmauls sind mit Hebung und Senkungszeichen köstlich skizziert.

Im «Problem» wird auf verblüffend witzige Weise der sich selbst mit Purzelbäumen überschlagende Intellekt ironisiert. Morgensterns Wortkunst entspringt einer immer wieder aufs neue begonnenen Meditation über Sein und Schein der Worte. Hinter allen Humoresken lebt der Dichter wie ein Ritter im Turnier zwischen Realismus und Nominalismus, der immer wieder im Streit zu neuen Fehden auffordert. Er, der von der Realität des geistigen Ursprungs der Worte überzeugt war, weiß jedoch nur zu gut, wie der neuzeitliche Intellekt, mit Scheuklappen und Beinschienen einer abstrakten, dem schöpferischen Leben völlig entzogenen Wissenschaft, der gepaart ist mit dem Reklamegeist modernen Kommerzialismus, sich ein Scheinreich von Wortleichen aufbaut. Der Betrieb der Journalistik baut sein Haus auf diesem Friedhof.

Die Humoresken sind Akte seines dichterischen Gewissens. Dadurch erhalten sie die Kraft der künstlerischen Befreiung. Sehen wir doch als ein Beispiel für hunderte auf den «Zwölf-Elf», diese köstliche Gestalt der humorigen Muse, dessen «Problem» ist, daß er «unbequem» heißt, als ob er Drei-Vier statt Sieben hieße. Plötzlich löst sich jedoch sein Problem:

Und siehe da, der Zwölf-Elf nennt sich
von jenem Tag ab Dreiundzwanzig.

Man könnte einwenden, es sei doch ein unverantwortlicher Wort-Ulk, das Wort Elf aus dem Elfenreich mit der Zahl 11 gleichzusetzen und aus dieser falschen Gleichung eine verfehlte Analogie herzustellen. Jemand, der so denkt, ist selbst ein völlig verkapselter Kopf, dem gar nicht die Genialität eines heiteren Herzens je aufgehen könnte. Für den kahlköpfigen Intellekt ist der Zwölf-Elf barer Unsinn. Für den, der sich aber an dem dichterischen Sprachspiel und Wortwechsel künstlerisch anregen kann, wird er ein Phänomen eines Problems, das wirklicher und wirklichkeitsgemäßer ist als manche Rektoratsrede.

Die Humoresken haben keinen «Zweck», keine Tendenz, keine Doktrin, keine Dogmatik. Sie sind sich selbst genug, sie sind der immer wiederkehrende, sich erneuernde und sich steigernde Versuch, mit dem Wort zu experimentieren, im Wort wie mit Wachs zu modellieren, die Entwicklungskräfte der Sprache nach Sein und Schein zu erproben, die Vokabel aufs Eis zu legen oder die Phrase in den Feuerofen zu schieben.

Der dichterische Spieltrieb gibt uns «Neue Bildungen, der Natur vorgeschlagen» wie Ochsenspatz, Kamelente, Regenlöwe, Turtelunke, nominalistische Spielereien, aber nicht Ausdruck skeptischen Relativismus, denn Morgenstern schrieb einmal in einer der Tagebuchaufzeichnungen seiner *Stufen,* daß es «eine der größten Unverfrorenheiten des Menschen ist, dies oder jenes Tier mit Emphase falsch zu nennen, als ob es ein annoch falscheres Wesen gäbe, in seinem Verhältnis zu den andern Wesen, als der Mensch».

Sieht man nicht Morgenstern in schalkhafter Sprachwachsamkeit oftmals vielleicht im Kaffeehaus vor Journalen sitzend und auf dem Rande Worte kritzeln wie «Tagtigall, Eulenwurm, Menschenbrotbaum» ...? Eine Sprachkatharsis, die an Karl Kraus gemahnt und die besonders durch Fritz Mauthner angeregt wurde!

Aus dem Ringen mit der materialistischen Sprachkritik Mauthners stammt «Der Sprachkritiker», worin er sich unmittelbar mit dem Kulturphänomen der Wortwertung auseinandersetzte. Wir haben darauf schon im Kapitel über Mauthner hingewiesen. Dem agnostischen Materialismus der Sprachkritik Fritz Mauthners wird das Bekenntnis zum Logos im Sinne der Eingangsworte des Johannesevangeliums entgegengestellt. Dem schöpferischen Dichter, der auf dem Wege von Andacht und Demut zu einem neuen Christusverstehen gelangte, wird das Wort, das er in seiner menschlichen Schalenhaftigkeit durchschaut, in dessen Gotteskern offenbar.

Mauthner empfahl in seiner bitteren Skepsis der Sprache gegenüber die zwei orientalischen Kuren, Lachen und Schweigen. Morgenstern wählte sich den Weg, der von Zweifel und Kritik durch Demut geht und mit Humor heilt.

Palmström ist der Sänger des individualisierten Galgenliedes. Er hat sich vom Verein der Brüder verselbständigt. Die Muse des Humors hat ihn verobjektiviert. Daß ihn «oft unvermitteltnackt Ehrfurcht vor dem Schönen packt», macht ihn zur besonderen Persönlichkeit. Selten ist er jedoch allein. Meist tritt er zu zweit auf, mit Korf, «des Reims wegen» mit «böhmischem Dorf».

Der Reimscherz birgt mehr. In einem Brief an einen uns unbekannten Empfänger – es ist, als wäre er an uns alle gerichtet – schrieb Morgenstern, daß «über Palmström nichts weiter zu sagen ist, als was aus dem Büchlein selbst entnommen werden mag, und eine scherzwillige Laune, ihm auch noch über jene privaten Notizen hinaus zu sekundieren – zumindesten gegenwärtig — nicht besteht. Dazu wäre ein größeres Interesse eben an seiner ‚Persönlichkeit' erforderlich. Deren Wert aber liegt fast gar nicht, wie manche annehmen, in irgendeinem ‚Typischen', sondern fast ganz nur in der Art von Geistigkeit, die sich in ihr zu offenbaren strebt, und die vor allem von jenem stumpfen Ernst befreien zu können scheint, von jenem Zustande des ‚Ganzdrinnenseins' in der Welt der Erscheinung, die den Menschen von heute in so hohem Maße gefangen und geknebelt hält.»

Palmström ist also nach Morgensterns eigenen Worten nicht ein Typus, sondern eine Persönlichkeit, für die allerdings ein Interesse erforderlich wäre.

Hier darf eine Interpretation vielleicht gerechtfertigt erscheinen, die auf der Grundlage der obigen Briefstelle und des früher erwähnten Vorwortes «Wie die Galgenlieder entstanden» sich folgerichtig ergibt. Wies der Dichter in seinem «Vorwort» auf die acht lustigen Könige und ließ er diese in deutlicher Anlehnung an die Worte der Könige im Goetheschen *Märchen* sprechen, so erscheinen Palmström und Korf wie die beiden Irrlichter, die in der Dichtung Goethes eine so tragikomische Rolle spielen. Sie sind gänzlich unentbehrlich für den Fluß der Erzählung, die mit ihnen beginnt und auch endet. Sie halten eine Schlüsselstellung inne.

Die beiden Irrlichter bei Goethe werden vom Fährmann über den Fluß gesetzt, der sie vom Ufer, wo die schöne Lilie weilt, trennt, ohne daß sie es gewahr geworden sind. Ihr Wunsch ist, in das Idealreich der Lilie zurückzukehren, von dem sie ursprünglich kamen. Dem Fährmann schulden sie den Lohn, den sie aber nicht mit ihren Goldstücken, die sie aus ihrem Leibe schütteln, bezahlen können, denn er fordert nicht ihr glitzerndes Gold, sondern Früchte der Erde.

Irrlichterei ist es, Scheinweisheit und Besserwisserei, Routine und Schablone, was Palmström und Korf als Kinder ihrer Zeit zeigen. Sie sind Zwillingen gleich und doch Gegenpole. Palmströms Bett steht gegen Norden gerichtet, Korfs Diwan ist «west-östlich».

Palmström macht sich ein Modell:
formt aus Rauschgold einen Quell

und aus Schächtelchen ein Dorf ...
und verehrt das Ganze Korf.

Hier erscheint also das Formen mit Rauschgold wiederum deutlich an die Goldstücke ausschüttende Irrlichterei zu erinnern. Aber mehr noch: beide erscheinen als Studenten, der Wissenschaft beflissen. Palmström liebt es, Tiere nachzuahmen, Korf erfindet eine Tagnachtlampe. Beide sehnen sich nach der «Lilie». Sie «wetteifern in Notturnos», heißt es ausdrücklich. Das dritte ist ein «Notturno in Weiß» und lautet:

Die steinerne Familie,
aus Marmelstein gemacht,
sie kniet um eine Lilie,

im Kreis um eine Lilie,
in totenstiller Nacht.

Der Lilie Weiß ist weicher
als wie das Weiß des Steins,
der Lilie weiß ist weicher,
doch das des Steins ist bleicher
im Weiß des Mondenscheins.

Die Lilie, die Familie,
der Mond in sanfter Pracht,
sie halten so Vigilie,
wetteifernde Vigilie,
in totenstiller Nacht.

Hier wird eine Paraphrase der Goetheschen Märchenstimmung transparent, wodurch aber das Gedicht weder kommentiert werden, noch irgendwie an Bedeutung gewinnen soll.

Ein Meisterstück der Grotesken-Kunst ist das gutbekannte Gedicht «Behörde». Die Behörde schickte Korf einen Fragebogen zu, den er also erwidert:

«Einer hohen Direktion
stellt sich, laut persönlichem Befund,
untig angefertigte Person
als nichtexistent im Eigen-Sinn
bürgerlicher Konvention
vor und aus und zeichnet, wennschonhin
mitbedauernd nebigen Betreff,
Korf. (An die Bezirksbehörde in –)»
Staunend liests der anbetroffne Chef.

Die erst nach Morgensterns Tode herausgekommenen Bände *Palma Kunkel* und *Gingganz* schließen sich stilistisch an *Palmström* an, ohne ihn zu übertreffen. Die Motive wiederholen sich oft. Das «Butterbrotpapier» erreicht die frühere Höhe durch raffinierteste Paranthesen-Technik.

Der *Gingganz* ist nach Morgensterns eigenen Worten ein «Ideologe, ein in Gedanken Vertiefter, Verlorener, ein Zerstreuter, ein Grübler, Träumer, Sinnierer. Er ist eine Metamorphose von Palmström und Korf. Er will nicht auf seinem «Sitz-Fleisch», sondern «Sitz-Geist» sitzen, er ersinnt zur «Weste» die «Oste», er ist ein «Vergeß-Unverbess-Vielfraß-Haltefraß».

Er sagt «ich Ging Ganz in Gedanken hin», er ist also eine Art zerstreuter Professor, hier in diesem Gedicht ein Stiefel im Gespräch zu seinem (Stiefel)-Knecht, der seinen «Herrn» verlor. Die Wort- und Lautbildnerei erreicht hier weitere Ausdrucksformen, wie Golch für Dolch und Flubis für Flucht, wobei eine ganze Zauberphantasmagorie gedichtet wird.

Was Phantasie in den «Drei Winkeln» zu schaffen imstande war, gibt ein weiteres Beispiel für das Wortkunststück Morgensternschen Humors:

Die Wondel – ihr Dekorum
zu wahren – spricht Latein:
«Vincula, vinculorum,
in vinculis Fleisch und Bein!»
Drauf nimmt sie die lockern Braten
und wirft sie in den Teich: –
Drei Winkeladvokaten
entsteigen ihm alsogleich.

Drei Advokaten stammen
aus dieses Weihers Schloß.
Doch zählst du die drei zusammen,
so sind es zwei rechte bloß.

Der Witz, daß die drei Winkel im Dreieck die Summe zweier rechter Winkel sind, ist geometrisch eine Binsenwahrheit, aber er ist in Anwendung auf die Winkelsumme des Dreiecks wie auf die drei Winkeladvokaten von verblüffender Komik. Bei gewissen Gedichten beruht auf solcher Sinn- und Wortverblüffung die Pointe. Neue Wortschöpfungen fehlen niemals. Wir treffen ein Löwenreh, Klabanter, Meerschloßdachs, den Werweißwosisee, die Insel Fragnichtlang.

In allen Dingen erschließt sich ihm «der Hauch», der über ihnen ist als Schau des Möglichen im Wirklichen. Erstaunlich ist in seiner Phantasie ein vorahnendes, fast prophetisches Element in bezug auf die zunehmenden Zivilisationserscheinungen. Aus dem heiteren «Anzeigenteil einer Tageszeitung des Jahres 2407» stammen das «künstliche Schneegestöber der amerikanischen Naturschauspielimitationskompagnie» und die «Eröffnung der ersten deutschen Luftzeitung! Der von sechs Fesselballons festgehaltene Projektionsdrache», der «allabendlich die neuesten Berichte in weithin sichtbaren Buchstaben zeigen» wird. Auch das «Nutridentol, das beste Zahnwasser», dessen Gebrauch «jedes Abendbrot oder Frühstück ersetzt»! Und schließlich die «künstlichen Köpfe» (K.K.): «Man kann die Apparate nämlich einstellen, wie man will, also auch auf ‚tot' ... Der K.K. wird nur nach Maß angefertigt und ist leicht zu tragen. Gegen unbefugte Berührung ist er durch eine eigene Batterie geschützt. Da er kein Haarkleid braucht, ist die Schädeldecke für Annoncen reserviert. – Wer klug ist und vorurteilslos, kann durch Übernahme einer geeigneten Großfirmenanzeige unschwer die Kosten eines K.K. herausschlagen, ja noch mehr, durch den künstlichen Kopf auch auf diesem Wege weit leichter Geld verdienen als durch den natürlichen.» Das alles mit Einschluß von «Erdbebenmatratze: Schlafe todsicher» lange vor Ausbruch des ersten Weltkriegs geschrieben, vor Gas- und Luftkrieg, vor der Atombombe, vor Tonfilm, Rundfunk und Fernsehen ...

Die Sprachkritik Mauthners mit ihrer kulturnihilistischen Tendenz stand am Kreuzweg seines Dichterschicksals. Er mußte sich hier entscheiden. Ehrfurcht vor den Dingen der Natur und Humor für die Herzen der Menschheit bewahrten ihn vor der Verkalkung, in der Sprache nur Abfalls- und Wandlungsprodukte einer menschlichen Laboratoriumsküche zu sehen. Deshalb erscheint es bedeutsam, am Schluß des *Gingganz* nochmals auf Fritz Mauthner zu stoßen, wenn wir von der Vorankündigung des «Fritzmauthner-Tages» mit dem «Großen Wörter-Schießen» am «Schießplatz Neu-Kaputt vis-à-vis dem Luftschiffhafen» lesen.

Zum Abschluß gibt es wohl kein bezeichnenderes Gedicht als «Das Symbol des Menschen». Die reimlosen vierfüßigen Trochäen fallen ja fast aus dem Rahmen der heiteren Reime und Knittelverse der übrigen Scherzgedichte heraus. Das Symbol des Menschen ist der Stiefel: «Ein Fuß aus grobem Leder, nicht Natur mehr, doch auch nicht Geist geworden; eine Wanderform vom Tierfuß zu Merkurs geflügelter Sohle.»

Den Un- und Übersinn, den «Stiefel», den der Dichter willig-unwillig geschrieben, der ihm all den Abersinn der Wortbilder und Sprachkreaturen eingegeben, den er sich auf seinen Wanderfahrten erschritt, erging und erstanden, den nannte er Wanderform vom Tierfuß zum geflügelten Götterschuh des Hermes, des Hüters des Wortes, des Lehrers der Sprache, des Boten der Götter!

Die Humoresken sind mit dem eigenen Ausspruch ihres Schöpfers die Produkte des Galgenbruders, dieser «beneidenswerten Zwischenstufe zwischen Mensch und Universum». Also ein Stück Welt-Anschauung als «die skrupellose Freiheit des Ausgeschalteten, Entmaterialisierten, die sich in ihr ausspricht ... man sieht die Welt anders an, und man sieht andre Dinge als Andre».

«Zeig mir», sprach zu mir ein Dämon,
«zeig mir das Symbol des Menschen,

und ich will dich ziehen lassen.»
Ich darauf, mir meine schwarzen
Stiefel von den Zehen ziehend,
sprach: «Dies, Dämon, ist des Menschen
schauerlich Symbol; ein Fuß aus
grobem Leder, nicht Natur mehr,
doch auch nicht Geist geworden;
eine Wanderform vom Tierfuß
zu Merkurs geflügelter Sohle.»
Als ein Bildnis des Gelächters
stand ich da, ein neuer Heiliger.
Doch der Dämon, unbestimmbar
seufzend, bückte sich und schrieb mit
seinem Finger auf die Erde.

Wer der «Dämon» sein mag, wollen wir nicht deuten. Das wäre wohl gegen den Geist des Dichters. Sonderbar ernst und tiefsinnig steht aber das Gedicht unter den Grotesken des *Gingganz*.

Der Geist des Humors ist ein Genius, ein Bote dessen, der eine Zwischenstufe zwischen dem Geschöpf und dem Schöpfer ist. Der Dämon, der unbestimmbar seufzt und mit seinem Finger auf die Erde schreibt, ist weder der Versucher noch der Gottessohn. Er spottet nicht über das «Bildnis des Gelächters» als der Wanderform vom Tierfuß zur Flügelsohle des Götterboten, sondern er bückt sich seufzend und schreibt in den Sand mit seinem Finger. Dies weist in seltsamer Art auf ein Bild im Evangelium, in welchem der Gottessohn die Schuld der Sünderin auf die Erde einschreibt.

Der Genius des Humors, der sich seufzend bückt und in die Erde schreibt, ist nicht ein Dämon des Spottes oder des Hochmuts. Er ist als Helfer des Dichterworts zugleich ein dienendes Kind des Logos. Seine Sendung ist es, die Schuld des Menschen in die Erde zu schreiben zur Sühne seines Sündenfalles.

Die Bilder, in die seine Wortscherze sich kleiden, verharren niemals, sie flimmern immerfort, sie wandeln sich, sie tanzen. Auch in Versen, wo der Inhalt ganz offensichtlich parodiert, wird das Parodistische sofort gleichsam am Tanzboden der Wortbilder weitergerissen. Es bleibt niemals bei sarkastischer Pointierung oder selbstgenügsamer Ironie. Es weht wie Wind durch die Worte. Die Hülsen und Füllsel fallen und purzeln. Es geht zu wie bei einer Walpurgisnacht. Aber hinter allem Hexeneinmaleins und über alle Teufelsdämonie verliert das Faustische nicht den Blick in die Himmel.

Im «Tanz» wird offensichtlich die damals modernste Tanzmusik parodiert, wobei von der Fiedelbogenpflanze die Rede ist und von einer Musik (heute erschiene sie uns wohl recht zahm und langweilig), bei der «der Geigerich den letzten Strich tat». Diese köstliche Wortschöpfung Geigerich entsteht in Zusammenkoppelung von Geiger und Ich, wodurch das Wesen eines eitlen Stümpers ganz unaufdringlich, aber schlagartig evident wird.

Ähnlich waltet der Sprachgenius schalkhaft und schlau im Nachtbild, worin es heißt, daß die Nacht «mit Sternen ausgeschlagen» sei.

Im «Knie» sieht man die ganze «Herrlichkeit» eines Parademarsches des preußischen Militärs mit dem Refrain «Es ist ein Knie, sonst nichts». Der Refrain selbst versinnbildlicht die sinnlose Wiederholung der Bewegung der paradierenden Beine. Die Mittelstrophe enthält sich nicht der sarkastisch-heiteren, aber zugleich bitter anklagenden Vorstellung, daß der Parademarsch sich nicht tot laufen wird, solange er nicht in den Kriegstod laufen muß.

Im Kriege ward einmal ein Mann
erschossen um und um.

Das Knie allein blieb unverletzt –
als wärs ein Heiligtum.

Im bewußten Heineton seufzt der «Seufzer», der auf nächtlichem Eis Schlittschuh läuft, an ein «Maidelein» denkt und erglühend stehen bleibt, bis die Eisbahn unter seinen Füßen geschmolzen ist. Das Balladenhafte dieser Versbilder ist ein durchgehender Zug, der eine innere Dramatik verrät. Das Dynamisch-Dramatische macht den «Tanzboden» oft zur wirklichen Kleinbühne.

Morgenstern schafft diese Miniaturen und Versstücke aus einem dramatischen Verlangen, gleichsam als verhinderter Dramatiker. Deshalb ist es charakteristisch, daß er in einem Brief (Februar 1907) an Max Reinhardt schreibt, in einer Zeit, als eben seine *Galgenlieder* den ersten Erfolgssturm einbrachten: «Wenn mich nicht alles trügt, werd ich Dir für die nächste Saison der Kammerspiele ca. zehn phantastisch-satirische Szenen einreichen mit dem Gesamttitel ‚Zehnminutenbrenner'.»

Diese Zehnminutenbrenner sind leider niemals erschienen. Trotz verschiedener Anläufe erreichte Morgenstern nicht den Bühnenraum als eigener Schöpfer, sondern nur als genialer Übersetzer. Wir haben dies nicht zu bedauern. Statt zeitgebundener und vielleicht heute längst aus dem Spielplan entfernter Bühnenstücke gab er uns die Dramatik seiner Galgenbrüder, seines Palmström und Korf und schuf Gestalten, die kein Regisseur vom Spielplan absetzen könnte.

Ein solches Versspiel ist auch die Groteske «Bim, Bam, Bum», eine Ehetragödie mit Anspielungen auf Konfessionsspaltungen der Kirche. Denn Bam fliegt «in römischer Kirchentracht», aber Bim, seine «Glockentönin», hat sich dem Bum ergeben:

der ist zwar auch ein guter Christ,
allein das ist es eben.

Der Bam fliegt weiter durch die Nacht
wohl über Wald und Lichtung.
Doch, ach, er fliegt umsonst! Das macht,
er fliegt in falscher Richtung.

Bei einem Gedicht wie dem «ästhetischen Wiesel» würde man wohl unwillkürlich an Reimparodien denken, die sich auf die Lyrik von Holz und Schlaf beziehen, würden wir nicht vom Dichter selbst ausdrücklich belehrt, daß das «Wiesel der Lust am Reim und außerdem des Knaben eigenem Treiben im Gewässer schlesischer Gebirgsbäche seine Entstehung verdankt – und nicht dem Hinblick auf Richard Dehmel oder sonst irgend ‚Literatur'».

Das Wiesel, das auf einem Kiesel inmitten Bachgeriesel saß:

Das raffinier-
te Tier
tats um des Reimes willen.

Man beachte doch das groteske Raffinement im Reim raffinier- und Tier, das alles bisherige Wiesel-Kiesel-Geriesel übertrumpft.

Die Binnenreim-Komödie des «Schaukelstuhls auf der verlassenen Terrasse», die «Mitternachtsmaus», die ihr Pensum ruhig ausläuft, der «Nachtwindhund», der wie ein Kind weint, der Mond, dem Gott den «Beruf» gab, sich «deutschen Lesern zu bequemen» und in Anbetracht der deutschen Buchstaben A und Z für Abnehmen und Zunehmen «ein völlig deutscher Gegenstand» wird, die Mondendinge, Tulemond und Mondamin, der Mondberg-Uhu, der wie eine Uhr funktioniert «und ist doch bloß ein Uhu nur» – das alles wirkt mit dem absichtslosen Zauber der reinen Dichternatur.

Der Hecht, der sich am «vegetarischen Gedanken moralisch emporranken» will, der Nachtschelm, das Siebenschwein, der

Steinochs, die Tapetenblume, die Hystrix, das Nasobem, die Schildkrökröte – hinter all dieser Überfülle von Wortüberflüssen zieht sich gleichsam ein geheimer Vorhang auf, hinter dem man in Entspannung eine Bühne von Lebenswirklichkeiten sieht, weder Sinn noch Unsinn, sondern jener heitere, leichte Über-Sinn, der über den Dingen liegt wie ein schelmischer Elfenhauch.

Morgenstern schrieb in diesem Sinne an einen Redakteur, welcher wahrscheinlich ratlos beim Dichter angefragt hatte: «Dieser kleine Verein (der Galgenbrüder) stand unter dem Zeichen des *Spiritus asper*. Sein Wahlspruch lautete: *Per aspera ad astra*. Auf deutsch soll das heißen: ‚Der Hauch über den Dingen ist das Beste'.»

Der Hauch über den Sinnendingen ist nicht nur irdische Atmosphäre, er hat etwas Ätherisch-Elementenhaftes und Seelisch-Pulsierendes in sich.

Morgenstern ist nicht Augenmensch, sondern Ohrenmensch. Nicht die Farbe, sondern der Ton erregt seine Brust, nicht das Männlich-Feurige, sondern das Weiblich-Atmende macht ihn schöpferisch im Hören und Singen, im Wandern und Tanz. Die Krankheit seiner Lungenflügel wird zum Lebensschicksal und zugleich zum unerhört angespannten Schöpferwillen, der sich jede Stunde des Schaffens aufs neue abringt. Sein Hunger nach guter Luft ist physisch-lungenhaft bedingt und wird zugleich moralisch-geistig gefordert. Seine Dichtungen, ernste wie heitere, erscheinen wie geöffnete Fenster, aus denen Luft dringen will, die aus reineren und höheren Sphären kommt. Niemals wird er dabei hochmütig oder pathetisch, weltflüchtig oder stolz. Seinen Weltschmerz schreibt er sich von der Seele durch das Scherzen im Herzen.

So ist auch seine Groteske bezeichnend, in der er über die Luft sagt, daß sie «einst dem Sterben nah» gewesen sei:

«Hilf mir, mein himmlischer Papa»,
so rief sie mit sehr trübem Blick,
«ich werde dumm, ich werde dick,
du weißt ja sonst für alles Rat –
schick mich auf Reisen, in ein Bad,
auch saure Milch wird gern empfohlen; –
wenn nicht – laß ich den Teufel holen!»
Der Herr, sich scheuend vor Blamage,
erfand für sie die – Tonmassage.
Es gibt seitdem die Welt, die – schreit.
Wobei die Luft famos gedeiht.

Wie sehr ein Dichter um die Jahrhundertwende schon zu leiden begann über die Tonmassage und die Welt, die schreit, findet dann besonders im *Palmström* weiteren Ausdruck im «Lärmschutz» und der «Geruchs-Orgel». Was für Grotesken hätte wohl das Zeitalter des Rundfunks und Fernsehens dem Dichter entlockt?!

Nichts preßt uns in diesen Gedichten in ein Begriffliches, wenn wir es nicht durch eigene Hyperintellektualität aus Mangel an naivem Mithörenwollen selbst in diese hineinpressen müssen, statt in heiter-gelöster Anschauung entspannt zu werden. Da ist der Architekt am Lattenzaun, der den «Zwischenraum» herausnimmt und daraus ein großes Haus baut. Dort ist der Würfel, der zu sich selbst geistreichelnd redet «Ich bin mir selbst nicht völlig zum Gewinn» (weil seine sechste Seite nur immer den dunkeln Schoß der Erde sieht!). Die Erde beklagt sich, daß sie dunkel ist, weil das Gesäß des Würfels sie bedeckt, denn:

Ich bin so licht wie ein Karfunkel,
sobald du dich hinweggefleckt.

Jedes Kind kann das harmlos nachsprechen oder auswendig sagen. Und doch, zum Unterschied von Wilhelm Busch, oder dem Struwwelpeter schwingt hinter der Situationskomik ein Element, welches nur Morgenstern völlig eigen wurde. Es ist eben nicht das Kindliche oder gar Kindische, das entzückt, sondern jene Sphäre des höheren Un- und Übersinns, welche nur das «Kind im Manne» verstehen kann, weil sich metaphorisch durch die Komik der Situation etwas ausspricht, was im eminenten Sinne aufwecken will, ja geradezu mit einer heimlich verborgenen Frömmigkeit zurufen möchte: sieh, alle Weisheit der Welt, wie wird sie Torheit vor Gott!

Gerade Morgenstern, welcher meisterhafte Kinderreime dichten konnte, schuf mit seinen Grotesken aus einer Bewußtseinssphäre, welche dem Kinde völlig fremd sein muß. Wenn es von den zwei Tannenwurzeln heißt, daß sie im Gespräch miteinander seien:

Die eine sagt: Knig. Die andre sagt: Knag.
Das ist genug für einen Tag –

so ist das nicht nur ein gelungener onomapoetischer Abersinn, sondern ein von leiser Ironie und sanftem Weltschmerz durchwehtes Wissen, das aus der höheren Liebe zu den Dingen kommt.

Das Knig und Knag, das «für einen Tag genug ist», wird zum Sinnbild für die Sendung des Humors, von dem Morgenstern selbst so bedeutsam schrieb, daß er seinen eigenen Sinn und Ernst hat. «Ja es ist seine Mission, zumindest heutzutage, im Menschen den dumpfen trübseligen Ernst, in den ihn eine materialistische Gegenwart verstrickt hält, ein wenig aufzulockern, anzubröckeln. Wenn diese zwei, drei Büchlein, die für mich ja doch bloß Beiwerkchen, Nebensachen bedeuten, nur ein bißchen geistige Leichtigkeit, Heiterkeit, Freiheit verbreiten, die Phantasie beleben, nur ein bißchen von der im Posthorn gefrorenen Musik der Seele wieder auftauen, so ist es genug.»

Die Welt von innen öffnet sich ihm nicht mehr durch die Reflexion kalter Gedanken, durch Zeitkritik und Kulturumblick, sondern durch die Herzwelt des Traumes. «Ausgraben will ich meinen Schacht», heißt es bereits in der Frühzeit (1896), und er notiert sich einen Traum: «Ich fange das Raubvogelgesindel meiner häßlichen Gedanken und brate sie am Spieß, der über einem Feuer sich dreht. Ach vergebens.»

Er bekannte in dieser Zeit, daß er an seinem «eigenen Maßstab» zu verbrennen drohe (1897). Wiederum sind es Traumbilder von einer «wilden Jagd» und vom «Schächer am Kreuz». In der Nacht vom 24. auf den 25. Februar 1905 zeichnete er sich folgenden Traum auf, dessen Hauptmerkmal «zu sein scheint, daß ich – innerhalb des Traumzustands – aus einem unangenehmen Traum mit aller Willenskraft ins wache Bewußtsein hinausstrebe. Es ist der Grenzzustand des Erwachens aus einem peinigenden oder doch beunruhigenden Traum das eigentliche Thema eines solchen Traumzustandes. So erinnere ich mich augenblicklich nicht mehr des Traumes im Traume selbst, sondern nur noch des Erwachenwollens, ja scheinbar wirklich Erwachtseins im Traume.»

Am 28./29. Juli 1905 notierte er sich «einem wirklichen Traum folgend, möchte ich ein dramatisches Märchen orientalischen Charakters schreiben» (wobei er dieses «Traumspiel» ganz konkret skizziert). Ein andermal bemerkt er, daß für ihn «die Mystik der Hände unaussprechlich» sei.

In einem der wesentlichsten Blätter dieser inneren Umbruchszeit der Selbstentdeckung liest man: «Ich bin wie eine Brieftaube, die man vom Urquell der Dinge in ein fernes, fremdes Land getragen und dort freigelassen hat. Sie trachtet ihr ganzes Leben nach der einstigen Heimat, ruhlos durchmißt sie das Land nach allen Seiten. Und oft fällt sie zu Boden in ihrer großen Müdigkeit, und man kommt, hebt sie auf, pflegt sie und will sie ans Haus gewöhnen. Aber sobald sie Flügel nur wieder fühlt, fliegt sie von neuem fort, auf die einzige Fahrt, die ihrer Sehnsucht genügt, die unvermeidliche Suche nach dem Ort ihres Ursprungs.»

Immer feinhöriger und zartsehender wird er sich selbst gegenüber. «... Ist es ein Wunder, wenn dann und wann eine Nuance von Hochmut in einem auftaucht. Wenn man der offenbaren Niedertracht gegenüber zuweilen eisig wird – das Einzige, das ihr nicht zu Gebote steht. Die Menge weiß nichts von der Tiefe der Demut, die ein einzelner empfindet, der sich ganz zu erkennen strebt.»

Auch seine Krankheit wird ihm immer mehr zum Objekt seiner mystischen Innenbeobachtung. «Ich bin krank, wenn ich es auch fortwährend wieder vergesse und mitten in meiner Krankheit Stunden, Tage, Wochen vollkommener Gesundheit durchlebe, Zeiten voll herrlichsten Blühens, in denen der Zerfall in mir gleichsam überblüht, hinweggesiegt wird von einem Frühling, der Herbst und Winter des Leibes nicht anerkennt, der die Ordnung der Natur vergewaltigt und, als unüberwindliche immer wieder auferstehende Lebenskraft mich über mich selbst hinwegretten zu wollen scheint.» Und dann wieder aus der tiefsten Einsamkeit des Mystikers: «Ich habe nur Einen wahren und wirklichen Feind auf Erden, und das bin ich selbst.»

Es quoll aus einem paulinischen Erleben hervor, wenn er einmal sich selber zurief: «Mein ganzes Leben lang suche ich den Stachel, den ich mir ins träge Fleisch drücken könnte – und finde ihn nicht.»

Der Ich-Mystiker findet aber immer mehr Fundament, auf dem er den inneren Bau seines Wesens gegründet weiß. «Ich *sehe* mich selbst, schreibend zur Nachtzeit – im Bett bei der Lampe, dies Büchelchen schreibend ... Und all das bin Ich. *Ich sehe.»* So objektiv hat er sich selbst vor sich und gleichsam in seiner Hand, daß er sich einmal eine Uhr nennt, die er jeden Tag von neuem richten muß, weil sie stets nachgeht.

Ichfindung und Gottsuche gehen immer intimer ineinander über. Sie werden schließlich völlig identisch miteinander. Man könnte glauben, daß er hier eine Rilke ähnliche Erlebnisstufe erreichte und auf dieser verharrte, wenn man liest: «Alle die andern beschäftigen sich mit ‚Gott'. Ich wage zu sagen: Ich – bin – das, was wir Gott nennen – selbst. Wer das versteht, aber auch nur der, weiß, was ich meine, wenn ich von meinem Ernste spreche.» Aber zur gleichen Zeit beschäftigt sich seine Phantasie mit dem Entwurf eines Dramas der «Erweckung des Lazarus», also eines im intimsten Sinne verbundenen Christus-Motives, und er bemerkt hinsichtlich der geplanten Dichtung, die leider nicht einmal zu einer hinlänglichen Skizze eines Planes gediehen ist: «Was ich hierbei will, ist viel tiefer als ‚Kunst'.»

Bald darauf, am 7. August 1908, las er bei Schleiermacher den Satz: «Darum lebt das ganze Universum, das Göttliche, in jeder Individualität, als jede Individualität.» Daran knüpft Morgenstern selbständig an und sagt, daß dies sein eigenster Gedanke sei, ohne daß er vorher Schleiermacher näher kennengelernt habe. «Durch die Natur beruhigt sich Gott selbst immer wieder. Wehe, wenn er als Mensch in dem unseligen Fieber der Zivilisation sich selbst als Natur zerstört haben wird.» Dem muß aber der spirituell gerichtete Kunstimpuls entgegenwirken. «Ich betrachte als eine Aufgabe kommender Dichtergeschlechter, neue Mythen zu schaffen, und wir wollen ihnen schon vorarbeiten.» Die Tragödie wird ihm deshalb zum tiefen «Gesang vom Wesen der Welt, und ihm von Zeit zu Zeit erschüttert zu lauschen unser Ewigkeitsdienst in all dem uns überbrausenden Alltag».

Als spräche er zu Sich Selbst (wie er mit Großbuchstaben

dies oftmals anzudeuten weiß): «Neue Dichter seh ich kommen, nach ihnen den Blick gerichtet ... Ich denke nach, welchen Dichter man einem Adler vergleichen könnte ... ich glaube, die Adler unter den Dichtern werden erst kommen: Geister, die alles Dasein zugleich mit Falkenblick erkennen und über ihm in schier unerreichbarer Höhe kreisen, Geister mit einer ‚Freiheit' auch von sich selbst (Der Evangelist und Apokalyptiker Johannes war ein Adler).»

Ibsen war kein Adler, er «war die Eule in Person». Und so wie er Ibsen weit hinter sich ließ, so bekannte er auch über Nietzsche und Lagarde: wer «nicht immer wieder stirbt, um an ihnen auch immer wieder aufzuerstehen, dem sind sie nie geboren worden». Denn nun war er in dem Jahr des «Tagebuch eines Mystikers», wo ihm aufging, daß «Religion Selbsterkenntnis des menschlichen, als eben damit göttlichen Geistes ist. Religion ist die Erkenntnis, daß alles Denken göttliches Denken ist, wie alle Natur göttliche Natur, daß jede Handlung eine Handlung Gottes, jeder Gedanke ein Gedanke Gottes ist, daß Gott nur soweit Gott ist, als er Welt ist, daß die Welt nichts anderes ist als Gott selbst, – daß in demselben Augenblick, da ein Mensch sich seines Gott-seins bewußt wird, Gott in ihm sich seiner selbst als Mensch bewußt wird.»

Aber inmitten dieses Bewußtwerdens geriet Morgenstern an die Klippe dessen, der nur im rein Mystischen verharren will. Novalis sagte einmal in einem seiner Fragmente: «Gott will Götter», aber zugleich stieß er zu einer geistgetragenen Naturanschauung vor und rief: «Die Geisterwelt ist in der Tat schon aufgeschlossen, wären wir nur elastisch genug, so sähen wir uns mitten in ihr.» Morgenstern fügt im Sinne des Novalis einschränkend hinzu: «Gott ist gewiß nicht Persönlichkeit. Aber er wird sie in jedem Moment. Gott ist: Persönlichkeiten.»

Im «Tagebuch» befindet sich folgender Dialog, der sehr bezeichnend für die damalige Stufe seiner Erkenntnis ist:

A. Wo ist Gott ...

B. Du fragst, wo Gott ist?

A. Ja.

B. (auf A. deutend) Dort.

A. Wo? (dreht sich lächelnd um)

B. Ja, du mußt dich nicht nur umwenden, du mußt dich in dich hineinwenden.

A. Hineinwenden?

B. Ja. Siehst du diesen Handschuh?

A. Ja.

B. Das ist der Mensch. Und dies (stülpt den Handschuh um) ist Gott.

Morgenstern verfing sich immer stärker in das Netz mystischer Gott-Ich-Gleichung, wobei dann sowohl das Göttliche als auch das Menschliche nur mehr eine mathematische Abstraktion zu bleiben drohte. «Der Körper» wird ihm zum «Übersetzer der Seele (Gottes) ins Sichtbare». Solche Verallgemeinerung wie «Der Mensch ist die Persönlichkeit Gottes» drängte ihn immer mehr dazu, einen bestimmten Weltinhalt zu geben. Aber es blieb bei der Behauptung: «Gott heißt immer nur der jüngste Begriff von Gott. Gott selbst kann es für den Menschen niemals geben – so wenig es für diese meine Hand diese meine Hand geben kann. Dasselbe kann nicht zugleich zweierlei sein. Mensch und Gott ist dasselbe, also kann Gott nicht vom Menschen erkannt werden. Erkannt werden kann nur eins vom andern. Der Mensch kann sich nicht nach sich selbst umdrehen und darum wird er nie wissen, wer er eigentlich ist, woher, wohin, warum. Und mit ihm wird es Gott nie wissen. Gott ist sich selbst Mysterium ... Gott heißt stets unerreichtes Ziel. Und so unerreichbar ist dieses Ziel, daß wir nicht einmal wissen, wo es liegt, wie es heißt. Aber immer sucht das Universum. Gott ist der Welt Suche nach ihm. Die Welt ist

Gottes Suche nach Sich ... Alles ist Weg, Gott ist Weg. Das Kleinste wie das Größte, alles ist nur ein Weg. Der Weg nach dem Sinn ist der Sinn selber. Der Weg nach dem Sinn ist der Sinn des Wegs.»

Man wird zugeben, daß diese Sätze sich in eine Sackgasse verrennen, in welche der Ich-Mystiker leicht geraten kann, wenn sich sein Herzenserlebnis mit intellektueller Spiegelung in agnostische Relativismen verfängt. Morgenstern ist dies aber in wachsendem Maße zum Bewußtsein gekommen. Er rief daher auch aus: «Ich will den Menschen nicht schiffbrüchig sehen, aber er sollte dessen bewußt sein, daß er auf einem Meere fährt.»

Ein bald darauf folgender Aphorismus versucht die monotheistische Gottabstraktion aufzulösen. «Wir müssen uns davor hüten, ausschließlich mit der Menschheit unseres Planeten zu rechnen. Wir müssen annehmen, daß jeder mögliche Gedanke über Gott auch wirklich (von Gott) gedacht wird, gleichviel ob in unsern oder in Mars- oder Saturnköpfen, ja, daß es sehr wohl Planeten geben kann, auf denen Gott sozusagen leibhaftig im vollkommenen Bewußtsein seiner selbst lebt. Daß wir als die Phase Gottes, die wir sind, offenbar nur Gott in irgendeiner Phase darstellen, nicht zugleich in seiner höchsten; wiewohl auch seine höchste nur eine ‚endliche' sein mag, indem das unendliche ‚Mysterium' nur im immerwährenden Endlichen unendlich bleiben kann. Gott kann allein leben durch seinen immerwährenden Tod. Gott muß fortwährend sterben, um fortwährend leben zu können. Gott stirbt nie um den Preis fortwährenden Todes. Versuchen wir dieses Furchtbare zu fassen, und überwinden wir es durch das Wort ‚ich bin', das Gott in uns spricht. ‚Ich sterbe als du, damit ich als ich lebe. Du aber bist ich und ich bin du, sei also getrost. Dies ist nun unsere Notwendigkeit' (wie ich sie als du erkannt zu haben meine).»

Bildlich machte sich Morgenstern klar, daß der Mensch wie

ein an einer Stelle geöffneter Ring sei, während Gott selbst der ganze Ring ist. «Der Mensch, der ganz erkannt haben würde, wäre der wieder geschlossene Ring Gottes.» Daraus wird deutlich, daß schon hier Morgenstern auf eine innere Entwicklung des Menschengeistes und der Menschenseele hinweist. «Wäre es nicht furchtbar, wenn der Mensch nur Entwurf Gottes bliebe?» Oder an einer andern Stelle aus derselben Zeit: «Die Menschheit ist nur eine Korrektur des Menschen.»

An vielen Stellen dieser Tagebuchaufzeichnungen findet sich ein oftmals blitzartig schneller, aber sehr intensiver Hinweis auf Meister Eckart. Zuerst in bezug auf das Mitleid, das er im sentimentalen Sinne ablehnt, «weil es dich ablenkt von dir auf den andern ... Wer sich und den Nächsten als Gott erkannt hat, von dem fällt Mitleid ab wie ein Geschwätz. Er wird den Nächsten zwar mehr als sich lieben und ihm sein Menschliches zum Opfer bringen können, wenn es das gilt, aber ohne Mitleid; denn mit großem Auge wird er durch sein Leiden hindurch ihn als Sich sehen; in dem aber, was er da sieht, fallen, wie Eckart sagt, alle Worte dahin. Da hat Mit-Leiden keinen Sinn und keinen Platz mehr.» An anderer Stelle: «Was sagt Meister Eckart anders als: zerbrich alle Sprache und damit alle Begriffe und Dinge: der Rest ist Schweigen. Dies Schweigen aber ist – Gott.»

Die Hinweise auf Eckart sind Zeichen innerer Seelenverwandtschaft, sie haben aber nichts von geistiger Abhängigkeit in sich. «Ich bin nicht von denen, die zur Wiederaufnahme der Gottesidee durch irgend etwas getrieben worden sind, als da ist unterdrückte Sinnlichkeit, Einsamkeit der Seele, Verzweiflung an sich und der Welt oder ähnliches. Ich kenne diese Zustände wohl, aber ich wäre nie vor ihnen zu einem neuen Gottes-Begriff geflohen: wie denn dieser auch weder ‚heilt' noch ‚erlöst'. Diese Idee ist vielmehr aus meiner innersten Natur herausgewachsen, ich kann ihre Anfänge bis in mein zweites

Jahrzehnt zurückverfolgen, in dessen Mitte etwa ein ganz spezifisch philosophisches Interesse in mir erwachte. Ihr endliches Zutagetreten hängt sehr stark mit der Art meines Schauens zusammen, das mir manchmal erlaubt, sehr in die Dinge zu versinken oder auch: die Dinge gleichsam in mich hineinzunehmen, und mir damit das Micheinsfühlen mit allem zu einem natürlichen Gefühl macht.»

Immer wieder kreist sein Gedankenleben um die Frage des Existentiellen der Gottheit. «Gott ist nicht etwas Vorgestelltes, sondern das, was wie jede andere Vorstellung, so auch die Gottesvorstellung produziert ... Gott ist ‚alles'. Wir haben kein anderes Wort für Gott als das Wort ‚alles'. Man kennt und fühlt Pantheismus schon lange, aber ich weiß nicht, ob je mit diesem ‚Alles' schon ganz und resolut Ernst gemacht worden ist. Wer ihn macht, für den gibt es kein Entrinnen mehr. Er muß selbst hinein in dies ‚Alles' mit jeder Faser seines Leibes und jedem Schatten seiner Gedanken, er muß selbst zusammenfallen mit Gott, er muß selbst Gott – und nicht nur in Gott – sein.» Mit andern Worten, der Mensch muß in sich die Existenz des Göttlichen als Erlebnis der Geburt, des Entstehens in sich selbst erfassen können, er muß zum Sohn, zum Kinde des Göttlichen werden. «‚Sein' (*esse*) ist nur eine Denkform Gottes. Wenn Gott sagt: ich bin, so sagt er dies beides nur als Mensch. Als Gott sagt er nichts, ‚ist' er nicht einmal etwas. Gott ist nicht Gott. Als Mensch ‚ist' Gott.»

Der Gott, der als Mensch Gott ‚ist', das ist der Sohn, das Kind Gottes im Menschen. So versteht sich vielleicht der tiefe Satz: «Ich, als Vater, erfülle mich erst im Menschen, als mir, dem Sohne; als Sohn erst erfahre ich mich als den Vater.»

Seine Mystik ist christlich von allem Anbeginn, nicht weil sie dem buddhistischen Pfad des Mitleids und der Askese ausweicht oder weil sie manchen Sätzen der Weisheit Meister Ekkarts verwandt ist, sondern weil sie sich wirklich durch die abendländische Mentalität ausspricht und durch diese ihre Signatur erfährt. Er, der um diese Zeit wiederum das Johannesevangelium liest und glaubt, es zum ersten Male gelesen zu haben, darf hinsetzen: «In Christus ist zum erstenmal auf der Erde Gott selbst sich zum Bewußtsein gekommen. In Christus erkannte Gott als Mensch zum erstenmal sich selbst. Seitdem sind fast zweitausend Jahre vergangen. Aber freilich: ‚Tausend Jahre sind vor Ihm wie ein Tag'.» Und gleich darauf: «Man empört sich gegen die Gottheit Christi – als liege man selbst in Hose und Rock nicht als ein Stück – Gottheit herum.»

Aus dieser Konkretheit wird ihm klar, «daß den Menschen eines Tages in größerer und größerer Anzahl zum Bewußtsein kommt – nicht nur nominell wie bisher, sondern faktisch –, daß sie in der Unendlichkeit leben. Heute sehen die Menschen noch nicht den Raum. Sie sehen den Himmel, aber noch nicht den RAUM.»

Was ist dieser RAUM anderes als die gesamte, sinnlich-geistige Wirklichkeit, die totale Existenz, die Seinsweise alles Wirklichen, die sich erst dem ergibt, der mit Novalis weiß, Aufwachen ist nichts andres als das Bewußtsein, daß wir träumen, wenn wir träumen. Die Welt ist für Morgenstern «Gottes Weg zu seiner Schönheit». In diesem Sinne, als Wortkünstler, ruft er sich zu: «Wir sind nie wirklich aus dem Paradiese vertrieben worden. Wir leben und weben mitten im Paradiese wie je, wir sind selbst Paradies – nur seiner unbewußt, und damit mitten im – Inferno.»

Kaum ein anderer Mensch inmitten des ersten Jahrzehntes des zwanzigsten Jahrhunderts hatte sich so unabhängig zu einem christlichen Mystiker oder besser gesagt zu einem Mystiker um Christus entwickelt wie dieser einsame und damals noch fast unbekannte Dichter, welcher sich aus der Welt Ibsens, Mauthners und Lagardes heraus selbständig zur Neuentdeckung des Johannesevangeliums befeuert und befähigt hatte. Wie sehr kirchenfremd und undogmatisch dieser Vorgang sich abgespielt hat, wird wohl keines Beweises für den bedürfen, der seine innere Entfaltung aus seinem Wortkunstwerk ablauschen kann. Es gibt jedoch – um jeden Zweifel und jedes Mißverständnis zu vermeiden, das von irgendeiner konfessionell gesehenen Bekehrung sprechen dürfte – den wichtigen Satz im Tagebuch, der in aller erschreckenden Schärfe auch die letzte Klarheit über diesen Sachverhalt zu geben vermag: «Wenn, was sich so Theologen nennt, wirklich wissen könnten, wer Christus war, würden sie ihn allesamt als einen Irrsinnigen und Verbrecher verdammen. Ja, so weit weg steht der Mensch, der gesagt hat ‚Ich und der Vater sind eins' von der übrigen ‚christlichen' Menschheit und insonderheit ihren Theologen, daß er wie der leibhaftige Teufel auf sie wirken würde, hätten sie ja den Mut und die Kraft, ihm sein Weltgefühl bis zum Letzten nachzufühlen.»

Sollte er ganz allein bleiben bei dieser einsam heroischen Christus-Suche, er, der schrieb: «Jeder kann von Christus etwas fortnehmen. Verstehen aber wird ihn alle fünfzig Jahre – vielleicht – Einer!»

Diesen einen hatte er nun finden dürfen zur Stunde letzter und höchster Bereitschaft, der bestimmt war, ihn zur Vollendung zu führen.

XVII. DER PFAD DER DEMUT

Der Mittelpunkt von Morgensterns lyrischem Wort lag in einer Triebfeder der Schöpfungskraft, die ihm ganz zu eigen war und durch die er sich grundlegend von den anderen Lyrikern seiner Zeitgenossenschaft unterschied. Diese Triebfeder, die sich mit den Motiven seiner Erkenntnishaltung und Lebensmystik organisch vereinte, war die Demut.

Im gewöhnlichen Brauchtum der Sprache drückt Demut für uns vorerst ein Gefühl der eigenen Schwäche gegenüber einem Stärkeren aus. Dem Hochmut gegenüber gestellt, erscheint sie zuerst als Bescheidenheit, dem Stolze entgegengesetzt, gilt sie als Unterwerfung. Das wahre Wesen der Demut gibt sich uns aber nicht aus dem Begriff passiver Haltung oder Negationen, sondern erweist sich im Seelengrunde als eine Kraft, die tätig ist in der aktiven Kunst des Erkennens.

Schon das Wort, wie es die Entwicklungsgeschichte unserer Sprache anzeigt, deutet auf ein Doppeltes, auf Dienen und Mut. Im Althochdeutschen *deomoti,* das dann im Mittelhochdeutschen zu *demuot* oder *diemuot* geworden, wird der Charakter des Wortes als Diene-Mut deutlich. Dienemut ist Demut als Ausdruck innerster Aktivität und innigster Hingabe des Menschen, der aus seinem schöpferischen Herzen erkennen will.

«Dem Mut zu dienen, der da Demut heißet, lernt Hochmütige», rief Rückert in seiner *Weisheit des Brahmanen.* Demütigen ist eine Verfehlung. Gedemütigt werden ist ein passives Erleiden der Erniedrigung. Demut aber im Erkennen, Fühlen und Handeln ist eine Tugend christlicher Sittlichkeit.

Morgenstern nahm die Demut nicht als Maxime dogmatischer Moralistik. Sie rang sich, Stufe für Stufe, in ihm zu immer reinerer Ausdruckskraft. Sie war wie das Rad, das sich um die Achse seiner Gesamtexistenz drehte und ihn nicht nur weiter, sondern höher trieb, seinem inneren Gipfelpunkt zu.

Kurz vor seiner irdischen Vollendung schrieb er den monumentalen Satz: «Der Welt Schlüssel heißt Demut. Ohne ihn ist alles Klopfen, Horchen, Spähen umsonst.» Die Demut als Schlüssel der Welt ist zugleich der öffnende Pförtner an der Schwelle des menschlichen Innenreichs. Ohne Demut wäre im Sinne Morgensterns alles Bemühen um Wahrheit vergebens. Demut ist daher ein im höchsten Maße aktiver Antrieb zum Offensein der Seele. Ohne sie ist alles Handeln der Hände (Klopfen), alles Hören der Ohren (Horchen) und alles Sehen der Augen (Spähen) leer, alles Bewegen, Sprechen und Denken eitel. Erst sie gibt dem Menschen die Würde. Denn bedeutsam sagt er an anderer Stelle: «Die Menge weiß nichts von der Tiefe der Demut, die ein einzelner empfindet, der sich ganz zu erkennen strebt.»

Solche Sätze sind bei ihm keine literarischen Aperçus. Sie ziehen die Summe seiner gesamten Dichterexistenz. Wenn Demut «der Schlüssel der Welt» ist, dann beruht ihr Wesen nicht bloß auf einem Gefühlsgrund, sondern auf einer Erkenntnishaltung. Demut ist der Grundimpuls seiner Selbsterziehung. Der «Diene-Mut» will in ihm höher in die Erkenntnis hinaufführen und tiefer in das Herzenserleben hineinleiten. Dies findet sich als ein Grundelement seiner dichterischen Bildungskraft.

Erfassen wir die Kraft solcher Demut im Kern seines Wortkunstwerks, dann öffnet sie uns als wahrer «Schlüssel» die Werkstatt seines Schaffens, wie es uns am persönlichsten erscheint und am wenigsten an fremde Klänge antönt. Sie verbürgt uns das eigentliche Element seiner Botschaft.

Schon in Aufzeichnungen aus der Breslauer Schulzeit (vom Mai 1889) finden wir Gedanken des Achtzehnjährigen, die aus der Grundsphäre seines demutsgetragenen Sinnens und Minnens stammen: «Ich wanderte langsam nach Hause zu ... alles voller Andacht .. ein armer Laternenanzünder brannte eine

Lampe an. Ja, dachte ich, wir sind alle solche armselige Laternenanzünder; am liebsten möchten wir die ganze Welt in Flammen setzen ... ich weiß nicht, wie es kam, aber die Tränen kamen mir in die Augen und ich hätte am liebsten die Hände gefaltet und gerufen: Du lieber Gott, wie ist alles so schön, was für ein weites, liebendes Herz gabst du mir, ich kann nicht anders, als mit ihm auch dich wieder umfassen – ich will einen Gott haben – und ich hatte ihn wieder.»

Es ist hier die Andacht zum Kleinen, das Mitleiden mit dem Armen und Unscheinbaren, worin sich seine Demutsstimmung zum ersten Ausdruck brachte. Zugleich ist es Gebetsgeste, Händefalten und bittende Gottsuche. Demutshaltung als Wille zum Andächtigsein!

Ganz anders drei Jahre später. Im Dezember 1892 warnte er in Versen, die einen geradezu prophetischen Charakter annehmen und für uns schon allein deshalb von Bedeutung sind, weil sie sich tragisch erfüllt haben. Diese Verse sind überschrieben «Deutschlands Genius an sein Volk».

Mein Volk! Mein Volk! Mein deutsches Land! Mein
Liebstes auf der Welt.
Erglüh in heißem Opferbrand vom Rheinstrom bis zum Belt.
Mein Volk! Mein Volk! Betrüg dich nicht: der Tag des
Zorns ist nah,
wend ab das blutge Hochgericht! Wend ab dein Golgatha.

Man sehe von dem Kunstgehalt der Verse des einundzwanzigjährigen Anfängers ab, von allem patriotischen Pathos, das sich kindlich und klischeehaft kundgibt. Die kühne Selbständigkeit des Jünglings gegenüber dem Reich in den ersten Regierungsjahren Wilhelms II. ist jedenfalls erstaunlich, freilich auch durch vorangehendes Nietzschestudium genährt und durch zeitgenössische Kulturkritik ermuntert. Es fand doch gerade in diesen Jahren der Durchbruch der Dramatik Hauptmanns im Kreis der «Freien Bühne» statt. Aber dieses noch pathetisch-ungeschickte «erglüh in heißem Opferbrand» offenbart schon den Duktus der Demutshaltung des späteren Dichters.

Ein Jahr darauf, 1893, findet sich der Satz: «Es ist wohl gerade in unserer aufgeregten Epoche mehr denn je nötig, den Blick aus den Tagesaffären emporzuheben und ihn von der Tageszeitung weg auf jene ewige Zeitung zu richten, deren Buchstaben die Sterne sind, deren Inhalt die Liebe und deren Verfasser Gott ist.»

1895 plante er ein Werk, das er «Symphonie» nennen wollte. Unter den skizzierten Bemerkungen dieser Dichtung, die niemals zur Gestaltung reifte, heißt es: «In ihr müssen große Lebensoffenbarungen und Gewißheiten stehen, das müssen Gesänge sein, die man als Texte hohen Festen unterlegen könnte. Das Wunder. Wie ist doch alles Wunder. Hinz und Kunz, die alles selbstverständlich finden. Gebet um Wiedergeburt, als Heiliger, als Genius. Gewaltige Auferweckungshymne! an meine Zeit, an mein Volk!» Die Hymne, die leider niemals zustande kam, wollte er aus seinem «Dienemut» heraus dichten. Gerade weil er für sein Volk das Gericht, das «Golgatha», mit Notwendigkeit voraussah, trieb es ihn zu einer «Auferstehungs»-Hymne. Hinz und Kunz aber, die «alles selbstverständlich finden», waren die Bildungsphilister der wilhelminischen Ära, die schon zwei Jahrzehnte vorher der junge Nietzsche so tödlich zu treffen wußte. Charakteristisch für Morgenstern ist aber, daß er den Mangel des Glaubens an das innere Wunder hervorhebt. Seine Auferweckungshymne sollte ein «Gebet um Wiedergeburt» werden. Ein neuer, ein Anti-Zarathustra vielleicht, jedenfalls etwas, was alle seine damaligen Kräfte im jugendlichen Überschwang weitaus überstiegen hätte.

In der Zeit zwischen 1897 und 1904 erwies sich Morgenstern als meisterhafter Übersetzer nordischer Dichtungen. Als ihm der Auftrag zuteil wurde, die Versdramen und Gedichte Ibsens für die deutsche Gesamtausgabe zu übertragen, verstand er noch kein norwegisches Wort. Mit einem wahrhaften Diene-Mut, wie ihn nur seine demutvolle Hingabefähigkeit einem Größeren gegenüber aufbringen ließ, bewältigte er die verantwortungsschwere Aufgabe nicht nur glänzend, sondern auch überraschend schnell. In kurzer Folge erschienen nicht nur Ibsens *Fest auf Solhaug* (1878), *Wenn wir Toten erwachen* (1899), *Brand* und *Peer Gynt* (1901), *Catilina* und die Gedichte (1902), aber auch alsbald Hamsuns *Abendröte* und *Spiel des Lebens*, die Gedichte Björnsons und Strindbergs *Inferno*.

Die geistige Welt dieser Dichtungen war ihm neu und oftmals seinem Wesen geradezu entgegengesetzt. Daß er es dennoch zu einer meisterlichen Übertragungskunst bringen konnte, war nur durch seine selbsterzieherische Schulung in Staunen, Aufnehmen, Verehren und In-den-andern-Aufgehen möglich, die sich aus seiner Demutshaltung entfaltete.

Nach der Welt Ibsens griff, wie wir wissen, für einige Zeit Lagarde bestimmend in sein Seelenleben ein. In seinen religionsphilosophischen Gedanken sprach Lagarde von der Schule der Demut, die zur inneren Wiedergeburt des Menschen führt, die für die Kultur so notwendig ist. Es waren eben solche Sätze wie die folgenden, welche auf Morgenstern unmittelbar begeisterungserweckend einwirken mußten: «Gott im Menschen zu erkennen und zu lieben, aber freilich nicht in dem natürlichen, sondern in dem wiedergeborenen Menschen ... Gott scheint das so geordnet zu haben, weil er erziehen will. Er gibt nicht magisch, sondern er gibt, indem er fordert. Er fordert die Perle im Schutt zu suchen, statt sie in die Hand gleiten zu lassen; er vergibt, indem er stets erinnert, daß die Versöhnung nötig war. So macht er fleißig und demütig, und Fleiß und Demut sind besser als Faulheit und Stolz.» Und noch an einer andern Stelle heißt es ausdrücklich: «Die Liebe wächst an der Schönheit und an der Güte, die Freiheit vom eigenen Ich und von allem Kleinlichen an der Größe, die Demut an der Kraft: mit andern Worten, der Mensch gedeiht an der Freude über das Göttliche.»

Auf einer Italienfahrt schrieb Morgenstern, man sollte «als Mensch und Künstler in tiefster Demut und Dankbarkeit dorthin wallfahren», und diese demutgetragene Ehrfurcht dem Lernen gegenüber machte die innere Wandlung vom Winter 1905 auf 1906 in den Wäldern von Birkenwerder möglich, über die seine autobiographischen Notizen so betont berichten. «Inzwischen war dem Fünfunddreißigjährigen Entscheidendes geworden. Natur und Mensch hatten sich ihm endgültig vergeistigt. Und als er eines Abends wieder einmal das Evangelium nach Johannes aufschlug, glaubte er es zum ersten Male wirklich zu verstehen.»

So kann nur jemand schreiben, der das «schöpferische Pathos des naiven Künstlers, des direkten Kindes der Natur» in sich trägt, weil er aus seiner innersten Demutswilligkeit mit dem Dichterwort «Tempel bauen» will ... Deutlich sprach er sich darüber noch mit den folgenden Worten aus: «Mir ist im letzten Januar in Birkenwerder ein ungeheurer Gedanke aufgetaucht, nicht als etwas Plötzliches, sondern als Krone gewissermaßen meiner ganzen bisherigen Entwicklung, und diesen Gedanken tiefer zu denken, wird mir meine ganze fernere Lebenszeit und künstlerische Arbeit dienen müssen. Es ist vielleicht nichts Geringeres als die Grundlage einer neuen Weltanschauung und Religion. Für mich jedenfalls scheint es zu bedeuten: den endlichen Durchbruch zur Freiheit.»

Diesen Durchbruch zur Freiheit aus der Kraft der Demut fand er als Bekrönung seines Weges in der Weltanschauung Rudolf Steiners. In ihr fand er voll entfaltet, was schon in seinem Wesen als Keim und Knospe lebte. Die eben zitierten Sätze, in denen er von der «Grundlage einer neuen Weltanschauung» schrieb, entstanden zwei Jahre vor der Lebensbegegnung mit

Rudolf Steiner. Das ist bedeutsam, denn Morgenstern, wie viele andere schöpferische Geister seiner Zeit, haben sich nicht als Anhänger angeschlossen oder sind als Jünger konvertiert worden, sondern haben in ihrem Erkenntnisstreben oder Kunstschaffen einen «Pfad» gefunden, einen methodischen Weg zur Steigerung und Erkraftung von Fähigkeiten, die in ihnen schon von Anfang an schlummerten.

Aus den Gesetzen seines Seelenorganismus, denen Morgenstern während seiner ganzen Lebenswanderschaft treu geblieben war, gelangte er zu seinem letzten Gedichtbuch, das er *Wir fanden einen Pfad* nannte und Rudolf Steiner widmete. Schon die Wahl dieses Titels des letzten Gedichtzyklus war durch die Haltung eines «tiefdemütig lebenslangen Lernens» bestimmt. Den Pfad, den er fand, hatte er schon sein ganzes Leben beschritten, nur zuerst unbewußt und wie im Schlummer und später auf manchen Sackgassen und Umwegen und Seitenstraßen, niemals im ratlosen Irrgang. Er war seiner Natur nach bereit zu dem «tiefdemütig-lebenslangen Lernen», also zu Rückschau, Einkehr und Revision. Deshalb bekannte Morgenstern in seiner autobiographischen Skizze, daß vor Rudolf Steiner «auch der Unabhängigste sich von neuem besinnen und revidieren» darf.

Morgensterns Dichterauge sah seit eh und je mit innerer Spiritualität. Schon in seinem Erstling schien es ihm, daß der Himmel «und was wir tausend Gestirne nennen ... Millionen andächtiger Augen» seien. Und in der fünften Strophe des Gedichtes «Im Tann» rief der Jüngling aus:

Erde! Große Meisterin
bist du mir im Unterrichten.
Besser als Folianten lehren
lehrst mich du, solang' dein Geben,
doch noch tiefer mein Verehren.

Das Andachtsgefühl der Demut entfaltete sich allerdings zuerst in einem All-Liebe-Empfinden, das noch pantheistisch war und durchaus im unbewußt Emotionellen verharrte.

Die Grundgeste des demutvollen Ausbreitens der Arme, um andächtig zu empfangen und jauchzend zu lieben, findet man im Gedichtband *Auf vielen Wegen* sich immer weiter steigernd. Das Gedicht «Bestimmung» schließt mit den Worten:

Und wie du heiß die Arme breitest,
von mächtigem Gefühl erfaßt,
und dein Gemüt zur Menschheit weitest,
die dumpf und dunkel liebt und haßt –
ergreifst du, was du bist von ferne,
und, was du darfst, und, was du mußt,
und wirst dir deiner guten Sterne
von neuem still und stolz bewußt.

Im Bande *Ich und die Welt* findet man die Demut als Erlebnis von Andacht und Verehrung gegenüber der Liebe zum Mütterlichen: «Vor dir / die göttlicher noch, / der Mutter in sich / die Jungfrau opfert, / Knie ich in Ehrfurcht.» Das Demutserlebnis verehrender Liebe gelangte nun auf eine zweite Stufe der Steigerung. Es war das fromme Erfassen der Kindesnatur im Menschen im Sinne des Johannesevangeliums, wenn Morgenstern ausrufen konnte: «Und dann streck ich die Arme zur Sonne / und werde lachend Kind und Tier / und eitel Daseinswonne.»

Die Demut, die ihm zuerst Andacht und liebende Verehrung brachte, wurde nun mehr auf die Innenwelt gerichtet. Sie wurde die Demut gegenüber dem Kinde im Menschen. Das «Kind im Menschen» ist eine Entdeckung der Seele, die sie auf dem Pfade der Demut machen kann. Durch diese Entdeckung erlöste sich sein Humor und ging fast gleichzeitig und oftmals unbemerkt in die *Galgenlieder* über.

Im Buch *Ich und Du* begann aber die dritte und letzte Frucht seines Demutsweges zu reifen. Führte im Anfang die Demut zur Andachtsempfindung und zur Erkenntnis der Dankbarkeit, daß das Göttliche im eigenen Innern lebt, so wird sie nun auf der dritten und höchsten Stufe zur verehrungsvollen Erkenntnis des Gottessohnes, der eine neue Gemeinschaft unter den Menschen schafft. Das Buch *Ich und Du* erschien als das dichterische Ergebnis der Schicksalsliebe, welche Morgenstern der Lebensgefährtin schenkte. Diese ganz neuartigen Liebesgedichte werden zum Hohenlied der Demut, welche in den Liebenden Gemeinschaft bildet.

Die Summe seines Dichterweges der Demut zog er in dem Gedichtband *Wir fanden einen Pfad*. Der Pfad war weder ein Neubeginn, noch eine Glaubenswende, sondern eine künstlerisch erfüllende Zielfindung. Bis hierher war sein Pfad Läuterung und Vorbereitung gewesen, Bauen und Tragen eines Kräfte- und Seelenkreuzes, das er als selbständige und schöpferische Persönlichkeit der Welt Rudolf Steiners hinhalten durfte, damit es durch ihn die Rosen der Erfüllung empfing. Morgenstern hatte Schritt für Schritt und Stufe auf Stufe im Dichtersein erlebt, was Rudolf Steiner als vorbereitende Übungsstimmung des Geistesschülers geschildert hatte. In dem Buch *Wie erlangt man Erkenntnisse der höheren Welten?* schrieb Rudolf Steiner: «Eine gewisse Grundstimmung der Seele muß den Anfang bilden ... der Pfad der Verehrung, der Devotion gegenüber der Wahrheit und Erkenntnis.» Man weiß, «daß jedes in der Seele entwickelte Gefühl von wahrer Devotion eine Kraft entwickelt, die in der Erkenntnis früher oder später weiterführen kann ... zunächst überstrahlt das ganze Gemütsleben des Menschen die eine Grundstimmung der Devotion gegenüber allem wahrhaftig Ehrwürdigen. In diesem einen Grundgefühl findet sein ganzes Seelenleben den Mittelpunkt. Wie die Sonne durch ihre Strahlen alles Lebendige belebt, so belebt ... die Verehrung alle Empfindungen der Seele.»

Es schien, als ob Rudolf Steiner den Seelenweg Morgensterns mit biographischer Genauigkeit hätte deuten wollen, wüßten wir nicht, daß sein Buch lange vor der Begegnung mit dem Dichter geschrieben wurde und der Öffentlichkeit vorlag. Denn weiter heißt es: «Wirksamer noch wird das, was durch die Devotion zu erreichen ist, wenn eine andere Gefühlsart hinzukommt ... die ruhige Beschaulichkeit im Innern ... die Menschenliebe muß sich allmählich erweitern zur Liebe zu allen Wesen, ja zu allem Dasein ... man soll andächtig zu dem blicken, was sich erschließt. Arbeit und Andacht: das sind Grundgefühle, die gefordert werden müssen.» Schließlich finden wir noch, «daß künstlerisches Empfinden, gepaart mit einer stillen, in sich versenkten Natur, die beste Vorbedingung für die Entwicklung der geistigen Fähigkeiten ist. Dieses Empfinden dringt ja durch die Oberfläche der Dinge hindurch und gelangt dadurch zu deren Geheimnissen.»

Die volle Einheit der Dichternatur Morgensterns hatte sich seit eh und je auf den «Pfad» begeben, von dem Rudolf Steiner schrieb. Das Neue aber, das durch Morgensterns Begegnung mit der Anthroposophie begann, war sein bewußtes Verhältnis zu Christus. Durch das wiederholte Studium des Johannesevangeliums war er wohl dazu vorbereitet. Ohne die Christologie Steiners jedoch wäre Morgenstern, wie er gerne und offen zugab, in einer Sackgasse stecken geblieben.

Es ist unrichtig zu sagen, daß Morgensterns letztes Gedichtbuch (und die Verse, die erst nach seinem Tode veröffentlicht wurden, aber aus der letzten Lebenszeit stammen) dem Inhalt nach anthroposophische Ideen in Gedichtform gebracht habe, so etwa wie ein Komponist einen Liedertext vertont. Durch das Studium der Steinerschen Geisteswissenschaft wurden das Dichtervermögen bereichert, sein Herzenserkennen vertieft, seine Phantasiekräfte geklärt und erwärmt. Der Dichter bekannte offen:

Wie bin ich dankbar, daß ich Mensch sein darf,
und immer Neues solcher Art erfahre ...

Und streng mit sich ins Gewissen gehend, setzte er hinzu:

Dein Gewissen warf dir noch nicht vor
daß Weisheit sich nur lernt ...
Du fühlst der Weisheit Weg noch nicht als Pflicht,
und so: ob von Glühwürmchen oder Sternen
dir Licht zufließt – dir ist's doch das gleiche Licht.
Dir sind die echten Fernen, wahren Fernen
noch stumm; sie, deren Siegel einzig bricht,
ein tiefdemütig lebenslanges – Lernen.

Dieses Motiv des «tiefdemütig lebenslangen Lernens» möchte man als Motto des Gesamtweges ansehen. Es ist der Grund, weshalb Christian Morgenstern auf der Stufe seiner dichterischen Meisterschaft zugleich der Schüler Rudolf Steiners werden konnte.

Den bekrönenden Abschluß dieses Weges der Demut finden wir in dem Gedicht «Fußwaschung» mit dem inneren Aufbau von drei Stufen in den Strophenanfängen Ich-Wir-Es. Die ersten drei Strophen, die je mit dem «Ich danke» beginnen, halten das Icherlebnis inne gegenüber der Erdenschöpfung um uns. Die vierte Strophe, welche mit «wir danken» beginnt und mit «wir sind» endet, führt uns in uns selbst hinein. Das «es dankt» leuchtet als siebente Rose am Kreuze des Dienemutes. Es ist die Erfüllung durch die neue Christologie.

Ich danke dir, du stummer Stein,
und neige mich zu dir hernieder:
Ich schulde dir mein Pflanzensein.

Ich danke euch, ihr Grund und Flor,
und bücke mich zu euch hernieder:
Ihr halft zum Tiere mir empor.

Ich danke euch, Stein, Kraut und Tier,
und beuge mich zu euch hernieder:
Ihr halft mir alle drei zu Mir.

Wir danken dir, du Menschenkind,
und lassen fromm uns vor dir nieder:
Weil dadurch, daß du bist, wir sind.

Es dankt aus aller Gottheit Ein-
und aller Gottheit Vielfalt wieder.
In Dank verschlingt sich alles Sein.

Dieses Gedicht zieht die Summe des Demutweges aus allen vorangegangenen Stufen und Stimmungen. Es ist aber keine Wiederholung von vorher Gesagtem, sondern eine völlig neue schöpferische Eröffnung. Der Titel «Fußwaschung» bezieht sich auf das Motiv, welches die Evangelien in Verbindung mit dem Letzten Abendmahl Christi berichten. Der traditionelle Bibelbericht hätte aber dem Dichter nicht die weltweite Sinnbildlichkeit des Geschehens eröffnen können, wenn nicht durch die Christologie Rudolf Steiners die «Fußwaschung» als fundamentale Stufe der Verehrung und Demut geistiger Schülerschaft dargestellt worden wäre. Es sind ja die Jünger, denen die Füße gewaschen werden, damit sie bereit werden, als Zeugen des Christus in die Welt zu gehen. In der Fußwaschung offenbart sich die höchste Demutskraft des sich opfernden Gottessohnes, und zugleich ist sie «Zeichen» und Sinnbild eines inneren Vorganges der Schülerschaft unter den Jüngern.

Der eigene Zauber des Gedichtes liegt aber nicht in dem biblischen Titel, weder dem Inhalt nach, noch der Symbolik, sondern in der völlig selbständigen Bilderkraft der Sprache, die mit den einfachsten Mitteln die innigste Tiefe erfaßt. Das ist nur möglich geworden, weil der Dichter aus lebenslangem Lernen wirklich zu danken vermag.

Dieses Gedicht, schon im Angesicht des nahen Todes gestaltet, erneut den Beweis der innerlichen Einheitlichkeit im Gesamtwerk Christian Morgensterns auf der Grundlage der Demutskraft als des zentralen Mittels seiner Selbsterziehung. Sie machte ihn selbst zu einem Künstler-Jünger Christi.

Der stillste und zugleich transparenteste Ausdruck findet in einem Tagebuchsatz seine Erfüllung: «So wie der winzige Same in die Erde fällt, um die Urpflanze zu wiederholen und nicht nur zu wiederholen, so ist der Mensch ein Samenkorn Gottes. Die Sonne aber, die ihn reift, ist Christus.»

Der Dichter, der nicht im Dogma der Konfession doziert oder im Herkommen kirchlicher Erziehung betet, der nur im Innern seiner eigensten Natur lebt und mit diesem Icherleben die Welt um sich erfaßt – wie kann ihm das Göttliche zur Wirklichkeit werden, der Metapher entkleidet, dem Analogen bar, der Abstraktion abhold, nicht Person als Maske, als Durchtönendes und Durchscheinendes, sondern Existenz im menschlichen Innenraum selber?

Diese Frage, welche der Materialist verneint, der Pantheist verallgemeinert, der Transzendentalist verschleiert, ist für den echten Mystiker weder ein Denkproblem, noch ein Herzensrätsel, sondern sie erschließt ihm Stück um Stück Grad und Pfad der Erfahrung.

Am Anfang dieses Pfades steht die Erfahrung des Todes. «Leben ist der Anfang des Todes. Das Leben ist um des Todes willen. Der Tod ist Endigung und Anfang zugleich» – dies wußte Novalis aus dem Born seiner Seelenerprobung heraus höchst subjektiv und individuell und doch zugleich als etwas, was er mit allen andern Mystikern gemeinsam teilte. Aus dem Brunnen desselben Wassers schöpfte auch Morgenstern. Der Tod, welcher als Endigung zugleich Anfang ist, wird nicht zur Erfahrung im Raum oder zum Verlust in der Zeit. Er ist ein Phänomen des Bewußtseins. Er ist der Grund aller Existenz innerhalb des sich gradweis bewußtwerdenden Lebens der Seele.

Schon der Dreiundzwanzigjährige dichtet in den Versen, die er «Gesicht» nennt:

Ich sah dem Tod ins Angesicht;
ich sah nicht, daß er grinste, –
er stand in aller Sterne Licht,

sein hehres Bild verbargen nicht
phantastische Gespinste.

Das Bild des Todes ist «hehr», kein grinsendes Skelett, kein Knochenmann eines Holbeinschen Totentanzes, kein allegorisierendes Gespenst; es steht im Bild «aller Sterne», es ist eine kosmische Vision des Musikers aus Sphärenharmonien:

In seiner Linken aber hing
ein Ring durchbrochner Larven,
in denen leiser Wind sich fing,
daß es davon in Tönen ging
von vielgestimmten Harfen.

Es waren tote Sterne, die
ihm diese Gastgeschenke
wie Teile einer Harmonie
gelassen; und nun trug er sie,
als ob er ihrer denke.

Die toten Sterne als die Vergangenheiten von Schöpfungstagen tragen in dieses «hehre Bild» ihre Harmonien, die sich ihrer wie in einer vielstimmigen Harfenheiligkeit erinnern. Die Musik dieses hehren Todes ist Gedächtnis eines verklungenen Kosmos. Die Gebärde, mit der er dieses Geisterinstrument trägt, ist «als ob er ihrer denke», ist Weltenerinnerung, ist Vergangenheit, die sich klingend erinnert.

Bei diesem Bilderblick bleibt es aber nicht. Entscheidend sind die Sätze der letzten Strophe mit der plötzlich ganz ins Gegenwärtige gehenden Wendung:

Was werden w i r dem Herrn der Herrn
für eine Larve sticken,
wenn wir, ein ausgebrannter Stern,
ihm einst die Schale von dem Kern
unsrer Kulturen schicken?

Die bange Frage, welche sich an das Ende der Erdentage, an den Ertrag der Ernte richtet, wendet sich an den «Herrn der Herrn». Schon im Dichterahnen des dreiundzwanzigjährigen Morgenstern lebt ein tiefinnerliches Wissen, daß hinter der grinsenden Grimasse das hehre Bild, hinter dem Tod als Pflüger der Vergangenheit der Erntende aller Zukunft lebt: der «Herr der Herrn».

Das Angesicht des Todes offenbart hinter der Erscheinung des Sterbens das Schöpfertum des Lebens. Der Tod ist der «Sämann», der «Bauer Tod».

Durch die Lande auf und ab
schreitet weit Bauer Tod;
aus dem Sack um seine Schulter
wirft er Keime ohne Zahl.

Der Tod sät den Keim neuen Lebens. Der Lebenskeim west im Tod, der den Acker bebaut. Nicht der Totengräber, sondern der Sämann des Keimes, nicht der Knochenmann, sondern der Gärtner, der pflanzt und erntet, ist es, der im lebendigen Bildwissen als Macht des Todes west. Denn der Tod, der als Gärtner erfaßt wird im Bewußtsein der Einbildungskraft, ist ein Morgen, der zum andern Tag führt, nicht ein Abend, der zum Schlaf zwingt. Daher heißt es im Gedicht «Der einsame Christus»:

Wachet und betet mit mir!
Meine Seele ist traurig
bis an den Tod.
Wachet und betet
mit mir!

Diese Bibelworte erscheinen hier nicht als bloße Zitate. Sie entstammen der Stimmung, daß das Wesen des Todes zum Erwachen der Seele führt, daß Todestraurigsein zur Gottvereinigung erweckt. Leben allein ist Schlaf. Leben ohne das Bewußtsein des Todes ist Vegetation des Kreatürlichen, ist Unbewußtheit des Pflanzentums, ist Sommertraum, in unendliche Sphärenweiten sich ausgießend. Winter aber erweckt. Wintertag ist bewußtseinserweckende und bewußtseinsbindende Macht.

Aus dieser Bewußtseinskraft strömt ihm das Weihnachtslied hervor:

Wintersonnenwende!
Nacht ist nun zu Ende!
Schenkest, göttliches Gestirn,
neu dein Herz an Tal und Firn!

Oh, der teuren Brände!
Hebet hoch die Hände!
Lasset uns die Gute leben!
Liebe, Liebe, dir da droben!

Wintersonnenwende!
Nacht hat nun ein Ende!
Tag hebt an, goldgoldner Tag,
Blühn und Glühn und Lerchenschlag!

O du Schlummers Wende!
O du Kummers Ende!

Das Wesen der Wintersonnenwende wird zugleich zum Bild des Seelenwandels, des Bewußtseinsweges. Der Mystiker, der in das Antlitz der Wintersonnenwende und in das Geheimnis des Jahreswechsels schaut, sieht in das Antlitz des doppelköpfigen Janus. Das eine Antlitz des Janushauptes kehrt sich der Vergangenheit zu, dem Alten, dem Grab. Das andere Haupt schaut das Morgenrot des neuen Tages, in wachendem Wachsen.

Immer mehr lehrt die Nachtseite der Natur den Dichter ihre Wunder. Seine Naturbilder gehen in die Tiefe, nicht in die Weite, sie lesen im Spiegel der Nacht, des Mondes, der Sterne, nicht in den Weiten des Sonnentages. Denn so versteht sich dieser neue Einschlag in einem Gedicht wie:

Du bist mein Land,
ich deine Flut,
die sehnend dich ummeeret:
Du bist der Strand,
dazu mein Blut
ohn Ende wiederkehret.

An dich geschmiegt,
mein Spiegel wiegt
das Licht der tausend Sterne;
und leise rollt
dein Muschelgold
in meine Meergrundferne.

Diese Meergrundferne, welche das Sternenlicht als Muschelgold spiegelt, kündet von einer inneren Sonne, nicht der mittäglichen, sondern der Sonne des Mystikers um Mitternacht.

Den langen Tag bin ich dir fern gewesen,
bis nun beim abendlichen Licht
dir wiederum mein ganzes Wesen
wie eine Knospe auseinanderbricht

und dir erduftet, dir erblühet,
als seiner Sonne, die ihm frommt.
Des Tags Gestirn hat mir umsonst geglühet;
nun kommt die Nacht, und meine Sonne kommt.

Man kann hier einen deutlichen Anklang an die erste Nachthymne des Novalis finden. Die Gedichtstimmung ist aber nicht nachgefühlt und nachgeahmt, sondern sie schöpft aus demselben Born seelischer Erfahrung. Daß das Gestirn des Tages umsonst geglüht hat, weist doch nur auf das Vergänglich-Verwesende hin. Mit einer johanneischen Grundempfindung weiß aber der Dichter um das Wort des Täufers: Ich muß abnehmen, Er aber muß wachsen. Nicht das Tagesgestirn schließt neue Wunder auf. Die Wunder kommen vom Innern, von der Werkstatt der sternenreichen Nacht.

Es gibt noch Wunder, liebes Herz,
getröste dich!
Erlöste dich
noch nie ein Stern aus deinem Schmerz,
das Strahlenspiel
vom hohen Zelt
in deiner Qualen
Tiefe fiel
und sprach: «Sieh, wie ich zu dir kam
vor allen andern ganz allein!
Du liebes Herz, wirf ab den Gram!
Bin ich nicht dein?
Getröste dich.»

Erlöste dich
noch nie ein Stern ...

Deshalb sind es nicht die Augensinne der Farbenwahrnehmung, sondern immer stärker die Ohren, die dem Lauschen der inneren Rhythmen und Töne sich öffnen. Seine Seele ist «hilflos in eine fremde Welt verschlagen», sie ist der Fremdling im Sinne des Novalis, ist «eine Welle, die zu Tale rinnt», denn «Musik hat meinen ganzen Sinn in ihre sanften Zauber eingefangen».

Das Bewußtseinsweckende des Abends und der anbrechenden Nacht ruft ihm sein «Sei bereit» zu:

Wenn die Abendschatten steigen
... Fühl ich auch auf mich sie zeigen
und mir winken: Sei bereit!

Nachts im Walde begegnen ihm die Gedanken des sichern Weggeleites:

Bist du nie des Nachts durch Wald gegangen,
wo du deinen eignen Fuß nicht sahst?
Doch ein Wissen überwand dein Bangen:
Dich führt der Weg.

Und an denselben Wald singt er: «Ich bin die Nacht, die dich beschweigt ... und mich, die Nacht, mir selber zeigt.» Wiederum in anderer Variation:

Trinke diese Klarheit,
die dein Aug nur faßt,
diese Abendwahrheit,
drin ein Tag verblaßt!

Sie, die kleine Kehle
schmeckt und spürt wie du,
trinke, meine Seele,
deiner Gottheit zu ...

Es ist das «Sonnenlicht, als Vollmondspracht», das ihm zuruft: «Siehe, deine Erde wacht.» Ganz konträr dem Sinnenerleben, das im Vollmond das Träumen der schlafenden Erde fühlt, weiß er um das tiefere, das anders gewendete Antlitz des Wachens, das sich aus der Stille des Über-Sinnlichen erweckt. So betet er in der «Abendweise»:

Wunder – voller Hain der Nacht,
den wir Tag um Tag betreten,
drinnen Tag um Tag wir beten,
zueinander tief erwacht ...

Wölbe deiner Wipfel Pracht
über unserm stillen steten
Opfer, aus emporgewehten
Seelenflammen fromm gebracht!

Im Gedichtmotiv «Zueinander tief erwachen» liegt sein Bekenntnis zum schöpferischen Schaffensgeheimnis des Schlafes.

Selbst in einem Gedicht wie «Mittag» heißt das Achsenwort «Himmelsliebesrausch», also kein apollinisches Raumeserleben wird gegeben, alles zieht im Musikalisch-Dionysischen fort zu «seligen Träumen». Das Dionysisch-Musikalische im «Himmelsliebesrausch» sucht sich aber mit dem Apollinischen zu verbinden. Eine solche Stimmung verweigert jede Einseitigkeit von Rausch und Traum. Die himmlische Liebe schweigt in beiden, und sofern sie diese harmonisch verbindet, erschafft sie den Grund für das Dritte.

Dieses Dritte ist aber die Mitte als Mittler, das vermittelnde Prinzip, «das Schaffen deines Gottes, der du selbst».

So gelangt er in der «Einkehr» zu den schöpferischen Nach dichtungen aus Worten des Johannesevangeliums:

Ich bin der Weg, die Wahrheit und das Leben,
niemand kommt zum Vater denn durch mich.
Ihr mögt nach allen Winden streben –
Wer flöhe – Sich?
Sich aber sah nur einer : ich.
Mich fassend, mich, in Geist und Wahrheit mich,
wirst du der Finsternis entschweben.
O faß mich doch ! O laß mich dich erheben !
Ich liebe dich.

Dieser Nachdichtung aus dem Evangelium stelle man die ganz persönlichen «Zwiegespräche» an die Seite, die Morgenstern zur selben Zeit niederschrieb.

In einer Dämmerstunde wars einmal, daß mir
der Tod aus meines Spiegels Grund entgegensah,
ein junger Mann, gleich mir an Angesicht und Wuchs.
«Ich fürchte dich, mein großer Schatten, nicht», sprach ich ...
«Du wirst mir einst als Bruder kommen, nicht als Feind.»

Der Tod, den die Alten im Mysterienwissen den «Bruder des Schlafes» nannten, ist für den Mystiker nicht der Feind, der teuflisch verneint, sondern der Erwecker, der verwandelt. «Mich fassend, mich, in Geist und Wahrheit mich, wirst du der Finsternis entschweben», so heißt es im lyrischen Neudichten des johanneisch-hohenpriesterlichen Gebetes. «O faß mich doch! O laß mich dich erheben.» Das Antlitz des Todes ist nicht Vernichtung, sondern Verheißung des Lebens in der göttlichen Liebe. Das «Ich bin» des Logos schließt ihn in Erweckung ein und schenkt ihm die Freiheit.

«Christus auf jedem Erdenstern» heißt ein Gedicht, das aus dieser Herzenslust hervorquillt:

Siehe, das ist Gottes Kranz,
der von Stern zu Stern sich schlingt,
jedem Wandler erst den Glanz
seines Glanzes still entringt.

Wenn auch bloß Ein Fünklein hüpft
tief aus jedem Erdenkreis –
dieses Eine Fünklein knüpft
ihn in Gottes Ring und Reis.

Der Funken des Lebenslichtes wird geschlagen aus dem Stein der Finsternisse, errungen im Leid und gesegnet durch die Liebe.

Das Leiden nennt er ja im *Ich und Du* das «schnellste Roß zur Vollendung» – aber das größte Leiden ist die stärkste Selbsterkenntnis, die der Selbstverblendung «den Star sticht». Sie «bringt in unserm Weg die Todeswendung».

Die Wendung des Todes – das ist die Geburt des Christus im Herzen des mystisch Minnenden. Der Tod wird zur Hochzeit. Denn «alle Dinge sind Vermählung ... alles ist Einander Wählung, ist ein Sich in Dich Versenken – und aus solchem Urverschränken ewig dritten Wesens Schälung».

Sein Glaube ist die «unsagbare Schönheit Gottes». Sein

Sang ist der Drang, das Unsagbare immerzu Stufe für Stufe sagbar zu machen. Dieses Sagbar-Machen durchdringt den Sarg des Leibeslebens und läßt das Leben des Geistes entkeimen.

Des Iches Leben ist des Iches Tod;
doch erst im Leben sterbend wahres Leben.
Vom Du her kommt ihm alle Hungers-Not.
Vom Du her alles letzte Lebens-Brot,
wie ihm vom Ich,
wenn Ich im Du und Du im Ich verschweben.

Der Tod des Ich: in Hingabe an die Welt, das Leben des Ich: Welt zu weben im Andern, im Du. Das wahre Manna – das Brot des Lebens wie die Not des Lebens, das Leiden, der Hunger und der Durst nach dem Lebensbrot selbst kommt vom Du zum Ich, vom Ich zum Du: das ist Weltweben, das ist «Ich im Du und Du im Ich verschweben».

Im «Monolog» dichtet er weiter und wird der Gefahr aller Weltflüchtigkeit inne. Geradeheraus sagt er, daß er nicht im Sinne Buddhas nach Weltentsagung strebe. So betet er:

Ich geh nicht deinen Pfad vom Ja zum Neine,
ich will Mich noch durch aller Schmerzen Schwere.
Ich, Gott, der Ich urewig wiederkehre.

Er will nicht im Schein, in der Maja, sondern im Wirksamen der Wirklichkeit wirken, vom kleinsten Stein bis zur letzten Sphäre der Sterne tätig am Werke sein. Die Liebe des Mannes und des Weibes, des Geistes und des Leibes, des Schaffenden und des Empfangenden, des Gebenden und des Nehmenden – all dies ist Schöpfertum als «Bildner Meines Eignen Leibes».

Man achte auf die absichtlich hingesetzten Großbuchstaben in mein und eigen, auf die vierfache Prägung der Worte, die mit Bildner beginnen und mit Leib enden, um zu fühlen, daß hier selbst im Wortbild auf das Geheimnis der Doppelheit des

Mann-Weiblichen gewiesen wird. «Mich, Gott, Ich will wirklich (die Liebe), Mein, des Mannes – Und Des Weibes». Diese Meditation liegt im Sperrdruck des «Monologs», sie ist gleichsam das Selbstgespräch im Selbstgespräch.

Nicht orientalische Weltflucht, nicht östliche Mystik mit dem Ziel der Zerstückelung und des Aufgebens des Ich sind es, sondern ein durchaus westliches Willenselement durchwebt sein Ich-Erleben im Willen nach Wirklichkeit, nach der Liebe von Ich und Du, nach der Totalität im Schöpfertum vom Chaos zum Kosmos.

Sein «Bildner Meines Eignen Leibes» klingt nicht indisch, sondern griechisch, nicht buddhistisch, aber orphisch, es vereint Diesseits und Jenseits. Er verleumdet seine Erde nicht: «Ich liebe sie – nur sei sie mir nicht Schranke!» Sie ist Stufe, die «sich vollenden soll ... doch auch zugleich als Stufe». So ruft er aus: «Weh dem, der sie als ganzen Tempel lehrt.» Denn die «Gottwelt ... gehorcht doch ganz andrem Schöpferrufe!»

Auf dieser Seelengrundlage ergibt sich seinem Innern die Stimmung eines «Karfreitagmorgens», in welcher das Goethesche «Stirb und Werde» bewußt hineingefügt wird.

Heute will ein alter Mensch
wiederum zu Grabe sterben;
und der neue soll von ihm
nichts als nur den Willen erben,
nach dem endlichen Gelingen
immer tiefer hinzudringen.

Hilf zu solchem Ziel auch Du
mit dem eignen Stirb und Werde!
Laß uns einig unsre Erde
läutern edlerm Stoffe zu!
Laß uns, liebes Lebensmein,
Einer Sehnsucht Flügel sein!

Der alte Adam soll «zu Grabe sterben», auf daß der neue Mensch lebe, sich läutere, veredle und durch den Erdenstoff zum Geistesdiamanten schleifen kann. Durchaus paulinisch ist die Stimmung dieses Karfreitagsgedichts, wie es denn auch im gleichen nachgelassenen Gedichtzyklus (*Mensch Wanderer*) heißt:

Lächelt nicht, wenn Paulus spricht
von dem Schrei der Kreatur.
Selbst die harte Felsenflur
wird einst wiederum zu Licht ...

Fühlst, warum dem Haupt voll Graun
der Gekreuzigte entspringt?
Was der Jäger niederzwingt,
welch ein Welt-erschütternd Schaun?

Er verweilt aber niemals beim Karfreitag, ohne zum Ostermorgen vordringen zu wollen:

Doch nichts vergeht und nichts verdirbt:
denn was da ist, ist Geist zugleich,
und wo ein Leib dem Blick erstirbt,
da tauscht sein Wesen nur ein Reich.

Das «Zu-Grunde-Gehende» ist «Dein Grund, zu dem es geht», dasjenige Wesen, welches noch «unerlöst hinunterfällt ins Nichts», das ist noch ein «verstoßen Kind», ist Nicht-Ich, ist Welt, der Grund, auf dem wir sind. Das «verstoßen Kind» ist der Adam, aus dem Paradies vertrieben, das Ich, von Luzifer versucht, mit dem Bann des Sündenfalls geschlagen. Paulinisch schließt deshalb auch das Gedicht mit:

Doch einstmals ruhet aller Grund
in uns erlöst von Fluch und Bann
und ist von Gott mit uns im Bund
an Kindesstatt genommen an.

Denn die «zur Wahrheit wandern, wandern allein ... selbst der Liebste ringet irgendwo fern, doch wer's ganz vollbringet, siegt sich zum Stern, schafft, sein selbst Durchchrister Neugottesgrund». Diese kühne, neue Wortwendung vom selbst durchchristeten Grund des neuen Gottesseins ist die wiedergefundene, aus Freiheit errungene «Kindesstatt», die Kindschaft Gottes.

«Verstehe nur den Tod!» ruft er sich unerbittlich zu in seinem Grunderlebnis des Stirb und Werde:

Wirf dich weg! Sonst bist du nicht
meiner Art und meines Blutes.
Wehe, wachst du zagen Mutes
über deinem Lebenslicht,
dessen Flamme gar nichts wert,
wenn sie nicht ihr Wachs – verzehrt.

Den andern, die sich nicht «verschwenden» können, laß ihre Angst und Not. Doch «Du verstehe nur den – Tod».

Du mußtest Dich als Quell mir offenbaren,
der unaufhörlich mir Erneuung bringt.
Nun kann ich auch gleich Dir zur Hölle fahren,
da mich Dein Himmel ewiglich verjüngt.

Todeswille und Höllenfahrtsbewußtsein gehen Stufe für Stufe voraus, um diese Verse als Orientierung zu erfassen.

Ich hebe Dir mein Herz empor
als rechte Gralesschale,
das all sein Blut im Durst verlor
nach Deinem reinen Mahle,
o CHRIST!

O füll es neu bis an den Rand
mit Deines Blutes Rosenbrand,

daß : Den fortan ich trage
durch Erdennächt' und Tage,
DU bist.

Das Herz, das sich durch Liebe geläutert hat, verbindet sich in seinem Blut mit dem Blute des Christus, es wird zur lebendigen Schale des Grales, das sich in sich selbst erfüllt. Das ist Karfreitagserlebnis im Sinne des Parzival. Und aus dieser Stimmung stammt in den letzten März- und Vorostertagen seines Lebens die paulinisch demütige Gewißheit vom «ach so schwachen Hauch, der von dem Christus lebt in mir».

Das Christusbild ergibt sich in einer stillen Vision, die Frucht aus dem Keime einer lebenslang gepflanzten Saat:

Gewaltiger, der Du aus Geisteshöhn
auf Deinen armen Sohn der Erde schaust : –
Ich sah !
Und kann nun fürder nimmer leben mehr,
wie ich bisher gelebt.

Die Augen, die «lange erst im Halbschlaf rings geirrt», wurden ihm aufgetan, als der Tod ihn zur Vollendung des Lebens rief.

Morgenstern wäre im ersten Jahrzehnt unseres Jahrhunderts neben dem steigenden Ruhm von George und Rilke, Hofmannsthal und Dehmel, Däubler und Dauthendey kaum seinem stillen Dunkel entrissen worden, wenn ihn nicht der Bucherfolg seiner Galgenlieder um das Jahr 1906 mit einem Schlage zu einem breiteren und immer wachsenderen Leserkreis geführt hätte. Dieser Anlaß kam dem Dichter selbst gewiß am unerwartetsten. Er hielt seine Humoresken für «Beiwerkchen, Nebensachen», um die «Phantasie zu beleben», die «gefrorene Musik der Seele wieder auftauen» zu lassen.

Der äußere Umstand des Bucherfolgs, wie immer man ihn als unberechenbaren Publikumszufall zu werten geneigt ist, wird uns doch bei tieferer Betrachtung zum Sinnbild seines innersten Dichterwillens. Die heiteren Verse sind die extensive Durchbruchsstelle seiner eigensten Intentionen. Wenn er über die Humoresken einmal schrieb, daß sie «von jenem Zustand des ganz Drinnenseins in der Welt der Erscheinung, der den Menschen von heute in so hohem Maße gefangen und geknebelt hält», befreien und entspannen sollen, dann gab er selbst mit diesen Worten etwas vom schöpferischen Geheimnis seines Dichtens preis, das ihn von allem Anfang an aus den Reihen seiner zeitgenössischen Lyriker hervorhob und entscheidend von ihnen unterschied.

Die Heiterkeit seiner Wortbilder und Verseinfälle wirkt unmittelbar auf das lachende Herz, sie kitzelt nicht gekünstelt die Lachmuskeln, sie ist in Sonnensüße naiv und nicht bittere Reflexion. Sie gehört zur Signatur seines Werkes und gewährt ihm sein dichterisches Eigenreich.

Ohnmacht der Herzensheiterkeit, das völlige Fehlen unbefangenen Humors innerhalb der Verswelten Rilkes und Georges offenbaren den Wesensunterschied am schlagendsten. Was jenen im Wesen heterogen war, wurde diesem zum Schöpferquell, der ihn erfüllte und von jeglicher Gefahr falscher Prätention bewahrte. «Meine Ironie ist naiv, wie mein Pathos. Ich vermag Unglaubliches ironisch zu sagen, ohne eine Spur von frivoler Empfindung ... Ja, vielleicht schrieb ich es mit ernsthaftester Miene, ohne ein andres Lachen als eines in sich heiteren unbewegten Geistes.» Seine Geistesheiterkeit ist der Eitelkeit bar, weil sie weder im Willen verkrampft, noch im Intellekt vertrocknet ist. Sie verträgt nicht die Züge prophetischen Anspruchs oder seherischer Anmaßung.

Ein Gedicht wie die «drei Hasen», das er eine groteske Ballade nannte, zeigt beispielhaft den Duktus einer naiven Ironie, mit dem er seine gesamte Lyrik interpretiert wissen wollte:

Drei Hasen tanzen im Mondschein
im Wiesenwinkel am See:
Der eine ist ein Löwe,
der andre eine Möwe,
der dritte ist ein Reh.

Wer fragt, der ist gerichtet,
hier wird nicht kommentiert,
hier wird an sich gedichtet;
doch fühlst du dich verpflichtet,
erheb sie ins Geviert
und füge dazu den Purzel
von einem Purzelbaum,
und zieh aus dem Ganzen die Wurzel
und träum den Extrakt als Traum.

Dann wirst du die Hasen sehen,
im Wiesenwinkel am See,
wie sie auf silbernen Zehen
im Mond sich wunderlich drehen
als Löwe, Möwe und Reh.

«Wer fragt, der ist gerichtet, hier wird nicht kommentiert!» – dies war ihm innerster Ernst im äußern Gewande des Scherzworts. Er dichtete keine eigenen Kommentare in seine Verse hinein, noch unterschob er ihnen geheimnistuerisch Selbstinterpretationen. Er reflektierte nicht Mystik durch den Hohlspiegel einer literarischen Attitüde, er geistreichelte nicht über Metaphysik in snobistischer Selbstgenügsamkeit. Er lebte seine Poetennatur aus, wie sie in seiner Nativität weste. Im Sinne Eckarts wurde er ein christlicher Dichter, dem «die Gottheit das Fundament für die weitere göttliche Selbstvollendung» abgibt.

Das Licht seines Ruhmes, das ihm die Groteskendichtung so plötzlich brachte, war grell, wie von der Rampe einer Komödienbühne, und schien kurzlebig zu sein. Mit seinem reklamhaften Flackern überraschte es den Einsamen, der eben in aller Stille den Entscheidungsweg zu einem neuen Christus-Erleben gefunden hatte. Die frappante Beachtung der Humoresken diente gleichsam nur als Zündschnur, die das ihm wahrhaft eigene Licht seiner Dichtung zu entfachen vermochte. In diesem Licht, das sein neues Christus-Erleben offenbarte, lag der wahre Grund seiner steigenden Weltgeltung. Der Erfolg seiner *Stufen* bestätigte dies später. Nicht nur als seltener, sondern als einzigartiger Fall innerhalb des literarischen Lebens unserer Jahre ereignete sich das Inkommensurable, daß ein Dichter durch die Scherzkunst seines Herzens immer ernsthafter als Mystiker seiner Gedanken verstanden werden konnte.

In den ernst-heiteren Doppelsaiten seiner Leier liegen Born und Schoß einer durch Selbstzucht erneuten christlichen Existenz. «Wir alle sind Gott, leidender, sich emporringender Gott, wir selbst, als Gottestrieb, kämpfen uns wo wir erwachen, dem Teufel ab, ihm, der wir auch sind. Gott – nicht ein Schöpfer, Vater oder dgl., nein, Gott, als das ewige Ziel des Weltalls, der Natur, der Wirklichkeit. Gott (im Sinne höchster Schönheit) sein eigenes Ziel.» So schrieb Morgenstern an Margareta (10. November 1908), kurz vor der ersten Begegnung mit Rudolf Steiner. «Da hast Du Grundzüge meiner Religion», so fügte er hinzu. Es war nicht die Religion eines jahwistischen Vaterprinzips, kein Prophetentum eines mohammedanischen Allah. Die Religion, die um den sich emporringenden Gott im menschlichen Ich weiß, wird auch des Teufels inne, «der wir auch sind».

Dies waren die weltanschaulich-religiösen Antezedenzien, durch die in seiner Seele Rudolf Steiners Christologie Keimboden fand und selbständiges Weiterwurzeln bewirkte. Allzeit handelte Morgenstern aus innerster Selbstbestimmung, nicht als Anhänger, niemals als Epigone. Sein Ringen um die Wahrheit war unlöslich verbunden mit dem Ethos seiner Selbsterziehung. Für den einstigen Jünger Nietzsches, den Übersetzer Ibsens, den Freund Lagardes, den prüfenden Leser Mauthners waren dogmatischer Glaube oder mystische Schwärmerei gleich weit entfernt. Der Impuls der ästhetischen Erziehung im Sinne Schillers ergriff ihn wie keinen zweiten um die Jahrhundertwende. Ihm war der Schillersche Spieltrieb eigen, der zwischen Vernunft und Sinnlichkeit die Waage im Herzen hält, weil er im Spiel mit der Schönheit die eigenste Freiheit erwirbt, durch die sich allein die schöpferische Existenz des Christen verwirklicht.

Vergleichen wir mit diesen Voraussetzungen die religiösen Bedingtheiten der beiden größten Dichter in der zeitlichen Nachbarschaft Morgensterns.

Stefan George war der «erste katholische Nicht-Christ» (Edgar Salin, *Um Stefan George,* 1954), «da christlich an Christus glauben alle andern Götter ausschließt und da Christ-Sein nicht vom Glauben an die Erbsünde zu trennen ist, darum ist George kein Christ gewesen». Der Glaube an die Erbsünde führt notwendigerweise zur Erkenntnis des Teuflischen innerhalb des menschlichen Seelenbereichs. Dies liegt im Kampffeld des faustischen Menschen. Derjenige aber, der sich in platonisch-vorchristliche Existenzformen findet, flüchtet aus den Forderungen der faustisch-christlichen Neuzeit. Deshalb dann, an deren Stelle, der Maximinkult! «Maximin war für den Dichter im gleichen Sinn die Verkörperung des Gottes, wie sie lebensvollere Geschlechter vergangener Tage zu Zeiten zu schauen glaubten. Es mag nur erinnert werden, daß die Griechen an einem wiederkehrenden Fest die Gestalt des Apoll in einem Knaben verkörpert sahen, ihn durch das Land sandten und das Geheimnis der noch alle lebendigen Keime umschließenden Jugendform dadurch feierten, daß sie ihn während seines Umzuges als den Gott selbst anbeteten» (Ernst Morwitz).

Dem bist du kind, dem Freund.
Ich seh in dir den Gott
den schauernd ich erkannt
dem meine andacht gilt.

So kündete George nach der Begegnung mit dem Jüngling, der (1904) einen Tag nach dem sechzehnten Geburtstag in München gestorben war.

Schon ein Jahrzehnt vorher hatte sich Hofmannsthal diesem Gottmenschentum entgegenzusetzen gewußt. Hofmannsthals Gedicht «Der Prophet» (1892) bestimmte bereits damals die deutliche Absage:

Von seinen Worten, den unscheinbar leisen
Geht eine Herrschaft aus und ein Verführen.
Er macht die leere Luft beengend kreisen
Und er kann töten, ohne zu berühren.

Trotzdem vermochte George auf Jahrzehnte die Jugend zu faszinieren:

Euch ist Heil geschehen.

Das neue Heil kommt «nur aus neuer Liebe». Diese «neue Liebe» ist aber nichts anderes als der alte, vorchristlich-platonische Eros. Auch Jesus wird im *Neuen Reich* zum Bruder des Eros, zum Herrn des Reigens: «Christ im Tanz».

Für Rilke ist Christus ein unheilbringender «Voreiliger». Er wird zum «Verdecker Gottes», der sich in alles «hineinmischt» (Brief an den jungen Arbeiter, 1917). Entschieden und leidenschaftlich verwarf er die Mittlerschaft Christi. Aus Spanien schrieb er (an die Fürstin Marie von Thurn und Taxis, 17. Dezember 1912) über seine «beinah rabiate Antichristlichkeit», denn «ich lese den Koran, er nimmt mir, stellenweise, eine Stimme an, in der ich so mit aller Kraft drinnen bin, wie der Wind in der Orgel ... Mohammed war auf alle Fälle der Nächste, wie ein Fluß durch ein Urgebirg bricht er sich durch zu dem einen Gott mit dem sich so großartig reden läßt, jeden Morgen, ohne das Telephon ‚Christus', in das fortwährend hineingerufen wird: Holla, wer dort? und niemand antwortet.»

Rilke «wollte gar nicht einen Mittler» (Rudolf Kaßner, *Buch der Erinnerung*, 1938), «der Mittler würde ihn nur daran hindern, auf Gott einzugehen und sich mit Gott einzulassen ... Rilkes Lyrik war durchaus ein Bekenntnis zu dem Reich des Vaters aus der Welt der Kindheit und des Knabentums.» Auch über die Art des Rilkeschen Humors äußerte sich Kaßner trefflich: «Rilkes Humor war aus der Welt des Vaters. Die Dinge bekommen darin den Tick, werden ein wenig lächerlich, wie sie alt werden. Sie werden entstellt ... ebensowenig wie im entscheidenden Sinne religiös war Rilke ein Mensch des Mitleids oder überhaupt im Herzen sonderlich sozial eingestellt.»

Georges Macht der Liebe geht in die Irrgärten eines paganen Götzentums ein. Rilkes Schau vom Leben verfängt sich in seine «Irrlehre vom Tod» (Kaßner). George steht da wie mit steinernen Gesetzestafeln. Rilkes Wort verliert sich allzu oft in den Flügeln eines luziferischen Engels, gerade wenn er in hohlen

Kontemplationen sich in einen Seelenraum hineinzwängen will, aus dem heraus Morgenstern ohne Krampf und Qual im Demutspfade dem johanneischen Logos zu lauschen lernt.

Humor und Ehrfurcht bewahrten ihn davor, sich prophetisch aufzuspielen oder priesterlich zu gebärden. Dabei darf keineswegs übersehen werden, daß er, der diese Gabe der Demut und der Geistesheiterkeit dem Lauschen des «Kindes im Manne» verdankte, auch Dichtungen schrieb, die als eine dritte Gattung seiner Lyrik ganz und gar auf dem Boden seiner seelischen Kindnatur wuchsen. Das sind seine Kinderbücher. Um das selbe Jahr 1906/07, in welchem Georges *Siebenter Ring* erschien, dessen Kernteil die Maximin-Lieder bilden, wurden neben Morgensterns *Galgenliedern* und *Melancholie* die Kinderverse *Klein-Irmchen,* das *Hasenbuch* und das *Traudlbuch* veröffentlicht.

Demutspfad der Seele und Heiterkeitsfreiheit des Geistes erschlossen ihm drei bestimmte Phasen seines Gotteserlebnisses. Zuerst pries er Gott-Natur, das Schöpfertum als Vatergott. Dann ergriff er das Göttliche im Ich als Erfahrung des Mystikers, aber noch vereint erlebt mit dem Vatergrund, weltschaffend-pantheistisch. Die dritte Stufe erschloß ihm das Reich des Logos, die Immanenz des Sohnes. Sie verband ihn mit der schöpferischen, grad- und gnadenweisen Werdewelt des Christus.

Diese Wendung seines Wesens zu Christus bewahrte ihn vor der Gefangenschaft im Elfenbeinturm des ästhetischen Eremitentums, welche so charakteristisch für den Umbruch der Kultur um die Jahrhundertwende war. Sie verlieh ihm das Gleichgewicht der Seele mit der Schutzkraft gegen den Naturalismus in der Kunst, gegen den Agnostizismus in der Erkenntnis und gegen den Nihilismus in der Sittlichkeit.

Christian Morgenstern erkämpfte sich den Aufstieg zur Gewißheit des Gottesgeistes im Widerstand des tragischen Falles der Wilhelminischen Epoche, mit welcher seine Daten von Geburt und Tod gleichnishaft übereinstimmen.

NACHWEISE

Michael Bauer, *Christian Morgensterns Leben und Werk.* 5., neubearbeitete Auflage. München 1954 (für alle biographischen Tatsachen).

Christian Morgenstern. Ein Leben in Briefen. Herausgegeben von Margareta Morgenstern. Wiesbaden 1952 (für alle zitierten Briefstellen).

Christian Morgenstern, *Stufen. Eine Entwicklung in Aphorismen und Tagebuchnotizen.* Herausgegeben von Margareta Morgenstern und Michael Bauer. 1. Auflage. München 1918, jetzt 91. Tausend (für alle zitierten autobiographischen Notizen und Aphorismen zur Lebensweisheit).

Christian Morgenstern, *Meine Liebe ist groß wie die weite Welt.* Ausgewählte Gedichte. 74. Tausend. München 1952.

Christian Morgenstern, *Quellen des Lebens hör ich in mir singen.* Der Ausgewählten Gedichte zweiter Teil. München 1951.

Christian Morgenstern, *Alle Galgenlieder.* Galgenlieder, Palmström Palma Kunkel, Gingganz. 188.–199. Tausend. Wiesbaden 1956.

Für alle Gedicht-Zitate finden sich Belege in den drei letztgenannten Sammelbänden, die das Beste der früher erschienenen Einzelbände zusammenfassen:

In Phantas Schloß. Ein Zyklus humoristisch-phantastischer Dichtungen. Berlin 1895.

Auf vielen Wegen. Berlin 1897.

Ich und die Welt. Berlin 1898.

Ein Sommer. Berlin 1900.

Und aber ründet sich der Kranz. Berlin 1902.

Galgenlieder. Berlin 1905.

Melancholie. Berlin 1906.

Palmström. Berlin 1910.

Einkehr. München 1910.

Ich und Du. München 1911.

Wir fanden einen Pfad. München 1914.

Palma Kunkel. Berlin 1916.

Gingganz. München 1919.

Klein Irmchen. Berlin 1921.

Die Schallmühle. München 1928.

Mensch Wanderer. München 1928.

Auswahl-Bände, erschienen nach 1928:

Auswahl. München 1929.

Böhmischer Jahrmarkt. Grotesken und Parodien. München 1938.

Wer vom Ziel nicht weiß, kann den Weg nicht haben. München 1939.

Zeit und Ewigkeit, Ausgewählte Gedichte. Insel-Bücherei 112. Leipzig 1940.

Das aufgeklärte Mondschaf. Leipzig 1941.

Klaus Burrmann, der Tierweltphotograph. Ein Kinderbuch. Oldenburg 1942.

Palmström. Insel-Bücherei 318. Leipzig 1942.
Liebe Sonne, liebe Erde. Ein Kinderliederbuch. Oldenburg 1943.
Ostermärchen. Oldenburg 1945.
Stilles Reifen. Ausgewählte Gedichte. Neuausgabe Piper-Bücherei 46. München 1945.
Man muß aus einem Licht fort in das andre gehn. Ein Spruchbuch. Piper-Bücherei 28. München 1948.
Sausebrand und Mausbarbier. Kinderlieder. Oldenburg 1951.
The Moonsheep – Das Mondschaf. Englisch-deutsche Parallel-Ausgabe. Auswahl aus den Galgenliedern. Wiesbaden 1953.
Vom offenbaren Geheimnis. Aphorismen. Piper-Bücherei 73. München 1954.

Unter den zahlreichen Dissertationen:

Paula Dieterich, *Weltanschauungsentwicklung in der Lyrik Christian Morgensterns.* Köln 1919.
Franz Gerahts, *Christian Morgenstern, sein Leben und sein Werk.* München 1926.
Albert Mack, *Christian Morgensterns Welt und Werk.* Zürich 1930.
Bernhard Friedrich Martin, *Christian Morgensterns Dichtungen nach ihren mystischen Elementen.* Forschungen zur neueren Literaturgeschichte, herausgegeben von W. Brecht. Weimar 1931.
Herbert Giffei, *Christian Morgenstern als Mystiker.* Sprache und Dichtung. Forschungen zur Sprach- und Literaturwissenschaft. Heft 50. Bern 1931.
Günther Klemm, *Die Liebeslyrik Christian Morgensterns und ihre Bedeutung.* Bonn 1933.
Mally Untermann, *Das Groteske bei Th. Mann, H. Mann, Wedekind, Morgenstern und Wilhelm Busch.* Königsberg 1929.
Sudger Vieth, *Beobachtungen zur Wortgroteske.* Bonn 1933.

S. 43: A. Steffen, *Vorhut des Geistes.* Dornach 1945.
S. 50: Einleitung zur deutschen Ibsen-Gesamtausgabe. Berlin.
S. 53: M. Bauer, *Christian Morgensterns Leben und Werk.* 5. Auflage. München 1954. S. 90–108.
S. 65: Paul de Lagarde, *Deutsche Schriften.* Gesamtausgabe letzter Band. 2. Abdruck. Göttingen 1891.
– *Ich mahne und künde.* Ausgewählt aus den Schriften und mit Angaben aus dem Leben des Verfassers sowie mit Anmerkungen versehen von Hardy L. Schmidt. Breslau 1944.
– *Nationale Religion.* Jena 1934.
– *Schriften für Deutschland.* Leipzig 1933.
Georg Dost, *Paul de Lagardes nationale Religion.* Jena 1915.
Otto Conrad, *P. d. Lagarde, ein Prophet deutscher Bildung.* Langensalza 1928.
S. 69: R. Steiner, *Philosophie der Freiheit.* Weimar 1894.

S. 77: Fritz Mauthner, *Beiträge zu einer Kritik der Sprache.* Stuttgart 1901/03. 2. Auflage 1906/13.
- *Die Sprache.* (Die Gesellschaft, Band 9). Frankfurt 1906.
- *Wörterbuch der Philosophie.* Neue Beiträge zu einer Kritik der Sprache. 2. Auflage. Leipzig 1923.
- *Der Atheismus und seine Geschichte im Abendland.* Bd. 1–4. Stuttgart 1920/23.

Theodor Kappstein, *Fritz Mauthner,* der Mann und seine Werke. Berlin 1926.

S. 89: Günther Wachsmuth, *Rudolf Steiners Erdenleben.* 2. Auflage. Dornach 1951.

R. Steiner, *Grundlinien einer Erkenntnistheorie der Goetheschen Weltanschauung.* Stuttgart 1886.

Friedrich Nietzsche. Ein Kämpfer gegen seine Zeit. Weimar 1895.

S. 90: R. Steiner: *Welt- und Lebensanschauungen im neunzehnten Jahrhundert.* 2 Bde. Berlin 1900/01.
- *Die Mystik im Aufgang des neuzeitlichen Geisteslebens.* Berlin 1901.
- *Das Christentum als mystische Tatsache.* Berlin 1902.
- *Die Rätsel der Philosophie.* 2 Bde. Berlin 1914.

S. 92: «Der Egoismus in der Philosophie von R. Steiner» in: *Der Egoismus.* Herausgegeben von Arthur Dix. Leipzig 1899.

S. 94: Max Stirner, *Der Einzige und sein Eigentum.* Leipzig 1845.

S. 96: R. Steiner, *Aus dem literarischen Frühwerk.* Bd. 1. Dornach 1939.

S. 99: Goethes *Naturwissenschaftliche Schriften,* in Kürschners Nationalliteratur. Bd. 2. Stuttgart 1887.

S. 102: R. Steiner, *Goethes Weltanschauung.* 1897.

S. 114: R. Steiner, *Mein Lebensgang.* 1925.

S. 130: A. Steffen (*Der Künstler zwischen Westen und Osten.* Zürich 1925. S. 204ff.) vergleicht Morgensterns *Wir fanden einen Pfad* mit dem im gleichen Jahre 1914 erschienenen *Stern des Bundes* von George.

P. Dieterich, *Weltanschauungsentwicklung in der Lyrik Christian Morgensterns.* Köln 1919. S. 78: «Die ganze Hingabe, in der Rilke lebt, bringt ihn dem mütterlichen Prinzip im Katholizismus nahe. Er dichtet Marienlieder. Morgensterns Hingabe, die immer vom Bewußtsein durchdrungen ist, steht dem Sohnesprinzip näher.»

R. J. Hofrichter in *The German Quarterly* X/1. Cambridge, Mass. 1937.

Erich Hofacker, «R. M. Rilke und Chr. Morgenstern» in: *Publications of the Modern Language Association.* L/2. New York. Juni 1935.

S. 132: G. Klemm, *Die Liebeslyrik Christian Morgensterns und ihre Bedeutung.* Bonn 1933. S. 26: «Und so neigte er sich auch vor dem unzweifelhaft bedeutenden Genius Rudolf Steiners, obgleich dieser und seine Lehre ihm im Grunde keine neue Erfüllung, sondern nur Befestigung und Bestätigung seiner ureigensten Gefühle und Gedanken geben konnte.»

S. 145: E. Hofacker, «Novalis und Morgenstern» in *The Germanic Review* VI/4. New York. Oktober 1933.

S. 159: P. Dieterich a.a.O., gibt der Groteskendichtung die Hauptbedeutung um das Jahr 1900.

B. F. Martin a.a.O. S. 45: «Die Groteskendichtung herrscht besonders in den Jahren, als der Dichter die Tiefpunkte in seiner Entwicklung durchlief: Als Nietzsches Einfluß mit dem Ibsens vereint wurde und dann die Hinwendung zu Lagarde einsetzte, als die Naturbeziehung Morgensterns rein gegenständlich geworden war und sich erst langsam zu einer Durchseelung wieder erhob, als endlich die Sprache selbst, ihre Beziehung zur ‚Wirklichkeit', ihre Willkür und ihre Menschenabhängigkeit den Dichter am meisten beunruhigte.»

Leo Spitzer, «Die groteske Gestaltungskunst Christian Morgensterns», in *Motiv und Wort*. Leipzig 1918. S. 95f.

B. Q. Morgan («The superior nonsense of Christian Morgenstern», in *Books Abroad*. Oklahoma. Sommer 1938. S. 288ff.) unterscheidet bloßen oder reinen Unsinn von höherem oder überlegenen Unsinn und stellt die folgende Kategorientafel auf: sheer nonsense, rhyme nonsense, punning fancies, sound effects, printed shaps, satires, philosophic concepts, sensible ideas grotesquely presented, bizzare ideas and superior nonsense. «All humor, we are told, is tragedy with the signs reversed; but humanity has reason to be grateful to those poets who can achieve that reversal with ease and grace. Morgensterns success in this regard seems to me likely to constitute his chief claim to lasting commemoration.»

S. 164: M. Bauer a.a.O.: Die Grotesken «sind von einem großen Kind für große Kinder geschrieben. Es sind dumme, kleine Schmetterlinge, auf der Wiese geistiger Freiheit gefangen.»

S. 177: Fritz Mauthner in einem Aufsatz des amerikanischen Journals *Menorah*, Februar 1924: «Ich hatte immer eine tiefe Verehrung für den schalkhaften Ernst dieses mystischen Kobolds, ohne zu ahnen, daß er seinerseits ein Interesse für meine eigenen Arbeiten habe.»

S. 192: P. Dieterich a.a.O. S. 78ff.

S. 197: H. Giffei a.a.O. S. 94 in bezug auf Meister Eckart: «Ich bin der Überzeugung, daß Morgensterns Erleben der unendlichen Göttlichkeit das weitaus tiefere war. Der Mensch von 1900 hat weitere Möglichkeiten, aber er hat auch größere Gefahren zu be stehen als der Christ des Mittelalters.»

PERSONENREGISTER